# Lion Boy

## Les Fugitifs

Zizou Corder

# Lion Boy

## Les Fugitifs

*Traduit de l'anglais par Jean Esch*

wiz
Albin Michel

Titre original
*Lion Boy*
*The Chase*
(Première publication : Penguin Books Ltd, Londres, 2004)

LION BOY : LES FUGITIFS
est dédié à Julius et Grace Flusfeder,
parce que nous les aimons.

REMERCIEMENTS

Encore merci à Fred van Deelen pour ses magnifiques cartes et schémas, et à Paul Hodgson qui a proposé la musique correspondante.

Et merci à toutes les dames de chez Puffin avec leurs chaussures toujours superbes, surtout Sarah Hughes, Adele Minchin, Kirsten Grant, Elaine McQuade, Shannon Park, Lesley Levene et Francesca Dow. Et au monsieur de chez Puffin, Nick Stearn, pour ses couvertures toujours excellentes.

Et aux agents, Linda Shaughnessy, Rob Kraitt, Teresa Nicholls, Anjali Pratap, Sylvie Rabineau. Et Derek Johns, l'agent parfait, *sine qua non.*

Des remerciements particuliers à Robert Lockhart qui nous a écrit une somptueuse bande-son évocatrice. Si vous voulez écouter toutes les musiques, ou les apprendre au piano, il existe un recueil des partitions. Elles sont très faciles – même moi je peux les jouer – et on les trouve avec un CD gratuit de la musique, interprétée par un petit orchestre. Vous n'êtes donc pas obligés de la jouer vous-même. Ça s'appelle *Musique pour Lion Boy de Zizou Corder*, par Robert Lockhart, et c'est édité par Faber Music. Vous pouvez la trouver chez les disquaires ou sur le site www.fabermusic.com.

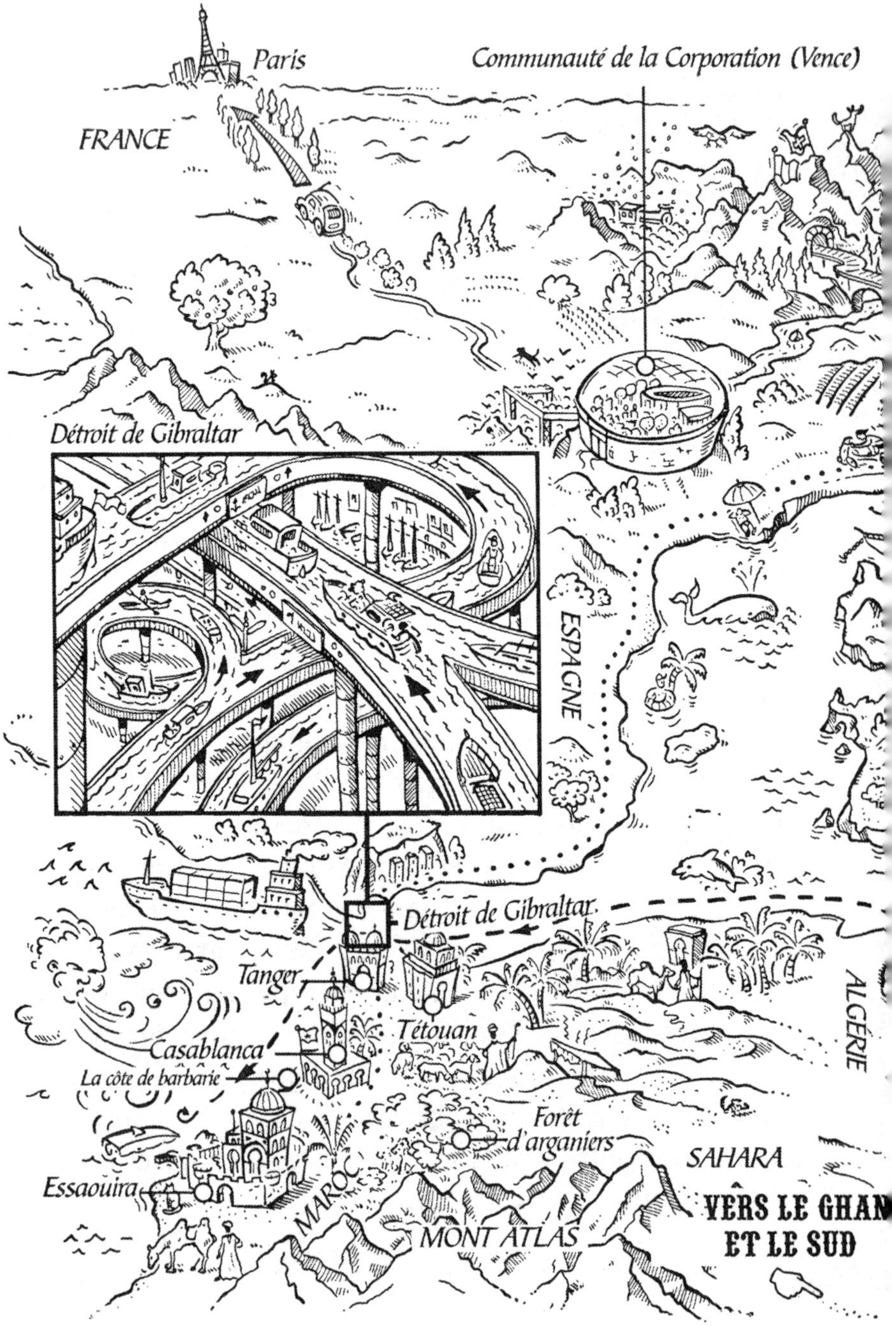
Paris
Communauté de la Corporation (Vence)
FRANCE
Détroit de Gibraltar
ESPAGNE
Détroit de Gibraltar
Tanger
Tétouan
Casablanca
La côte de barbarie
ALGÉRIE
Forêt d'arganiers
SAHARA
Essaouira
MAROC
MONT ATLAS
VERS LE GHAN
ET LE SUD

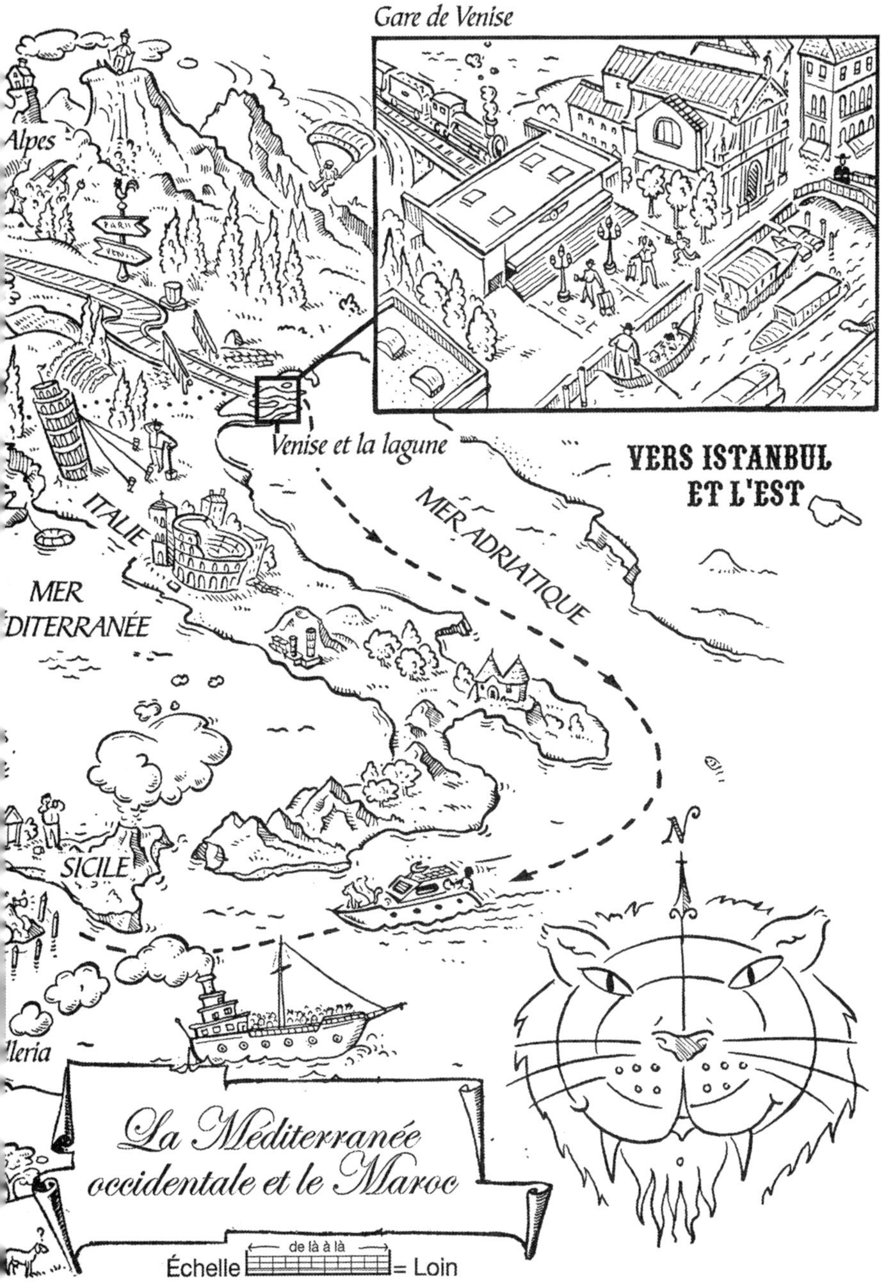
Gare de Venise
Alpes
Venise et la lagune
VERS ISTANBUL
ET L'EST
ITALIE
MER ADRIATIQUE
MER
DITERRANÉE
SICILE
N
lleria
La Méditerranée occidentale et le Maroc
Échelle de là à là = Loin

# CHAPITRE PREMIER

Pour un jeune garçon, c'était une situation bien étrange de se retrouver à bord d'un train au beau milieu des Alpes et d'une tempête de neige, coincé dans une salle de bain en compagnie de six lions et d'une énorme créature aux dents de sabre. Et c'était encore plus étrange de penser que, juste à côté, s'affairaient Boris, un sympathique roi bulgare, et Edward, son chef de la sécurité, qui mettait un point d'honneur à savoir tout ce qu'il fallait savoir, et peut-être même davantage.

Les parents de ce garçon, de brillants savants, avaient été enlevés à Londres par un type ignoble de son quartier pour le compte d'on ne sait trop qui, mais très certainement parce qu'ils avaient inventé un traitement contre l'asthme. Il ne pouvait donc que se réjouir que ces lions qui souffraient du mal du pays et ce roi en peignoir de soie violette soient de son côté. Et même en profiter pour se détendre : avec toute cette neige, aucune chance que ne le rattrapent le type ignoble et le dompteur du bateau-cirque, dont il s'était enfui avec les lions.

Mettez-vous à la place du garçon. Si, dans de telles circonstances, le Vieux Lion vous disait : « Nous sommes au chaud et au sec, nous avons mangé et nous sommes ensemble. Quelqu'un va venir dépanner ce train et nous repartirons à toute allure, malgré ce climat dangereux et mystérieux, vers le pays où se trouvent tes parents. Mais pour l'instant... pour l'instant, nous sommes à l'abri », ces propos ne manqueraient sûrement pas de vous réconforter, de vous encourager et même de vous rendre heureux.

Eh bien, c'est exactement ce qu'éprouvait Charlie Ashanti : il se sentait réconforté, encouragé et heureux. À vrai dire, voilà des semaines qu'il n'avait pas eu l'impression d'être autant en sécurité. Les magnifiques lions étaient couchés tout autour de lui : les trois lionnes se remettaient de leurs émotions, le Vieux Lion affichait un air de triomphe serein à la suite de leur évasion ; Elsina, la Jeune Lionne, était encore affaiblie par leurs aventures sur le toit du train, mais excitée de se retrouver dans le monde réel ; et le Jeune Lion, l'ami de Charlie, dormait comme une souche, la tête posée sur les genoux du garçon, tandis que la neige recouvrait le train d'un gros édredon douillet. Dans le somptueux compartiment voisin se trouvait le roi Boris qui leur avait promis son aide dès leur arrivée à Venise. Quant à Rafi Sadler le sale type et Maccomo le dompteur, ils étaient coincés à Paris.

*C'est le moment de dormir, de manger et de se détendre,* pensa Charlie. *Comme ça, nous serons assez forts pour affronter ce qui nous attend.*

Or, cela ne faisait aucun doute, des ennuis les attendaient.

Pour les parents de Charlie, le docteur Aneba Ashanti et le professeur Magdalen Start, les ennuis avaient déjà commencé. On ne s'en serait peut-être pas douté en les voyant assis chacun à une extrémité du club du village corporatif privé, une salle toute en longueur et basse de plafond. Un des murs, entièrement vitré, donnait sur un superbe jardin subtropical rempli de palmiers et de gros rochers ronds sur lesquels cascadait un ruisseau. Magdalen avait trouvé ce jardin splendide jusqu'à ce qu'elle s'aperçoive que tous les rochers avaient exactement la même forme et qu'ils étaient en plastique. Elle examina de plus près les palmiers : étaient-ils faux, eux aussi ?

Elle était assise en compagnie de femmes qui se plaignaient toutes d'être trop grosses. Devant elles étaient posés des assiettes de chips et des verres de vin. « Oh, non ! Je ne devrais pas ! » s'exclamaient-elles en s'empiffrant. La plupart fumaient, également.

– Vous aurez des rides si vous fumez, dit l'une d'elles.

– Clara a une peau fabuleuse, commenta une autre. Je la déteste, pas vous ?

Magdalen se demanda pourquoi on devait détester une personne uniquement parce qu'elle avait une jolie peau. Elle ne savait pas non plus pourquoi ces femmes s'inquiétaient d'avoir des rides à cause du tabac et non pas un cancer, et pourquoi elles ne parlaient que de leurs poids, alors qu'elles n'étaient pas particulièrement grosses. Si elles craignaient tant de grossir, pourquoi n'arrêtaient-elles pas de manger des chips et de boire du vin ? Et si elles avaient envie de manger des chips et de boire du vin, pourquoi ne cessaient-elles pas de se le reprocher ? Pourquoi n'en profitaient-elles pas, tout simplement ?

Elle se sentait très fatiguée. En fait, elle ne se souvenait plus comment Aneba et elle avaient atterri dans cet endroit. Curieusement, elle avait tout oublié des manigances de Rafi Sadler, ainsi que le long voyage, en sous-marin d'abord, puis en camion. Elle ne croyait pas être arrivée là depuis longtemps. Elle savait qu'elle n'aimait pas ce lieu et qu'elle avait envie d'être seule, au lieu d'écouter ces bêtises. Elle voulait voir son fils et son mari, et elle voulait se remettre au travail sinon son cerveau allait se transformer en bouillie. Elle savait qu'elle était faite pour vivre ailleurs et mener une existence différente. Elle se sentait très fatiguée. *J'ai déjà pensé la même chose à l'instant*, se dit-elle. *Qu'est-ce qui m'arrive ?*

Levant la tête, elle aperçut Aneba à l'autre bout de la salle. Il semblait ne pas aller très bien. Sa peau, d'un noir brillant habituellement, avait un aspect cireux. Le blanc de ses yeux était jaunâtre. Ses larges épaules musclées s'étaient voûtées.

– Vous avez un peu grossi, vous aussi, n'est-ce pas ? demanda une des femmes à Magdalen.

À l'autre bout de la salle, Aneba regardait le football

à la télé avec d'autres hommes. Aneba aimait le football, mais c'était le quatrième match qu'il regardait d'affilée. Autour de lui, les hommes critiquaient les joueurs, les entraîneurs et l'arbitre. Ils buvaient de la bière et mangeaient des cacahuètes en affirmant qu'ils pourraient faire mille fois mieux s'ils étaient sur le terrain. Mêlée à celle des cigarettes flottait une autre odeur. Aneba crut la reconnaître. Il n'aimait pas ça.

Après le match vinrent les informations. Les soldats de l'Empire avaient été obligés d'attaquer une ville du Monde Pauvre, de nombreux civils avaient été blessés et il n'y avait rien pour les soigner. Les images montraient des enfants terrorisés et affamés, avec des bandages crasseux.

– C'est affreux, commenta un des hommes, avant de recommencer à se lamenter. Mais on ne peut rien y faire, n'est-ce pas ?

Aneba voyait bien que cet homme se sentait mal à l'aise devant ces images ; pour cette raison, il le trouva sympathique.

– Laisse tomber, va, lui dit un autre. Tiens, prends une autre bière.

Aneba savait qu'il aurait dû faire quelque chose, mais pas moyen de se souvenir de quoi il s'agissait.

Il tourna la tête et vit Magdalen à l'autre bout de la salle. Elle semblait ne pas aller très bien. Ses cheveux roux n'étaient pas aussi bouclés et indomptables qu'en temps normal. Ils étaient ternes et plats.

Bientôt, ils devraient retourner à l'unité du bien-être pour leur thérapie de gestion des motivations.

– Haut les cœurs, mon vieux, dit un des hommes. Bois un coup.

Aneba essayait de se souvenir comment il était habituellement.

Si Charlie avait vu ses parents dans cet état, eux d'ordinaire si intelligents et énergiques, il aurait cessé de se dire qu'ils ne couraient aucun danger immédiat. Il aurait reçu un sacré choc.

Les ennuis avaient déjà commencé aussi au Cirque royal flottant et Académie équestre philharmonique de Thibaudet (connu également sous le nom de Bric-à-brac de Tib, ou simplement Le Spectacle). Le Major Maurice Thibaudet, alias le Patron, alias Monsieur Loyal ou Maestro se reposait dans sa cabine à bord du gigantesque bateau-cirque le *Circé*, vêtu d'un peignoir vert pâle assorti aux lambris sculptés, en buvant un brandy-soda. La première du spectacle, à Paris, avait été fabuleuse, tout le monde le disait. Le Major Tib et la plupart des gens du Cirque avaient veillé fort tard après la représentation, pour boire et se congratuler. Les autres étaient encore couchés avec la migraine (à l'exception de Pirouette la trapéziste volante et des acrobates de la famille Lucidi qui se levaient toujours très tôt pour s'entraîner, quoi qu'il arrive). Le Major Tib résistait fort bien aux gueules de bois, mais il ne s'attendait pas à recevoir de la visite à cet instant. Le visiteur en question, un monsieur de la Société des chemins de fer français, semblait un peu gêné.

Le Major Tib lui adressa un sourire discret et élégant, et but une gorgée de brandy.

– Les lions ! dit-il avec son accent traînant et nonchalant de l'Empire du Sud. De quoi voulez-vous parler ? Y a aucun problème avec nos lions. Il est un peu tôt pour venir se plaindre d'un problème qui n'en est pas un, vous croyez pas ?

– Monsieur, répondit le visiteur avec tact, il s'est produit hier soir un événement fort insolite. Un jeune Anglais a tenté d'empêcher le départ de l'Orient-Express. Ce garçon était trempé comme une soupe, survolté, et il affirmait qu'il y avait des lions dans le train, des lions fugitifs, accompagnés du jeune voleur qui les avait libérés. Il disait qu'un des fauves l'avait attaqué, qu'ils provenaient de votre cirque et que quelqu'un l'avait jeté dans le canal Saint-Martin près de la Bastille... De toute évidence, ce sont des affabulations et ce garçon est fou à lier. C'est pourquoi nous l'avons envoyé à l'hôpital sous bonne garde. Mais voilà que ce matin, à l'aube, l'hôpital m'appelle pour m'annoncer que ce garçon est grièvement blessé au bras et à l'épaule, comme s'il avait été mordu par un animal. Un gros. Il ne s'agit pas d'une piqûre de moustique, voyez-vous. Ce garçon était trempé comme une soupe, fou et furieux, certes, mais il a cette marque de morsure, et l'hôpital pense que ce pourrait être une morsure de lion, ou plus certainement de chien, enfin quelque chose de ce genre, et peut-être qu'il a la rage, ce qui expliquerait sa démence. Mais, voyez-vous, le garçon a dit que les lions venaient d'ici et qu'ils appartenaient à votre célèbre dompteur, M. Maccomo. Je suis donc obligé de vérifier. Je vous prie de m'en excuser. Mais vous comprenez, j'en suis sûr.

– Vous êtes en train de me dire que j'ai laissé des lions enragés s'échapper de mon cirque et mordre des gens ? s'exclama le Major Tib. C'est ce que vous êtes en train de dire ? J'espère que vous êtes sûr de vous, monsieur, car c'est très grave.

– Je vous propose que nous allions voir les lions.

– Soit.

Le Major Tib se leva d'un bond. Son peignoir scintillait dans son sillage. C'était un homme très grand et très maigre ; il traversa sa cabine en une seconde pour ouvrir la porte à la volée.

– Allons-y ! dit-il avec un grand sourire.

Le Major Tib parcourut le pont à grandes enjambées, obligeant l'homme des chemins de fer à courir à ses côtés.

– Salut, Sigi ! lança-t-il au père de la famille Lucidi, qui était suspendu au gréement la tête en bas, entre le grand chapiteau et les cheminées. Vous avez vu Maccomo, ce matin ?

– Non, Major Tib, répondit Sigi. Je ne l'ai pas vu depuis hier soir.

La cabine des lions se trouvait sur le même pont que celle du Major Tib, de l'autre côté du grand chapiteau installé à bord du *Circé*. Très vite, ils y arrivèrent. Très vite, ils ouvrirent la porte. Et très vite, ils constatèrent que les cages des lions étaient vides. Là où six lions auraient dû somnoler ou regarder fixement dans le vide, il n'y avait rien. Là où Maccomo aurait dû dormir, roulé dans son magnifique manteau, il n'y avait rien.

Le Major Tib inspira entre ses dents serrées et fronça les sourcils pendant une fraction de seconde. Puis il déclara avec un soupçon de sourire rassurant :

– Ils sont certainement sur la piste, en train de s'entraîner.

Or il savait bien que c'était faux. Les lions ne s'entraînaient jamais avant le milieu de la matinée, pour avoir le temps de s'échauffer. À cette heure-ci, la piste devait être occupée par Pirouette ou par les employés qui faisaient le ménage après les festivités de la veille.

– Allez donc m'attendre dans ma cabine pendant que je cherche M. Maccomo, proposa le Major Tib. Je vous ferai porter un café.

Il ne s'était pas départi de son sourire.

– Non, merci. Je vous accompagne, dit l'homme des chemins de fer.

Le sourire du Major Tib s'effaça légèrement.

– Comme vous voulez.

Il ressortit de la cabine des lions à toutes jambes pour se rendre dans la remise des cordes, située juste à côté, là où dormaient les garçons.

– Charlie ! rugit-il en ouvrant la porte en grand.

Julius, le fils du clown, et Hans, le garçon qui s'occupait du cochon savant, se réveillèrent en sursaut, se cognèrent la tête contre l'étagère placée au-dessus d'eux et poussèrent un cri à l'unisson.

Évidemment, Charlie n'était pas là.

– Où il est ? beugla le Major Tib. Où est Maccomo ? Où sont mes satanés lions ? !

Julius et Hans le regardaient avec des yeux écarquillés.

– Je les ai pas vus, bredouilla Hans.

– Julius ? fit le Major.

– Maccomo est allé en ville hier soir. Il a dîné avec Mabel Stark. La dompteuse de tigres.

D'un geste rageur, le Major sortit son téléphone portable de la poche de son peignoir et composa un numéro.

Quelques secondes plus tard, il disait d'un ton suave :

– Ma chère Mabel, je suis absolument désolé de vous déranger si tôt en cette belle matinée, et j'espère que vous ne trouverez pas ma question trop indiscrète, mais auriez-vous, par le plus grand des hasards, la moindre idée de l'endroit où pourrait se trouver Maccomo ?

Il y eut un murmure dans le téléphone.

– Non, non, évidemment. Je suis navré de... Mabel, mon chou, il n'est pas sur le bateau et son jeune assistant non plus. Je suis un peu inquiet...

La voix s'anima au bout du fil.

– Très bien, mon chou, dit le Major. Rappelez-moi, OK ?

Il coupa la communication et se tourna vers l'homme des chemins de fer.

– Elle dit qu'ils ont dîné ensemble hier soir, mais elle

ne l'a pas vu depuis... A-t-on signalé la présence de lions dans d'autres endroits ?

– Non. Je me suis renseigné auprès de la police, vous vous en doutez.

– Debout, les gars ! Fouillez le bateau ! ordonna le Major Tib. Trouvez Charlie. Trouvez Maccomo. Trouvez les lions, ou bien leurs traces. Demandez aux garçons de piste de vous aider. Retrouvez-les !

Tout cela s'était déroulé pendant que Charlie sympathisait avec le roi Boris, alors que la neige commençait à tomber et que les pauvres lions, qui voyageaient sur le toit du train pour des raisons de discrétion, étaient pris dans le blizzard. Ils avaient bien failli mourir de froid avant que Charlie monte sur le toit et affronte la terrible tempête de neige pour les ramener à l'intérieur du train. Vers l'heure du déjeuner, alors que Charlie avait refermé la trappe du toit sur les cinglants tourbillons de neige glacée et qu'il commençait à réchauffer les pauvres bêtes gelées avec de l'eau chaude et de la Lotion Qui Arrange Tout inventée par sa mère, Maccomo gravissait la passerelle du *Circé*.

Il ne ressemblait plus à l'homme calme et énigmatique dont Charlie avait fait la connaissance quelques semaines plus tôt, l'homme dont la sérénité semblait se communiquer à tout son entourage comme s'il se fût agi d'un nuage engourdissant. Sa tunique africaine blanche était froissée après sa nuit passée dehors, quelques poils de barbe drus et blancs hérissaient sa peau mate aux reflets cireux et ses mains tremblaient. Malgré cela, n'importe qui aurait pu voir qu'il restait un homme de caractère, avec un torse large et une étrange étincelle au fond des yeux.

Il se rendit directement dans la cabine du Major Tib.

– Major Tib...

Le Monsieur Loyal du *Circé* savait crier, bien évidemment. Et pendant une dizaine de minutes, il ne s'en priva pas.

Finalement, Maccomo dit simplement :

– Je démissionne.

– Non, vous êtes viré, Maccomo ! Viré ! Et vous ne travaillerez plus jamais dans un cirque, vous pouvez me croire ! Et n'espérez pas être payé, vous m'avez fait perdre une précieuse attraction...

– Les lions sont à moi, monsieur, rectifia le dompteur, avec dans le regard un éclair qui rappelait l'ancien Maccomo.

Le Major Tib éclata de rire.

– Ça veut dire que vous répondrez de vos actes devant la police qui vous accuse de les avoir laissé s'enfuir et que vous paierez l'amende ? Mais que comptez-vous faire pour ma réputation, Maccomo ? Comment ferez-vous oublier cet incident déplorable ? Direz-vous à tout le monde que c'était votre faute ? Irez-vous le dire à la police ?

– La police est en route, intervint timidement l'homme des chemins de fer.

Le Major Tib poursuivait sur sa lancée :

– Assumerez-vous également la responsabilité pour Charlie ? Car il a disparu, lui aussi. Et ce jeune Anglais que les lions ont attaqué ?

Maccomo sursauta.

– Quel jeune Anglais ? demanda-t-il.

– Rafi Sadler, répondit l'homme des chemins de fer.

Maccomo tressaillit.

– Il faut que j'aille inspecter la cabine, déclara-t-il. Pour voir comment ils ont pu s'enfuir.

L'homme des chemins de fer accompagna Maccomo à la cabine des lions. Le dompteur regarda calmement autour de lui puis rassembla quelques affaires dans un sac.

– Je suppose, dit-il, que la police va m'arrêter.

L'homme des chemins de fer ne savait pas quoi répondre.

– Excusez-moi, ajouta Maccomo en montrant une petite porte située au fond des cages. Il faut que j'aille voir...

Il actionna un levier, la porte s'ouvrit et il glissa la tête à l'intérieur. L'homme du chemin de fer souriait poliment.

Maccomo avait parcouru le tunnel des lions qui menait directement à la piste du cirque avant même que l'homme des chemins de fer comprenne que cette porte conduisait quelque part. Le temps qu'il regagne la cabine du Major Tib, où il raconta au Major et à la police ce qui s'était passé, Maccomo avait quitté le *Circé* et pris la direction de la gare. Et le temps que l'ordre de l'arrêter soit lancé, Maccomo, caché, comme Charlie, dans les toilettes d'un train, s'était rasé et avait mis un costume, un chapeau et des lunettes. Ce n'était plus le même homme.

– Charlie Ashanti, murmura-t-il. Rafi Sadler.

Il ne savait pas lequel de ces deux jeunes Anglais avait volé les lions. Il avait été sur le point de vendre Charlie à Rafi ! Sadler avait-il enlevé le garçon et les lions ? Mais il avait été attaqué par les lions, et les fauves n'étaient donc certainement pas avec lui… Maccomo regrettait de ne pas avoir eu plus de temps pour deviner ce qui s'était passé.

Il comprenait que Rafi ait voulu s'emparer du garçon et des lions. C'était sa spécialité de voler des gens et de les vendre ensuite. Mais si c'était Charlie qui avait volé les lions ? Charlie le sentimental avait sans doute essayé de les aider. Charlie qui parlait aux félins. Un rictus crispa la bouche de Maccomo.

Il fourra sa tunique sale dans son sac. C'est alors qu'il sentit sous ses doigts la grosse bouteille de médicament pour les lions qu'il avait ramassée avant de fuir. Longtemps il avait utilisé cette drogue pour que les lions restent dociles pendant leur numéro. Il l'avait emportée dans sa fuite car c'était un produit illégal et il ne voulait pas que la police la trouve.

Ce qu'il ignorait, c'était que depuis plusieurs semaines, Charlie lui faisait absorber ce médicament au lieu de le donner aux lions. Résultat, alors que les lions retrouvaient peu à peu leur lucidité et préparaient leur évasion, l'esprit de Maccomo était de plus en plus confus et affaibli.

Il ouvrit la bouteille et en renifla le contenu. Son organisme s'était habitué à cette drogue et il aimait son odeur. Il frissonna, emplit un verre d'eau au lavabo et y versa quelques gouttes de médicament.

Une partie de lui-même savait qu'il ne devrait pas boire cette substance, qu'elle lui ferait du mal à la longue. Mais son corps la réclamait et son esprit était déjà trop faible pour résister.

*Bah, c'est juste quelques gouttes*, se dit-il.

Il but.

Il eut aussitôt l'impression de se sentir mieux.

Il s'assit sur le siège des toilettes et ferma les yeux, tandis que le train l'emportait vers l'Espagne.

*Où sont-elles, toutes ces stupides créatures qui croient pouvoir se jouer de Maccomo ?* se demandait-il.

Rafi Sadler était couché sur un lit étroit et dur, dans une froide chambre d'hôpital au sol carrelé, sous bonne garde. Le plafond était trop haut et les murs peints d'un sinistre vert pâle. Une infirmière brutale l'avait déshabillé et lavé, avant d'emporter ses vêtements, y compris sa veste en cuir qui, bien que mouillée et maculée de vase verdâtre provenant du canal, restait quand même sa veste en cuir, et il espérait bien la récupérer, nom d'un chien. Une femme médecin à l'air indifférent avait enfilé une paire de gants en caoutchouc avant de l'examiner. En découvrant sur son épaule les profondes blessures qui dessinaient un cercle rouge écarlate sur les marbrures jaune et gris de sa peau tuméfiée, elle avait eu un mouvement de recul.

– *Qu'est-ce que c'est... ?*[1] s'était-elle exclamée.

– Il affirme avoir été mordu par un lion à la gare d'Austerlitz, répondit l'infirmière, impatiente de finir son service pour rentrer chez elle et se coucher.

– Hmm, fit la femme médecin en versant une nouvelle dose d'antiseptique sur les plaies.

Elle souleva délicatement le bras du blessé.

Rafi poussa un hurlement.

– *L'épaule est cassée*[2], annonça-t-elle. Occupez-vous de lui, infirmière. Nettoyez les plaies, faites-lui une injection contre la rage et une aussi contre la variole et l'encéphalite féline. Donnez-lui de l'arnica, des antibiotiques...

– Vous pouvez pas parler anglais, non ? dit Rafi. Je veux voir quelqu'un qui parle anglais.

Son teint était cireux et il continuait à avoir froid, même si les médecins affirmaient qu'il avait de la fièvre. Et effectivement, il tremblait. Bref, il ne se sentait pas beaucoup mieux que lorsqu'il avait bombardé Charlie de menaces à travers la vitre du compartiment, tandis que le train s'éloignait.

La femme médecin l'observa. *Ah, ces Anglais,* pensa-t-elle, *ils ne font jamais l'effort d'apprendre une autre langue que la leur. Pathétique.*

---

1. En français dans le texte (N.D.T.).
2. En français dans le texte (N.D.T.).

– Et je veux aussi des trucs contre la douleur, ajouta Rafi. Je souffre. Ça fait mal ! Mal, vous comprenez ?

L'infirmière qui, comme le médecin, parlait parfaitement l'anglais, leva les yeux au plafond.

– Vous lui donnerez du Mandrax, dit la femme médecin.

– Ils ont retrouvé les lions ? demanda Rafi. Ils ont arrêté le train ?

L'infirmière préparait les médicaments. La femme médecin fredonnait une chanson.

– L'infâme petite vermine ! brailla Rafi. Ce...

– Silence, ordonna le médecin. Tu déranges tout le monde.

Elle aussi avait travaillé toute la nuit.

Rafi se rallongea. Il avait la tête qui tournait et la poitrine en feu. L'infirmière l'obligea à se redresser pour lui faire avaler quelques cachets. Puis elle le retourna sur le ventre et lui fit plusieurs piqûres dans les fesses. La tête enfoncée dans l'oreiller, Rafi marmonnait des menaces obscènes visant Charlie. Mais, au bout d'un moment, sous l'effet des médicaments, il plongea dans un sommeil agité et moite. Il rêva qu'il était tout petit et que les gens se moquaient de lui.

Dehors, devant l'hôpital, l'horrible chien de Rafi, Troy, était couché, maigre et misérable, sur la terre poussiéreuse d'un petit square. Rafi était un maître cruel, mais Troy était un chien fidèle et il ne lui serait jamais venu à l'idée de faire autre chose qu'attendre.

Non loin de là, un chat noir et blanc galeux, au derrière pelé, livrait un combat terrifiant contre une bande de chats plus gros que lui qui l'avaient insulté. Caché à proximité de sa nouvelle tanière, dans les poubelles à l'arrière d'un restaurant, il savourait tranquillement les restes d'un homard lorsqu'ils étaient arrivés dans son dos ; ils l'avaient encerclé et lui avaient lancé quelques remarques perfides insinuant qu'un chat famélique au cul pelé était obligé de se nourrir dans les poubelles, car aucun humain digne de ce nom ne voudrait jamais l'accueillir chez lui...

Le chat galeux observait alors le succulent morceau de homard. En règle générale, c'était un animal pacifique. Grande gueule et toujours prêt à insulter les gens, certes, mais non-violent. Il détestait la violence.

Pourtant, il s'était aussitôt retourné en lançant un chapelet d'injures que je ne peux malheureusement pas vous répéter, mais il était question de leur virilité (ou de leur absence de virilité), de leur physique, de leur bêtise... Bref, ils n'étaient qu'une bande de sales dégénérés puants, dont les pauvres mères auraient payé cher pour qu'on leur taille les moustaches en pointe. Et d'autres choses, pires encore. Heureusement, c'était un chat du nord de l'Angleterre, avec un accent à couper au couteau, et ces chats parisiens n'avaient pas compris tout ce qu'il disait. Mais ils avaient saisi l'essentiel. Et ils lui avaient tous sauté dessus.

Ce chat (il s'appelait Sergueï) détestait la violence, mais cela ne voulait pas dire qu'il ne savait pas se battre.

Bien au contraire. Il s'était lancé dans la bagarre en utilisant tous les coups bas possibles, avec ses dents et ses griffes, et en accompagnant ses attaques de bruits terrifiants : miaulements stridents, râles, feulements. Ses adversaires parisiens étaient au nombre de quatre et bien plus gros que lui, mais ils n'aimaient pas sa façon de riposter, surtout quand le patron du restaurant, Anatole, ouvrit la porte des cuisines et glissa la tête audehors pour joindre ses vociférations à celles de Sergueï. Les chats parisiens s'enfuirent alors à toutes pattes.

Alors qu'ils détalaient, l'un d'eux tourna la tête et cria quelque chose qui n'était pas une simple insulte :

– Tu te crois malin, mais nous, on sait où sont réellement tes chers savants, et pas toi, na !

À ces mots, Sergueï se figea.

Que voulait donc dire ce chat ? Les deux savants étaient quelque part à Venise. Voilà ce qu'on lui avait dit. D'ailleurs, il tenait ce renseignement d'un chat qui ne voulait pas vraiment lui parler (quelle bande de snobinards, ces chats parisiens). Il n'aimait pas ce « où sont *réellement* ».

Sergueï soupira.

Il ne lui fallut pas longtemps pour rattraper les chats. Ils s'étaient arrêtés pour faire les poubelles derrière un autre restaurant situé dans la rue suivante. Sergueï se cacha et attendit. Au bout d'un moment, le groupe se sépara et le chat qui s'était adressé à lui durant sa fuite remonta la rue en flânant.

En l'espace d'une seconde, Sergueï jaillit, lui sauta sur le dos et le plaqua au sol en murmurant à son oreille :

– Dis-moi où ils sont.

Le chat se remit à crier. Sergueï lui montra ses griffes et lui décrivit très précisément l'usage qu'il en ferait s'il continuait à crier. Le chat choisit de se taire.

– OK, répéta Sergueï. S'ils ne sont pas à Venise, où sont-ils ?

Le chat eut un hoquet.

– À Vence, glapit-il.

– Vence ? Vence ? Ça ressemble à Venise... (Avait-il mal compris ce qu'on lui avait dit ?) C'est où, ça, Vence ?

– En France. Dans le Sud, dit le chat. En bas...

Sergueï était pourtant certain d'avoir bien entendu.

– Pourquoi est-ce qu'on m'a dit Venise, alors ?

Le chat avait tellement peur qu'il bredouilla :

– Les vrais chats n'aiment pas les allergènes.

– Les vrais chats ne sont pas remplis de préjugés, répliqua Sergueï d'un ton menaçant. Tu ne serais pas en train de me mentir, par hasard ? ajouta-t-il en lui tordant l'oreille.

– Aïe ! Non !

– Parce que si tu mens, reprit Sergueï, j'appelle une bande d'allergènes pour qu'ils te donnent une bonne leçon. Ça ne t'embête pas de te battre à quatre contre un, hein ? Non, je m'en doutais. Mais seulement quand tu fais partie des quatre, c'est ça ?

Le chat reconnut que c'était vrai, mais Sergueï en avait assez de cette histoire, alors il le laissa filer. Le chat repartit la queue entre les jambes, en jetant des coups d'œil derrière lui pour voir si Sergueï le suivait.

Non. Sergueï regagna sa tanière derrière le restaurant Chez Anatole et il resta assis là, tremblant légèrement de fatigue, écœuré et furieux à cause de ce chat stupide et mesquin. Surtout, il était malade à l'idée d'avoir peut-être envoyé Charlie au mauvais endroit.

Son bout de homard était toujours là dans le caniveau, gras et rose. Sergueï le renifla et le mangea, mais sans y prendre beaucoup de plaisir.

Depuis que le garçon qui parlait le félin avait glissé ce message dans son collier, il se sentait différent. Il lui avait fallu un certain temps pour découvrir où étaient les humains, mais il les avait trouvés et il leur avait remis la lettre. Il était fier de lui. Si seulement ces gros abrutis ne les avaient pas emmenés, il aurait pu rester avec eux le temps d'obtenir une réponse, qu'il aurait rapportée à Charlie.

S'il avait pu faire ça, il ne serait pas senti écœuré et furieux.

Par la porte ouverte de la cuisine, d'où s'échappaient de délicieuses odeurs de poissons cuits au feu de bois, il apercevait Anatole qui s'affairait, vêtu de sa veste blanche et de son pantalon à carreaux.

Sergueï se souvenait avec quel soin Charlie avait rédigé son message, presque de manière codée, afin que seuls ses parents le comprennent. Il trouvait ce garçon très courageux et très résistant, et trouvait ses parents très intelligents. Leur remède contre l'asthme soulagerait tous les chats, et surtout, tous les allergènes. Et voilà que lui, Sergueï, avait tout foutu en l'air.

Soudain, Anatole lança un ordre à quelqu'un des cuisines et, quelques secondes plus tard, le contenu d'un seau d'eau jaillit par la porte ouverte pour retomber en plein sur Sergueï, accompagné d'insultes bien senties, dans le genre « Fous-moi le camp d'ici, sale chat galeux et bon à rien ! », mais en plus grossier.

Trempé comme une soupe, Sergueï cracha et secoua ses moustaches. Il en avait marre d'être un chat galeux et bon à rien. Sa décision était prise : il ne serait plus le genre de chat à qui on jette des seaux d'eau.

– Très bien, dit-il. Message reçu.

Il ne pouvait pas aller à Venise pour dire à Charlie qu'il l'avait peut-être envoyé sur une fausse piste. Il irait plutôt lui-même à Vence, pour en avoir le cœur net.

Dans le train immobilisé par la neige au cœur des montagnes, Charlie et les lions approchaient du compartiment privé du roi Boris. Charlie adressa un sourire nerveux à l'immense garde du corps du roi (Sa Majesté vivait dans la peur constante d'être assassinée), puis il frappa discrètement à la porte lambrissée et vernie. (Les lions n'avaient pas peur, évidemment, ils ne connaissaient pas ce sentiment.) Si le garde du corps fut surpris de voir six lions rendre visite à son maître, il était bien trop entraîné à garder son sang-froid pour le laisser paraître.

– Entrez ! Entrez ! s'exclama le roi d'une voix tout excitée.

Il était si impatient de faire la connaissance des lions qu'il n'attendit même pas qu'Edward aille ouvrir la porte ; il se précipita pour le faire lui-même... et il recula prestement sous le choc.

– Ça alors !

Les lions pénétrèrent en file indienne dans son compartiment cossu et guindé, affichant leur noble profil et foulant de leurs pattes à la fois puissantes et gracieuses les superbes tapis persans. Seule une faible lumière verdâtre filtrait à travers les fenêtres givrées. L'effet était des plus étranges.

– Bon sang ! dit le roi, les yeux écarquillés. Ça alors... Magnifiques... Ils sont si calmes... Extraordinaire. Extraordinaire...

Les lionnes se couchèrent sur le plancher aux pieds de Charlie, telle la traîne d'une robe de reine. Le Jeune Lion et Elsina s'assirent bien droit de part et d'autre du garçon. Quant au Vieux Lion, il se tint légèrement en retrait, fier et tranquille comme un vieil empereur. Ils dévisagèrent le roi, puis Edward, après quoi les lionnes posèrent leur tête sur leurs énormes pattes et firent mine de dormir. Charlie se surprit à gratter le Jeune Lion derrière les oreilles, sous l'œil hébété d'Edward. Il s'empressa d'ôter sa main

Le roi Boris secouait la tête.

– Magnifiques, répéta-t-il et il ajouta quelques mots en bulgare.

Il lui fallut un petit moment pour reprendre ses esprits. Pendant ce temps, Edward, posté dans un coin du compartiment, observait la scène en silence, regardant tour à tour les lions et Charlie avec un vif intérêt qu'il tentait de dissimuler derrière un masque d'indifférence. Il avait eu l'occasion de s'entraîner pendant des années, mais jamais son flegme n'avait été mis à pareille épreuve.

– Ils ne risquent pas de...

Le roi cherchait ses mots et ne les trouvait pas, car ils lui faisaient trop peur.

– Ils sont dressés, dit Charlie.

Bien qu'il soit au courant de toute l'histoire, de l'enlèvement des parents jusqu'à l'évasion du Cirque, le roi ignorait une chose : Charlie ne lui avait pas dévoilé qu'il parlait couramment le félin. Instinctivement, il avait toujours gardé le secret ; il sentait que les gens trouveraient ça étrange et inquiétant. D'ailleurs, lui-même aurait eu du mal à croire quelqu'un qui lui aurait raconté qu'il avait été griffé par un bébé léopard quand il était tout petit, et qu'en échangeant leur sang, l'animal et l'enfant avaient également échangé leur langage.

Ignorant que Charlie et les lions se parlaient, le roi Boris ne pouvait pas savoir qu'ils étaient devenus de véritables amis soudés par les épreuves communes et qu'ils voyageaient maintenant comme des alliés et des frères, prêts à s'entraider et à se rester fidèles les uns aux autres contre vents et marées.

– Très bien dressés, assurément, dit le roi. Tu es sûr qu'il n'y a pas de danger ?

– Sûr et certain, répondit Charlie. Sincèrement. Ce sont des animaux intelligents. Ils ne mangent pas leurs amis. De toute façon, ils viennent de prendre leur goûter.

Le roi Boris observa le pelage des lions à la fois lisse et épais, leurs longues queues, leurs regards sereins. Il s'attarda sur la crinière hirsute du Vieux Lion et les longs corps puissants des lionnes. Celles-ci, constata-t-il, avaient des pelages légèrement différents : argenté pour la première, couleur bronze pour la deuxième, et moiré de reflets jaunes pour la troisième. Il remarqua les mouvements d'oreilles incessants du Jeune Lion et les grosses pattes molles d'Elsina. Il savait qu'à l'intérieur de ces pattes se cachaient des griffes longues comme les doigts d'un homme et acérées comme des couteaux.

Ils étaient splendides. Et, quoi qu'en dise Charlie, ils restaient sauvages. Le roi Boris n'était pas un imbécile, il le voyait bien.

Il laissa échapper un long soupir de bonheur.

– Je serais très honoré, dit-il, de vous offrir l'hospitalité de mon petit pied-à-terre au bord du Grand Canal, ainsi que les services d'Edward et de tout mon personnel, pour la durée de votre séjour. Regardez comme ils sont magnifiques ! Puis-je prendre une photo ?

Edward fut chargé d'aller chercher l'appareil et de photographier le roi, un bras passé autour du cou du Jeune Lion, après un long moment d'hésitation et beaucoup de « Tu crois que je peux vraiment ? Tu es sûr que je ne risque rien ? »...

Sa Majesté rougissait de plaisir. Les lions, eux, trouvaient ça un peu idiot, Charlie le voyait bien. Le Vieux Lion et les lionnes en tout cas, car le Jeune Lion et Elsina trouvaient ça amusant et ils attrapèrent le fou rire. Charlie savait que les deux plus jeunes avaient envie de jouer, ça les démangeait (ils étaient coincés à bord de ce train depuis un long moment maintenant) ; ils auraient bien voulu chatouiller le roi ou faire d'autres bêtises du même genre. Charlie jeta un regard réprobateur au Jeune Lion, qui lui retourna un regard effronté et murmura :

– Je crois... que je vais donner une petite tape dans les fesses du roi avec ma queue... Un petit coup, discrètement...

Charlie fit claquer sa langue, mais il ne pouvait rien dire.

– Allez, Charlie, dit le Jeune Lion. (Pour les autres humains, cela ressemblait à un feulement.) Vas-y, interdis-moi de le faire... Ha ha, tu ne peux rien dire, hein ? Tu ne veux pas qu'ils t'entendent ?

Cela eut pour effet de provoquer l'hilarité d'Elsina, qui se roula par terre en fourrant sa patte dans sa bouche.

– Il vaut mieux que je les ramène, Votre Majesté, dit Charlie. Ils sont fatigués après être restés coincés sur le toit pendant cette tempête de neige. (Tu parles ! Ils étaient requinqués maintenant qu'ils avaient mangé, qu'ils s'étaient reposés et avaient pris le médicament de Magdalen.)

Charlie jeta un regard très sévère au Jeune Lion dans le dos du roi Boris, et il les fit sortir du compartiment.

# CHAPITRE DEUX

Vous avez peut-être remarqué que six lions seulement rendirent visite au roi. La gigantesque créature aux dents de sabre, qui les avait précipitamment rejoints dans leur fuite, était demeurée à l'écart. Cet animal, ils le savaient tous sans avoir besoin d'en parler, était trop impressionnant, trop étrange, pour être montré aux gens. De plus, il était épuisé et il avait besoin de dormir.

Quand Charlie et les lions regagnèrent la salle de bain, Charlie se surprit à observer une fois de plus cet animal. *Il est vraiment étrange*, pensa-t-il.

À commencer par sa taille ahurissante. Mais aussi sa large tête au crâne plat, ses épaules massives et son long cou aplati, ses pattes arrière courtes et puissantes, ses longues chevilles souples qui contrastaient avec les extrémités larges et robustes. Sans oublier la queue tronquée. Et les dents, évidemment. Les lions avaient de grandes dents, mais celles-ci... elles étaient stupéfiantes : énormes, brillantes, incurvées comme des sabres.

Malgré tout, il s'agissait assurément d'un lion. Charlie s'aperçut qu'il secouait la tête en le regardant. Jamais il n'avait vu pareille créature. Qu'était-ce donc ? Le garçon n'était pas le seul à se poser la question. Le Jeune Lion et Elsina, bien qu'ils aient passé plus de temps avec cet animal, se méfiaient eux aussi.

Alors que Charlie l'observait, l'étrange créature leva les yeux. Toujours tristes, ils renfermaient aussi une petite lueur de pitié.

– Demande-moi, mon garçon, dit l'animal de sa voix râpeuse comme du vieux cuir. Je te répondrai.

Charlie était rongé par la curiosité, mais, malgré l'autorisation de la créature, il n'osait pas l'interroger. Elle avait une histoire, il le sentait, et son apparence devait bien pouvoir s'expliquer. Charlie s'aperçut alors qu'il avait encore peur de cet animal.

*Qu'est-ce qui est le plus fort ?* songea-t-il. *Ma curiosité ou ma peur ?*

– Qu'es-tu donc ? demanda-t-il.

Le temps sembla se figer à cet instant. Dans cette salle de bain raffinée et embuée, avec ses ornements roses et ses bergères peintes, et alors qu'il neigeait, l'étrange animal raconta son histoire.

– Je suis un *Smilodon fatalis*, commença-t-il de sa voix enrouée. Je n'ai aucune raison d'être ici. Avant de rencontrer mes cousins... (d'un mouvement de tête, il désigna les lions), je ne connaissais pas mon nom, ni mon utilité, ni ma nature. Je ne connaissais pas ma famille, j'ignorais même qui j'étais.

» Je devrais être mort. J'étais mort, d'ailleurs. J'ai toujours été mort. Personnellement, je n'existe pas. Dieu ne m'a pas créé. La nature ne m'a pas créé. Ma mère ne m'a pas porté. Je n'ai pas de mère. Je n'ai pas de père. Je suis mort. Et en tant que représentant de ma famille, je suis un animal... disparu.

Il s'interrompit. Charlie s'attendait à ce qu'il pousse un soupir, mais il ne le fit pas. Il s'arrêta simplement, comme pour songer à l'énormité de ce qu'il venait de dire. Le Jeune Lion et Charlie échangèrent un regard.

– J'ai appris tout cela au cours de ces dernières heures passées sur le toit du train avec tes amis, qui me ressemblent tant, tout en étant si différents. C'est ton ami, là... (son regard se posa sur le Vieux Lion, dont la tête grisonnante trahissait une vive inquiétude) qui m'a raconté tout ça. Je suis content de connaître le nom de ma famille. Je suis un *Smilodon fatalis*, comme toi tu es un humain. Mais aucune mère ne m'a donné de nom.

» Pourtant, tu me vois devant toi. J'existe, je respire, je parle. Tu te demandes : "Comment peut-il être mort ?" Je me pose une question similaire : "Comment puis-je être vivant ?" Et je me dis : "Je ne sais pas."

» J'ai ouvert les yeux dans une pièce violemment éclairée et inconfortable. Je vivais derrière un mur solide et invisible. On me nourrissait de loin. Personne ne me parlait. Personne ne me touchait. J'avais peu d'espace. J'étais au chaud et je mangeais à ma faim. Je grandissais. J'avais le souvenir de... d'autre chose. D'un endroit plus vaste, à ciel ouvert. J'avais le sentiment que la réalité pouvait être différente. On me faisait un tas de choses : des humains venaient me voir sans cesse ; et ils me mettaient des trucs dans le corps ou bien ils prenaient des parties de moi. Ils me plantaient des aiguilles dans la peau et ils notaient tout ce que je faisais. Mais jamais ils ne me parlaient. J'étais le seul spécimen de mon espèce. Je ne sais pas comment j'arrive à parler. C'est un bonheur, comme boire de l'eau quand on a très soif.

» Tout était bizarre. Moi aussi, j'étais bizarre. Il me semblait que tout irait mieux si j'étais ailleurs. Alors, je me suis enfui. J'ai bondi à travers le mur invisible ; il s'est brisé quand je l'ai heurté avec ma tête dure. Ça m'a fait mal, mais je lui ai fait encore plus mal. J'ai traversé en courant l'endroit par où les humains entraient et sortaient. J'ai gravi un escalier et je suis arrivé dans une salle remplie d'os, une grande quantité d'os bien propres et disposés de manière à dessiner des formes d'animaux, immobiles et bien alignés. Il y avait des os de lions. Il y avait des murs invisibles avec des créatures mortes derrière : certaines semblaient vivantes, d'autres étaient plongées dans du liquide, découpées en morceaux ou ouvertes en deux, grises, en train de flotter... Un endroit horrible. Je l'ai traversé en courant. Je me suis caché. J'ai franchi d'autres murs invisibles en les faisant exploser. Je me suis blessé à la tête, je n'arrivais plus à réfléchir, alors je me suis couché sous un arbre, à l'air libre, et même si j'avais mal, je me sentais mieux. J'étais bien sous cet arbre et sous le ciel.

Charlie connaissait ce lieu. Il devait s'agir du Muséum

d'histoire naturelle, situé tout près de l'endroit où ils avaient rencontré la créature.

La lionne argentée s'était couchée près de l'étrange l'animal. Elle le regardait en plissant les yeux, mais sa présence semblait lui réchauffer le cœur.

– Je me suis caché, reprit-il. Je ne savais pas quoi faire ni où aller. Au-delà des arbres, je voyais des lumières qui filaient dans l'obscurité, il y avait un bruit épouvantable, comme un tas de créatures géantes qui allaient et venaient à toute allure en vrombissant. Je me suis tapi sous l'arbre. J'aurais pleuré si...

Mais les lions ne pleurent pas.

– Et soudain, alors que j'étais caché là, j'ai senti... parmi les minéraux, la terre et les odeurs des petites bêtes... j'ai senti quelque chose... comme moi. C'était ces... mes... (il hésita une fois de plus) mes cousins. Je me suis mis à rugir. Je ne savais pas quoi faire d'autre. Leur odeur était la première chose que je reconnaissais. Quand ils m'ont vu, ils m'ont affronté, puis ils m'ont pourchassé... Mais tu sais ce qui s'est passé. Je t'ai vu. Ensuite, tu as bien voulu que je me joigne à vous.

Il laissa retomber sa grosse tête.

– Je te suis reconnaissant, ajouta-t-il. Ton ami connaît l'histoire des lions, à l'époque où ils vivaient sur toute la planète ; des lions différents dans différents endroits, avec des tailles, des couleurs, des dents différentes. Il m'a reconnu et il m'a expliqué que mes semblables étaient morts depuis très très longtemps. Autrefois, les lions étaient sauvages ici, en Europe... mais plus maintenant. Et moi, je suis américain. Il n'y a plus de lions là où nous vivions autrefois.

Il y eut un moment de silence dans la cabine embuée.

– J'appartiens à une espèce éteinte, dit le smilodon, et ses longues défenses incurvées étincelèrent. J'ai disparu de l'autre côté du monde, à l'aube de l'humanité, qui fut le crépuscule pour mes semblables. Pourquoi suis-je ici aujourd'hui ? Je suis un animal disparu.

Charlie ne savait pas quoi dire. Il était sous le choc. Les lionnes détournaient le regard ; elles n'osaient pas affronter la tristesse du smilodon. Seule Elsina le regardait, avec ses grands yeux qui paraissaient encore plus grands. Le Jeune Lion, assis derrière Charlie, s'agitait nerveusement. Mais le Vieux Lion, lui, semblait envoyer des ondes de fierté et de compassion en direction de l'étrange animal.

Le smilodon était leur ancêtre. Une créature ancienne, préhistorique, aujourd'hui disparue. Charlie se souvenait des tigres à dents de sabre dont on lui avait parlé pendant ses leçons. Et voilà qu'un lion semblable à ces animaux, venu de la nuit des temps, se tenait devant lui. Une figure tragique. Charlie sentait monter dans son cœur une immense tendresse pour cette créature terrifiante et terrifiée, qui avait fait preuve d'un si grand courage et d'un si grand dévouement en aidant les lions frigorifiés et paralysés à descendre du toit du train durant la tempête de neige. Charlie avait envie de la réconforter. Et de l'aider.

– C'est une chose bien étrange, dit le Vieux Lion. Les

smilodons ont vécu il y a des milliers d'années. Mon grand-père, en Afrique, nous racontait des légendes qu'il avait entendues, il y avait fort longtemps, sur les vieux lions, les lions d'Alaska et de Chine, d'Italie et d'Espagne, les lions anglais, les lions arabes, les lions d'Amérique. De nombreuses espèces vivent encore, mais bien d'autres, plus nombreuses, se sont éteintes. Le *Smilodon populator* d'Argentine était le plus gros, deux fois plus grand et plus fort que moi, gigantesque. C'était aussi le plus rapide... Le tigre de Tasmanie nous a quittés il y a deux cents ans seulement, c'était un drôle de petit animal, mais notre cousin malgré tout. Les léopards des neiges, venus de l'Himalaya, possédaient une magnifique et épaisse fourrure, avec des touffes de poils entre les coussinets de leurs pattes pour les protéger du froid et les empêcher de glisser sur la neige. Ils ne rugissaient jamais... En remontant dans le temps, on trouve aussi l'*Homotherium*, le *Barbourofelis*, le *Thylacosmilus* mais on ne les connaît que par de vagues récits. Très peu ont survécu. Mais nous sommes tous des félidés. Depuis trente-six millions d'années. Le smilodon est notre frère venu du passé. Notre père, en quelque sorte. Et bien qu'on ne puisse expliquer sa présence ici, elle nous honore.

Charlie voyait bien que le Vieux Lion se sentait effectivement honoré, mais lui ne percevait que la tristesse qui irradiait par vagues de la créature préhistorique. Elle paraissait très puissante, et pourtant, on devinait en elle une grande faiblesse. Ses dents elles-mêmes, si énormes qu'elles l'empêchaient de fermer la gueule, étaient comme un symbole de son inaptitude.

Charlie se promit de lui venir en aide. Quelle que soit la façon dont était apparu ce smilodon, il l'aiderait à vivre normalement.

Il ne prit pas le temps de se demander comment un être dont l'existence même était anormale pouvait vivre normalement. S'il s'était posé la question, peut-être n'aurait-il pas été aussi déterminé. Mais il pensait à autre chose. Un jour, un garçon était venu chez frère Jérôme pour suivre des cours. On l'avait découvert dans une gare, seul, effrayé et parlant mal l'anglais : un réfugié ou un orphelin, ou les deux. Il ne savait pas d'où il venait ni ce qui lui était arrivé. Les moines l'avaient recueilli, ils s'étaient occupés de lui et lui avaient donné un nom : Ralph. Mais il avait refusé de répondre à ce nom et s'était mis en colère. Finalement, frère Jérôme, qui parlait de nombreuses langues, avait réussi à découvrir, en l'interrogeant, que ce garçon se prénommait Justice. C'était le seul nom auquel il acceptait de répondre.

Charlie se souvenait combien c'était important pour ce garçon d'être appelé par son nom. Frère Jérôme avait dit que ses parents devaient être de braves gens pour avoir baptisé leur fils Justice. Et il avait ri de manière un peu triste en pensant que l'un comme l'autre – la justice et l'enfant prénommé Justice – étaient égarés, incapables de s'exprimer, seuls au monde.

– Quel genre de noms se donnaient les smilodons ? demanda Charlie, à la fois au Vieux Lion et au smilodon.

Ce dernier l'ignorait. Le Vieux Lion répondit :

– Cette information n'est pas parvenue jusqu'à nous. Sais-tu, toi, quels noms se donnaient les hommes des cavernes ?

*Stig*, se dit Charlie en repensant à un livre formidable. Ce roman racontait l'histoire d'un homme préhistorique qui vivait sur une décharge et d'un garçon prénommé Barney qui devenait son ami.

– Non, je ne sais pas, avoua-t-il. Mais je me disais... (il se tourna vers le smilodon), je me disais que si tu avais un nom, tu te sentirais peut-être mieux.

Il avait envie de l'appeler « Sir ». Ou d'un nom qui exprime le respect qu'il lui inspirait.

Le smilodon plissa les yeux et battit des paupières très lentement.

– Merci, Lion Boy, dit-il. Un nom serait... le bienvenu. Mon cousin va me baptiser, ajouta-t-il en se tournant vers le Vieux Lion.

Celui-ci l'observa avec ses grands yeux brillants.

– C'est un honneur, répondit-il. Je te nomme Primo. Ça signifie « le premier ».

– Je n'étais pas le premier, dit le smilodon de sa voix grave et rude. Mais puisque je suis ici, pourquoi pas ? Merci. Maintenant, il faut que je dorme.

Il tourna plusieurs fois sur lui-même dans la salle de bain encombrée, puis se coucha de nouveau sur le sol, même ses larges épaules étaient fatiguées.

Debout sur le pont du petit ferry qui reliait l'Espagne au Maroc, bien qu'un peu chiffonné après le voyage en train, Maccomo offrait encore l'image d'un homme respectable. Le canal du détroit de Gibraltar, là où la mer Méditerranée rejoint l'océan Atlantique, n'était pas très large, mais c'était le théâtre d'une extraordinaire prouesse d'ingénierie.

À cet endroit, la mer ne reposait pas simplement sur son lit ; elle avait été divisée en chenaux semblables à des voies de circulation sur une route. Certains étaient situés au niveau de la mer, mais un grand nombre étaient surélevés, comme des toboggans perchés sur de grandes jambes, formant un gigantesque et improbable carrefour d'aqueducs et de voies de navigation ; on aurait dit un plat de spaghettis. Par ces chenaux passaient tous les bateaux qui naviguaient entre l'Europe et l'Afrique, entre l'Atlantique et la Méditerranée. Ceux qui faisaient route vers le Portugal empruntaient un « pont » situé bien au-dessus des autres bateaux qui se dirigeaient vers les côtes du Maroc, et au milieu passaient ceux qui mettaient le cap sur les Baléares. Si vous vous trompiez de voie, vous risquiez d'être envoyé dans la mauvaise direction, et impossible de faire demi-tour. Il existait un ordre bien établi, et pourtant, cette agitation permanente donnait une impression de chaos, car cet endroit symbolisait également la frontière entre l'Europe et le Monde Pauvre. Des réfugiés et d'autres habitants du Monde Pauvre profitaient souvent de cette affluence et de cette confusion pour essayer d'entrer en

Europe où, croyaient-ils, la vie était meilleure. Bien qu'africain, Maccomo possédait des papiers européens, il n'avait donc pas à redouter les agents de l'immigration. Il pouvait aller là où il voulait.

Le soleil était haut et brûlant ; l'odeur de l'Afrique s'insinuait à travers les effluves salés et froids de la mer, par bouffées de fumée de bois, de poussière et d'épices. L'Afrique... Maccomo sourit.

Le dompteur n'était plus un jeune homme, il n'était pas impatient. Rafi ne pouvait pas avoir mis la main sur les lions ; ils étaient donc soit en liberté (mais livrés à eux-mêmes il était peu probable qu'ils le restent longtemps), soit avec Charlie, ce qui lui paraissait beaucoup plus vraisemblable. Et Maccomo savait où ils voudraient aller. Les lions voulaient être libres, ils voulaient rentrer chez eux. Ces animaux se rendraient donc au Maroc pour rejoindre les forêts clairsemées et broussailleuses d'Essaouira. Charlie, le garçon sentimental qui parlait le félin, les aiderait à s'y rendre. Et Rafi se lancerait à sa poursuite. Il devait le remettre aux individus qui l'avaient engagé pour enlever les parents du garçon. De plus, Charlie avait ridiculisé Rafi, d'abord en lui faussant compagnie, puis en lui échappant de nouveau à Paris.

Maccomo n'était pas inquiet. Il se rendrait à Essaouira et il attendrait.

Il sortit la bouteille de médicament. Juste une goutte ou deux.

Il avait compris maintenant que Charlie l'avait sans

doute drogué. Pourquoi, sinon, son corps aurait-il eu autant besoin de ces gouttes ?

Oh, ce Charlie. Il croyait pouvoir le berner. Le priver de ses lions et de ce que lui devait Rafi... Oh, ce Charlie.

Il arrêterait bientôt de prendre ces gouttes. Pour l'instant, il en prendrait juste deux, c'est tout. Il passerait quelques jours à Casablanca, puis il descendrait à Essaouira, cette jolie ville, si jolie que son nom signifie en arabe « le tableau », avec ses belles forêts où les chèvres broutaient sous les arbustes, où les chameaux blancs venus du Mali vous transportaient sur leur dos, où les lions intelligents se couchaient à l'ombre, dans les hautes herbes dorées... Il savait exactement où iraient les lions, car c'était là qu'il les avait achetés à un chasseur, à l'endroit même où ils avaient été capturés, à une vingtaine de kilomètres seulement d'Essaouira.

Ils y reviendraient en temps voulu. Et Maccomo serait là. Il attendrait autant qu'il le faudrait.

– Mabel ? Maurice Thibaudet à l'appareil.

– Bonjour, Maurice.

– Je me demandais si, par hasard, vous ne sauriez toujours pas où se trouve Maccomo.

– Non, je n'en sais rien. Désolée.

Mabel semblait un peu froide, comme si elle se sentait humiliée de ne pas savoir où se trouvait Maccomo.

– Il est revenu ici vers 1 heure, et il a fichu le camp, reprit le Major Tib.

Après une pause, il ajouta :

– Exactement comme ses lions hier soir.

– Quoi ?

Mabel paraissait véritablement stupéfaite.

– Ses lions avaient disparu ce matin, Mabel. J'ai expliqué la situation à Maccomo et, apparemment, il a décidé de disparaître, lui aussi.

– Je ne suis pas au courant de cette histoire, Maurice, dit Mabel avec précipitation. Je ne l'avais pas vu depuis un an. Il était détendu et joyeux. Ça m'a fait plaisir de le revoir hier. J'ignorais que... Et lui aussi, j'en suis sûre...

– Que ses lions avaient disparu, vous voulez dire ?

– Oui. Est-ce que... Je ne vois pas comment...

– Et ce jeune gars avec qui Maccomo discutait hier soir, en votre présence, d'ailleurs. Rafi Sadler. Un beau jeune homme avec une veste en cuir. Il était assis à côté de vous durant la deuxième partie du spectacle. Il raconte à qui veut l'entendre qu'il a été attaqué par un des lions au moment où ils s'enfuyaient.

– Hein ? Mais comment ont-ils pu s'échapper ? Et où sont-ils maintenant ? Six lions ne peuvent pas disparaître...

– D'après Sadler, ils sont montés dans un train pour Istanbul. Tu parles ! Ce train a été fouillé de fond en comble, mais aucune trace des lions. Les autorités pensent que ce garçon a peut-être la rage... Qui est ce Sadler, Mabel ?

– Un gars... Je ne sais pas. Maccomo et lui étaient... Oh, je n'en sais rien !

Le Major Tib songea que, peut-être, elle savait. Il

demeura silencieux un moment. Puis il changea de sujet :

– Bref, je me retrouve avec un trou énorme dans mon spectacle. Un trou énorme dans lequel votre cher vieil ami m'a laissé tomber. J'ai promis à tout le monde le plus grand numéro de dressage du monde. Et à la place, je n'ai qu'un grand trou.

Mabel sourit.

– Vous avez eu tort de dire que le numéro de Maccomo était le meilleur du monde, Maurice. Vous savez bien que c'est le mien, le meilleur.

Maurice sourit lui aussi en imaginant Mabel dans sa combinaison de cuir blanc, jouant avec ses tigres.

– Vous croyez ? Oui, sans doute, dit-il pour la flatter. Eh bien, je sais que vous êtes libre en ce moment. Et si vous le remplaciez ? Trois semaines à Paris, au minimum. Plus si vous le désirez.

– À condition que vous m'offriez le double de ce que vous lui donniez.

*Allons, allons,* répondit mentalement le Major Tib. *Cette femme !*

– Très bien, ma chère. Cent dirhams par soirée.

– C'est la moitié de ce que vous lui donniez. Ne dites pas n'importe quoi.

– D'accord pour trois cents, alors.

– Quatre cents, ou je monte jusqu'à cinq cents.

Le Major Tib n'avait pas le choix. Il lui fallait un numéro de dressage pour le soir même et Mabel était sa seule solution. En temps normal, il n'aurait pas engagé une femme comme elle dans le spectacle – elle était trop belle, trop autoritaire –, mais à cet instant, il était obligé d'accepter.

Mabel raccrocha, se rallongea dans sa chaise longue en fourrure blanche et réfléchit.

Pourquoi Maccomo l'avait-il contactée après tout ce temps, pour disparaître ensuite ? Quant à ses lions, elle avait du mal à croire qu'il avait pu les perdre. Mabel aimait ses tigres plus que tout au monde. Elle s'était enfuie de chez elle à quinze ans pour rejoindre le cirque, les tigres plus précisément (et pour une autre raison dont elle ne parlait jamais). Elle portait sur le corps les cicatrices de ses erreurs, les fois où jaugeant mal la mauvaise humeur d'un tigre, elle avait été attaquée. Ils l'avaient fait souffrir, mais elle ne les aimait que davantage. Cela faisait sept ans maintenant qu'elle travaillait avec cette troupe et elle les adorait. Elle aurait fait n'importe quoi pour ses tigres. Elle avait été ravie de revoir Maccomo, inutile de le nier. Elle avait pour lui... du respect. Oui, exactement. Elle le respectait en tant que grand dompteur. Voilà pourquoi elle était si étonnée et déçue de penser qu'il ait pu être aussi négligent avec ses lions. Il y avait quelque chose qui clochait.

# CHAPITRE TROIS

Il faisait déjà nuit quand les chasse-neige atteignirent l'Orient-Express ; il était trop tard : la neige était trop glacée pour qu'ils puissent intervenir. À travers les vitres givrées du train rougeoyait une étrange lueur orangée qui contrastait avec les reflets verdâtres de la neige, là où brûlaient des braseros disposés le long des rails pour empêcher les commutateurs de geler. À l'intérieur des compartiments, il faisait de plus en plus froid.

Dans la journée, Charlie avait joué au backgammon avec le roi, sous le regard attentif d'Edward. La nuit, Charlie et les lions dormirent les uns sur les autres comme des chatons dans un panier, aussi douillettement que possible.

Enfin, le troisième matin, le soleil qui filtrait à travers des déchirures dans le ciel gris commença à faire fondre les épaisseurs de givre sur les vitres, et le monde extérieur redevint visible. À travers les dégoulinades, il apparut sous la forme de petites îles surgissant de la mer. Des bruits en tous genres – martèlements, cliquetis, sifflements – trahissaient l'activité qui régnait au-dehors. Les panneaux solaires se mirent à recharger les batteries des moteurs et un wagon booster apporta de l'énergie supplémentaire. Le chauffage fonctionna de nouveau ; on allait pouvoir servir le petit déjeuner, un peu tard, mais chaud, avec des œufs et du café. L'énorme soupir de soulagement que poussèrent tous les passagers accéléra le dégel.

En début d'après-midi, la voie fut dégagée. Le train put poursuivre son voyage, en avançant lentement et péniblement tout d'abord, puis de plus en plus vite, au milieu des gigantesques montagnes alpines, visibles désormais dans toute la splendeur de leurs sommets enneigés. Après avoir franchi le tunnel du Simplon, il dévala les vastes pentes qui se trouvaient sur l'autre versant, vers l'Italie, vers Venise.

Charlie demanda à Edward des bandes pour faire un pansement.

– Un des lions s'est fait mal à la mâchoire. J'ai même peur qu'elle ne soit cassée, mentit-il.

Pendant un instant, il craignit qu'Edward réponde qu'il fallait le montrer à un médecin ou à un vétérinaire, mais le chef de la sécurité ne dit rien. C'était ça qui était super quand on était Lion Boy : personne d'autre ne pouvait se permettre de dire ce que devaient faire les lions ou ce qu'il fallait leur faire.

De retour dans la salle de bain avec les bandes, Charlie les enroula soigneusement autour de la mâchoire et de la tête de Primo, en coinçant les extrémités en dessous.

Le résultat était à mi-chemin entre un bandage et un turban. Charlie pensa à des images de l'Égypte ancienne représentant des animaux avec des têtes de momies. Au moins, les magnifiques et redoutables dents de Primo étaient cachées maintenant. Ce serait toute une histoire pour enlever les bandes quand il devrait manger, mais c'était nécessaire.

– Je ne veux pas que les gens aient une crise cardiaque en te voyant, expliqua Charlie. Ou bien qu'ils essayent de...

Il n'acheva pas sa phrase. Primo était déjà suffisamment triste, inutile de lui rappeler qu'il pouvait susciter l'intérêt de certains humains qui n'hésiteraient pas à le maltraiter. Apparemment, ça ne le gênait pas d'être déguisé. Tant mieux. Il prit soin de ne pas bouger la tête pendant que Charlie le transformait en momie.

Une fois sur le versant italien des Alpes, difficile de croire qu'il y avait eu une tempête de neige quelque temps plus tôt. Le soleil brillait de manière éclatante, le ciel était bleu et entièrement dégagé, des oiseaux chantaient et la brise faisait bruire les feuilles argentées des oliviers. Les plaines du nord de l'Italie s'étendaient de tous côtés autour du train, vastes et fertiles, traversées par de larges rivières sinueuses ; les champs de maïs, de tomates et les vignes s'épanouissaient sous le soleil. Le roi Boris ouvrit ses fenêtres et une odeur de poussière chaude et d'eau fraîche s'engouffra dans son wagon. Il ôta sa veste, sourit et dit :

– Un Campari soda, Edward, je vous prie ! Et un granité pour Lion Boy !

Edward apporta au roi un grand cocktail rose et à Charlie une petite glace à la fraise dans un verre. Puis il vint se placer derrière la chaise du garçon et regarda le roi en haussant les sourcils. Celui-ci posa les pieds sur le tabouret qui se trouvait devant lui, se renversa en arrière dans son fauteuil et dit :

– Eh bien, Charlie, malheureusement, une affaire importante m'appelle à Sofia. Je ne pourrai pas t'accompagner à Venise. Mais un bateau sera là pour t'accueillir et te conduire jusqu'à mon pied-à-terre. Edward prendra soin de toi. D'accord ?

D'accord ? Charlie s'interrogea. D'accord ou pas, il prit conscience que cela ne faisait aucune différence. C'était comme ça et pas autrement.

Rafi se sentait un peu mieux. Certes, sa douleur à l'épaule était toujours présente et intense, mais, quand il ouvrit les yeux, sa vision était plus claire, et ses pensées aussi, lui sembla-t-il. Il était toujours dans la même chambre.

– Infirmière ! appela-t-il.

Il voulait crier, mais sa voix se brisa. Il avait soif, il avait faim.

– INFIRMIÈRE ! brailla-t-il.

Oooouh ! Il avait mal à la gorge.

Son cri le fit grimacer de douleur, ce qui réveilla son épaule meurtrie. Par réflexe, il se voûta pour moins souffrir, mais, bien évidemment, cela ne fit qu'aggraver les choses. Impossible de trouver une position confortable. Le drap était roulé en boule sous lui.

– L'infâme petite vermine, murmura-t-il.

Tout ça, c'était la faute de Charlie. Rafi rejeta la tête en arrière, le plus possible, pour essayer de respirer. Il se sentait très mal en point.

Quand l'infirmière entra dans la chambre, il avait le visage verdâtre et moite, le cou couvert d'hématomes, et, l'espace d'un instant, elle crut même qu'il était mort. Elle avait de la peine, car, malgré ses vilaines manières, il était très beau avec ses longs cils magnifiques, et il était trop jeune pour mourir. Elle lui essuya le front avec une serviette humide.

Rafi se réveilla brusquement en agitant les bras, les yeux écarquillés. Il gifla l'infirmière, sans le vouloir, mais avec force.

– Laissez-moi ! rugit-il.

Oooouh, sa gorge...

L'infirmière plaqua sa main sur sa joue, à l'endroit où il l'avait giflée.

– Foutez-moi la paix, pauvre idiote ! cracha-t-il de la voix éraillée qui sortait de sa gorge meurtrie.

– On dirait qu'on vous a étranglé, dit l'infirmière. Ce n'est pas moi... Mais, franchement, je comprends que quelqu'un en ait eu envie.

Du bout des doigts, elle palpa les marques sombres qui étaient apparues dans le cou de Rafi.

– Vilains bleus, commenta-t-elle.

– J'ai faim, murmura-t-il d'un ton sec. Apportez-moi à manger.

L'infirmière le regarda. Rafi vomit. Ça faisait un mal de chien.

Elle le lava, en le traitant comme un bébé qui a sali ses couches, et elle lui dit qu'il n'aurait rien à manger pendant vingt-quatre heures car il avait été malade.

Après son départ, Rafi décida de se distraire en appelant Charlie.

Il lui laissa un message. De sa voix éraillée, c'était encore plus inquiétant :

– Salut, Charlie. C'est Rafi. Je souffre. Tu le savais ? J'ai été mordu par une saleté d'animal sauvage qui sera abattu dès qu'on l'attrapera, ce qui devrait pas tarder. La police est sur le coup. J'ai chopé une méchante fièvre et j'arrête pas de vomir. J'ai pas grand-chose à faire ici, à part me rétablir... et me demander comment tu vas réagir aux souffrances que je vais t'infliger dès que je serai de nouveau sur pied. Je me demande qui je vais envoyer pour te mordre. Pourquoi pas des serpents ?... Je me demande dans quelle eau glacée je vais te jeter. Et combien de temps je t'y laisserai. Après, je choisirai un charlatan pour te soigner... si tu survis, évidemment. Je réfléchis à ce que je te filerai à bouffer pour te faire gerber. Que des sujets intéressants, tu vois. En fait, ça m'aide à me sentir mieux.

» Bref, j'appelais pour te donner des nouvelles. Je sais où va ton train, je sais où sont tes parents, je sais que tu es un gamin complètement stupide... et je sais que tu pourras pas cacher ces lions très longtemps... Tu crois vraiment que personne ne remarquera rien ? Tu crois que Maccomo va te laisser filer avec ses lions ? Pendant que je suis ici, la police va se taper tout le boulot à ma place, et je te rattraperai plus tard. OK ? Sur ce, salut !

Rafi se félicitait d'avoir conclu sur cette note joyeuse. Ça ficherait la trouille au gamin, encore plus que ses vociférations et ses menaces sur les messages précédents. Mais il ne put se réjouir très longtemps car sa température remonta et il fut à nouveau pris de nausées, bien qu'il n'eût plus rien à vomir.

Troy était toujours couché dehors. Il s'était nourri en attrapant des rats dans l'enceinte de l'hôpital. Son flair de chien de chasse lui indiquait que Rafi était toujours là, et sa nature de chien de chasse lui ordonnait de rester là jusqu'à ce que son maître ait besoin de lui.

La route et la voie ferrée qui traversaient la lagune jusqu'à Venise étaient longues et étroites, comme un fragment de toile d'araignée tendue au-dessus d'une flaque. En jetant un coup d'œil à travers les rideaux des fenêtres du compartiment du roi Boris, au moment où le train entrait en gare, Charlie vit partout des gens affairés et pressés.

– Éloigne-toi de la vitre, lui dit le roi. Il ne faut pas que quelqu'un te voie.

Il s'était arrangé pour que le quai soit entouré d'un

cordon de sécurité. Malgré cela, ils devaient se montrer prudents.

Ils furent accueillis par quatre hommes et une voiture à cheval, longue, noire, brillante et couverte. Les lions, y compris Primo, s'y engouffrèrent en se déversant hors du train telles de longues coulées de sirop brun. Ils se roulèrent en boule sur le plancher et attendirent patiemment, comme pour dire : « On veut bien obéir, mais ne nous bousculez pas. »

– Au revoir, dit le roi. Je regrette de ne pas pouvoir venir avec toi. À bientôt, j'espère. Bonne chance.

Il y avait de la tristesse dans ses yeux noirs comme des olives, ce qui était surprenant chez un homme d'un tempérament aussi enjoué. Quand il remonta dans le train, Charlie eut un pincement au cœur : leur protecteur, si sympathique et amusant, continuait sa route sans eux. Mais bon, ils ne s'attendaient pas à avoir un protecteur au départ, et, de toute façon, ils étaient toujours sous sa protection, car Edward était avec eux.

Ils sortirent de la gare. Droit devant eux, au-delà du grand escalier et du trottoir, là où aurait dû se trouver la chaussée, il y avait de l'eau !

Charlie avait beau s'y attendre, il demeura estomaqué. De l'eau ! Il n'y avait pas de rues... pas de voitures, pas de feux tricolores, pas de chevaux... uniquement une eau verte qui bruissait. Et des bateaux. La ville flottait sur la mer. La ville était la mer. La mer faisait partie de la ville. Au-delà de l'étendue d'eau se dressaient un hôtel tout rose, le Carlton, et un dôme vert recouvert d'un échafaudage. Et quelque part, il y avait ses parents. Son cœur se serra.

Une embarcation noire, longue et basse, les attendait au coin d'un canal tranquille. Charlie savait qu'il s'agissait d'une gondole. Sa proue incurvée se dressait dans les airs. Cette embarcation était bien plus grande qu'il l'avait imaginé. En montant à bord et en levant les yeux, il faillit tomber à la renverse : elle était si haute aux deux extrémités et si basse au milieu !

Les lions passèrent rapidement de la voiture à la gondole. Il n'y avait personne pour les voir dans ce coin isolé, et dans la pénombre ils semblaient presque invisibles, même aux yeux du gondolier, un jeune homme blond et large d'épaules, au dos voûté et tordu, avec des lunettes de soleil et une barbe de trois jours. Charlie se tourna vers Edward et comprit que les personnes au service du roi Boris – ou du chef de la sécurité – prenaient soin d'ignorer ce qu'elles n'étaient pas censées remarquer. Ainsi, le gondolier regardait tranquillement, droit devant lui, le soleil couchant qui brunissait la surface de l'eau, au point qu'elle ressemblait à de l'or en fusion. Charlie et Edward s'assirent sur des sièges bas en cuir, tandis que les lions se couchaient dans une flaque d'obscurité sur le plancher. *Comme la vie doit être facile quand on est riche*, pensa Charlie. *Et comme le roi est généreux de nous faire profiter de sa richesse. Je suis bien content de ne pas être obligé d'errer dans les ruelles de cette ville étrange et animée à la recherche d'un endroit discret.*

– Au palais des Doges, Claudio, dit Edward avec son

calme habituel. Nous avons une livraison à effectuer avant d'aller à la maison.

Pendant qu'Edward avait le dos tourné, Claudio haussa un sourcil pour indiquer qu'il n'aimait pas beaucoup le doge, qu'il n'avait guère envie de se rendre à son palais et que l'idée de lui apporter une lettre était particulièrement de mauvais goût.

Charlie, lui, était impressionné. Le doge était le gouverneur de Venise ! En tout cas, ils ne se cachaient plus maintenant, loin de là. Ils descendaient tranquillement le Grand Canal à bord de cette magnifique gondole noire laquée, poussée sans effort apparent par le long aviron du gondolier. Les eaux lisses se ridaient sous l'embarcation et la superbe cité de Venise semblait se refermer derrière eux de chaque côté. Charlie avait les yeux qui lui sortaient de la tête.

Il n'y avait pas de trottoirs : uniquement de vieux, très vieux palais de marbre blanc, gris et rose qui surgissaient directement des eaux dorées, avec devant chacun d'eux de grands poteaux striés qui servaient à amarrer les bateaux. Toutes ces constructions semblaient trempées jusqu'aux genoux, comme le bas d'un manteau qui a traîné dans une flaque. Un grand nombre de demeures étaient entourées d'échafaudages, tandis que d'autres disparaissaient totalement derrière de gigantesques bâches sur lesquelles était reproduite l'image du palais tel qu'il serait une fois restauré. Et tout autour, autour des balcons et des jardins, de leurs grands murs et de leurs alignements d'arches, il y avait de l'eau.

Charlie savait, bien évidemment, qu'à Venise les canaux remplaçaient les rues ; il savait aussi que cette ville était bâtie au milieu d'une vaste lagune peu profonde et boueuse. Mais il s'attendait à découvrir une sorte d'île (avec des plages, des arbres et des champs) et non pas une vraie ville. C'était comme si elle se répandait sur l'île, en débordant sur les côtés, accrochée tel le glaçage sur un gâteau. Cette image lui plaisait : plein de magnifiques gâteaux collés les uns aux autres, sur la mer, et reliés par des ponts.

Au moment où cette vision lui traversait l'esprit, ils arrivèrent en vue de ce qui ne pouvait être qu'une gigantesque pâtisserie recouverte d'un glaçage : le pont du Rialto. Il enjambait le canal et il était envahi, des deux côtés, de petites boutiques pleines de jolies choses devant lesquelles se pressait une meute de gens.

Charlie savait également que Venise avait été, des centaines d'années auparavant, une des plus grandes villes d'Europe, et que sa richesse, son architecture et ses arts étaient incomparables. La loi obligeait chaque marchand qui s'y rendait à faire don d'un bel objet à la chapelle personnelle du doge : l'imposante basilique Saint-Marc avec ses cinq dômes. Voilà pourquoi la ville regorgeait de statues, de tableaux et de merveilles anciennes : bijoux, mosaïques, marbre et or, jaspe et albâtre, chevaux de bronze et dragons de pierre, colonnes et arches, lampes en argent et toits en or. Sans oublier les œuvres des artistes et musiciens de Venise eux-mêmes, et de tous ceux qui venaient découvrir la beauté de cette cité.

Frère Jérôme avait expliqué à Charlie que les premières maisons de Venise avaient été construites à la manière des nids des oiseaux de mer : à moitié sur des îlots et à moitié sur des plates-formes en bois dans les eaux boueuses de la lagune. Par la suite, on avait ajouté par-dessus des maisons de brique et des palais de marbre. Onze rivières venant du nord se déversaient dans la lagune, et la mer qui s'y engouffrait au sud remuait la vase et rongeait les fondations en bois. Charlie avait appris comment, alors que la température de la Terre se réchauffait, le niveau de l'eau avait monté, inondant les marais salants broussailleux qui protégeaient jusqu'alors Venise des grandes vagues. Depuis, les tempêtes hivernales avaient toute liberté pour projeter sur les vieilles maisons d'énormes paquets d'eau de mer qui martelaient leurs délicates sculptures, érodaient leurs balcons et les emportaient peu à peu, morceau par morceau. Comme si cela ne suffisait pas, les hommes avaient extrait du gaz naturel des mines situées sous la ville, et celle-ci s'était enfoncée encore un peu plus dans la boue. Un homme d'affaires particulièrement cupide avait été autorisé à installer près de la lagune une gigantesque raffinerie de pétrole qui attirait d'énormes bateaux polluants et recrachait tous ses déchets dans l'eau.

Petit à petit, les grandes constructions de Venise avaient commencé à pencher et à vaciller, avant de s'enfoncer. Le clocher de la basilique de Saint-Marc était tombé ; on l'avait reconstruit. Les rats, le sel marin et la pollution humaine avaient grignoté les maisons.

À marée haute, de magnifiques églises blanches se retrouvaient plongées dans l'eau sale, impuissantes, et la moisissure verdâtre grimpait le long de leurs murs, si bien qu'elles ressemblaient maintenant à des dents cariées. Des ponts de pierre en forme d'arche sortaient directement de l'eau et conduisaient de nulle part à nulle part. Des encadrements de porte sculptés qui s'ouvraient jadis sur des quais de marbre blanc donnaient maintenant directement sur l'eau, une eau puante qui inondait les cours dallées de marbre et produisait d'étranges et répugnantes algues. Charlie avait vu des photos montrant la basilique Saint-Marc qui se dressait tout au fond de sa grande place, face à une vaste étendue d'eau qui recouvrait les pavés. Les *venditori*, qui proposaient des graines pour les pigeons, des cartes postales et des glaces, vendaient aussi maintenant des bottes en caoutchouc et des canots gonflables. Lors des inondations, les Vénitiens installaient de longues passerelles en bois pour aller d'un endroit à l'autre au-dessus de l'eau. Mais il fallait faire attention pour repérer l'endroit où prenaient fin les pavés engloutis et où commençait le canal. À la surface de l'eau, on ne voyait pas la différence et on pouvait facilement tomber si on n'y prenait garde.

Charlie avait entendu parler de ce « grand mur » qui avait été construit au XXIe siècle : un mur flottant doté de soixante-dix-neuf portes que l'on pouvait ouvrir ou fermer en cas de marée violente, afin de détourner les vagues les plus féroces des canaux et des maisons de la cité. Il avait entendu parler également de ces îles

VERS
LES ALPES
Gare
Grand Canal
Grand Canal
Échelle de là à là = Loin
LA GIUDECCA

SAN MICHELE
Pont du Rialto
Palais des Doges
VERS L'ARSENAL
Le bassin
Place
St-Marc
San Giorgio
Maggiore
VERS LE LIDO
ET L'AFRIQUE
Venise
Palazzo
Bulgaria

artificielles qui, bien qu'elles ne puissent arrêter ni le courant ni les grandes vagues, les atténueraient un peu, pensait-on, avant qu'ils ne se déchaînent sur la magnifique cité en train de sombrer.

Et il savait ce que tout le monde savait : cela n'avait pas marché. Venise avait fini par s'écrouler et s'enfoncer dans la lagune boueuse. La majeure partie de l'île de la Guidecca et l'île de San Giorgio Maggiore n'étaient plus que des amas de ruines blanches qui émergeaient des profondeurs verdâtres. Les Vénitiens, les historiens d'art, les ingénieurs, les musiciens, les architectes et les touristes s'étaient tous rassemblés pour pleurer.

Charlie savait tout cela, mais il n'était encore jamais venu à Venise, et, alors que la gondole le conduisait sur le Grand Canal dans la lumière dorée de cette soirée de printemps, il demeurait bouche bée.

À mesure qu'ils avançaient, les constructions devenaient de plus en plus raffinées avec des alignements d'arches où se découpaient des cercles et des fleurs, du lierre rampant sur des colonnes, des balustrades, des paons dans des jardins, des balcons et des portes exquises, des niches et des panneaux encastrés, des oiseaux perchés dans les coins, des fenêtres et des piliers ouvragés, des anges et des pendentifs, des dentelles de pierre et des pinacles... Et des lions, plein de lions, tout plats, comme s'ils étaient en contreplaqué. Ou sculptés dans de la crème glacée... Ces splendides palais se dressaient hors de l'eau telles des dents qui sortent de la gencive.

Tout semblait si propre. Comment cette cité avait-elle pu être détruite par la crasse et la pollution ? (La réponse, évidemment, c'était que le vent et les pluies polluées la rongeaient peu à peu et cette érosion nettoyait la ville en même temps qu'elle la détruisait.) De petits canaux sombres et mystérieux partaient du Grand Canal pour s'enfoncer entre les maisons hautes. Du linge étendu sur des fils, d'un mur à l'autre, se balançait doucement. Les gondoles luisaient à la surface de l'eau et les amarres striées de couleurs vives se dressaient fièrement. Charlie aperçut l'immense basilique Saint-Marc en passant et les deux colonnes au bord de l'eau. Sur l'une d'elles trônait la statue d'un noble et vieux lion, avec de grandes ailes sur le dos, tenant un livre ouvert devant lui.

– Regarde, glissa-t-il au Jeune Lion couché au fond de la gondole, qui levait des yeux émerveillés et incrédules.

Le Jeune Lion sourit et donna un coup de coude aux autres, qui tous dressèrent la tête pour découvrir leur parent. Leurs moustaches frémirent.

Sans regarder Charlie, Claudio le gondolier dit :

– Le lion ailé de Venise est le lion de San Marco, que vous appelez saint Marc. Il tient un livre sur lequel est écrit : « *Pax tibi, Marce, evangelista meus. Hic requiescat corpus tuum* », ce qui signifie : « Que la paix soit avec toi, Marc, mon évangéliste. Ici reposera ton corps. »

Il adressa un bref regard à Charlie et ajouta :

– L'évangéliste, c'est celui qui voyage pour apporter aux gens la parole de Dieu. Il y a très très longtemps, saint Marc, qui était l'ami de Jésus et qui a écrit des pages de la Bible, rentrait à Rome. Une nuit, il s'est abrité dans la lagune de Venise, car partout des ennemis le guettaient. Un ange lui est apparu alors et l'a accueilli avec ces mots : « Que la paix soit avec toi... », etc. Saint Marc était très heureux d'entendre ça, car il était très fatigué et affamé.

» À sa mort, saint Marc a été enterré en Égypte, et longtemps après, en l'an 828, deux braves Vénitiens se sont rendus là-bas sur sa tombe, et ils ont volé son corps. Pour tromper les gardes, ils l'ont caché au milieu des porcs, car ils savaient qu'ainsi, ils n'y toucheraient pas. C'étaient des musulmans, et pour eux, le porc est très sale.

» Ils ont rapporté le corps de saint Marc à Venise et ils l'ont montré au doge. Alors, le doge a fait construire une église pour y mettre le corps de saint Marc, et Venise était très contente, car on avait un vrai saint, un grand saint, rien que pour nous, et les Vénitiens ont commencé à mettre des lions partout, en l'honneur de saint Marc. Tu les verras ! Mais ensuite, quand ils ont reconstruit l'église, en 1063, ils ont caché le corps, car ils craignaient que quelqu'un vienne le voler. À cette époque, les gens pensaient que le corps d'un saint pouvait réaliser des miracles, alors ils l'ont bien caché. Trop bien, même. Au bout d'un moment, plus personne ne savait où il était. Quand la basilique a été terminée, ils ont fait dire une messe pour la dédier à Dieu et en plein milieu de la cérémonie... VLAN ! le bras de saint Marc a jailli d'une colonne ! Avec un anneau en or au doigt.

– Timing parfait, commenta Charlie.

– Oui, dit le gondolier tout en manœuvrant son embarcation pour la diriger vers les piquets d'amarrage plantés devant un gigantesque *palazzo* rose. Certaines personnes, ajouta-t-il, prétendent que tout cela a été manigancé pour faire croire à un miracle.

Charlie sourit. Un faux miracle !

– Mais pourquoi un lion ? demanda-t-il. Quel rapport avec saint Marc ?

– C'est dans la Bible, expliqua le gondolier. Un lion ailé, avec six ailes recouvertes d'yeux. Marc disait toujours que Dieu était *magnifico* comme un lion. (D'un grand geste, il montra le spécimen qui trônait au sommet de la colonne.) Celui-ci est en bronze et ses yeux sont en agate ; il pèse trois tonnes et il est ici depuis mille deux cents ans. Sans doute vient-il du Moyen-Orient, comme Jésus, mais il est beaucoup plus vieux. Ou peut-être qu'il est chinois. Peut-être que les ailes sont arrivées plus tard. Peu importe. En temps de guerre, le lion est représenté avec le livre fermé. Plus de « Que la paix soit avec toi ». Dans ces moments-là, tu le vois comme à l'*Arsenale,* là où on fabrique les bateaux. Napoléon – tu sais qui c'est ? Le Français, le petit qui voulait tout envahir ? – il a changé les mots dans le livre. Il a écrit : « Les droits de l'homme et du citoyen ». Tu vois, le lion de saint Marc est partout à Venise. On aime les lions ici.

Claudio regarda les lions couchés dans sa gondole et une expression d'émerveillement mêlé d'affection éclaira son visage. Charlie se prit de sympathie pour lui. Et les lions aussi, semblait-il.

Le Jeune Lion, quant à lui, essayait de regarder par-dessus le bord de la gondole pour voir ce dont parlait Claudio. Charlie lui fit une grimace, comme pour dire : « N'attire pas l'attention ! » Le Jeune Lion lui montra le bout de sa langue et lança :

– Tu ne penses qu'à toi. Moi aussi, je veux voir ce lion à six ailes !

Charlie déglutit, gêné. C'était amusant quand le Jeune Lion lui parlait en présence d'autres humains, mais c'était frustrant aussi, car il brûlait d'envie de lui répondre, et il ne le pouvait pas. Le Jeune Lion le fixait avec son petit sourire effronté. Charlie lui fit les gros yeux et détourna la tête en sifflotant. Il observa le palais et le lion sur sa colonne, puis il regarda de l'autre côté. Ils avaient atteint l'extrémité du Grand Canal, l'endroit appelé le *Bacino*, là où les eaux s'ouvrent sur la mer et où apparaissent d'autres îles. Mais quelque chose n'allait pas dans ce paysage.

Au-delà des vieux postes de douanes, là où auraient dû se trouver l'île de la Giudecca et les églises des Zitelle et du Redentore, et aussi l'île de San Giorgio Maggiore, il n'y avait que chaos et désolation : un sinistre spectacle, mi-ruine maritime, mi-chantier de construction. Il y avait là des grues installées sur des bateaux et des pontons chargés de matériel destiné à la récupération sous-marine, d'énormes plaques de métal rouillé se dressaient dans la mer comme des murs, et de grands tunnels de verre, à moitié visibles sous la surface de l'eau, serpentaient entre les ruines. Ici et là, les tunnels jaillissaient hors de l'eau telles de gigantesques chenilles translucides ; ils grimpaient sur les amoncellements de marbre et de briques, les sculptures et les statues, les dômes fracassés et les frontons brisés. Tout autour se trouvait le matériel des gens qui tentaient encore de sauver et d'arracher à l'eau quelques morceaux de construction : de grosses chaînes, des moteurs et des blocs électrogènes, de petits sous-marins et des remorqueurs, des piles de bottes en caoutchouc et de masques à oxygène, des cordages, des cartes et des listes. Une ou deux zones de la lagune avaient été isolées et toute l'eau pompée, formant une sorte d'immense réservoir vide, une écluse à sec. L'une d'elles contenait les vestiges de l'église de San Giorgio Maggiore. On aurait dit un tas d'os blanchis, autour desquels des hommes s'affairaient comme des mouches. Du trou béant dépassait une immense pompe qui crachait en permanence de la boue et de l'eau sale, comme une artère sectionnée. On entendait comme un battement de cœur.

Charlie demeura hébété.

– Ils transforment Venise en musée, sous l'eau, dit Claudio tout en attachant avec habileté sa gondole à un piquet d'amarrage. Ils installent ces grands tubes de verre au fond de la lagune pour que les gens puissent marcher à l'intérieur et admirer les ruines sous-marines.

Comme des poissons dans un aquarium, avec la bouche grande ouverte. Ils installeront de gros projecteurs pour qu'on puisse bien distinguer les algues sur nos ruines, comme des toiles d'araignée visqueuses et empoisonnées. Pour que tout le monde voie comment la mer a vaincu Venise et l'a enfoncée dans la boue !

Le Jeune Lion n'en revenait pas.

– Je veux y aller ! cria-t-il.

Cette fois, il ne faisait pas ça pour taquiner Charlie, il était tout simplement excité à l'idée de marcher au fond de l'eau, c'était plus fort que lui. Fort heureusement, ses paroles ne ressemblaient qu'à un grognement aux oreilles de Claudio et d'Edward. Le gondolier adressa un clin d'œil à Charlie, avant de descendre du bateau. À ce moment-là, Edward, qui avait écouté attentivement leur conversation sur Venise, sans rien laisser paraître, tendit un petit paquet au gondolier.

Pendant que Claudio se dirigeait vers le palais rose, Edward se renversa en arrière et ferma les yeux, l'air profondément songeur.

Charlie se souvint alors d'une chose à laquelle il n'avait pas pensé depuis une éternité : ses parents étaient venus ici, à Venise, pour leur voyage de noces. Voilà pourquoi il pouvait dire que quelque chose clochait dans le décor. La photo où on les voyait souriants et enlacés, celle qui était posée sur le buffet dans la cuisine, à la maison, avait été prise près d'ici. Charlie reconnaissait l'endroit. Et il voyait bien que la moitié du décor n'existait plus. À la place, tout n'était que ruines.

Il était triste en imaginant la réaction de ses parents s'ils voyaient ça. Eux aussi seraient très tristes.

Mais où étaient-ils ? Les yeux écarquillés, il chercha à apercevoir des chats dans les parages. Les chats lui avaient fourni des renseignements depuis qu'il était parti de chez lui : le long de la Tamise à Londres, puis sur les bords de la Seine jusqu'à Paris. Ce sont de redoutables colporteurs de ragots. À la première occasion, se dit-il, il fallait qu'il discute avec un chat.

# CHAPITRE QUATRE

Le « pied-à-terre » du roi Boris était en réalité un petit palais, le *palazzo Bulgaria*, situé sur le Grand Canal. Comme ils étaient déjà passés devant en gondole, ils durent rebrousser chemin pour y retourner. Charlie se réjouissait de ne plus avoir devant les yeux les vestiges de la Giudecca.

Claudio arrêta sa gondole le long d'un large escalier de pierre conduisant directement de l'eau à la grande et élégante porte d'une de ces constructions qui ressemblaient à des crèmes glacées. Le bas de la porte était rongé par la pourriture et les marches dégoulinaient d'algues vertes. Levant les yeux vers la façade, Charlie remarqua que le balcon du premier étage était soutenu par des lions sculptés. C'était un plaisir de connaître l'histoire qui se cachait derrière ce symbole. Il sourit à Claudio, qui lui répondit par un clin d'œil.

La lourde porte en bois de la grande entrée voûtée s'ouvrit lentement. Pendant que Claudio immobilisait la gondole, les lions débarquèrent et gravirent les marches pour pénétrer dans la pénombre de la maison. Charlie les suivit et Edward lui emboîta le pas, toujours droit comme un I.

La pièce dans laquelle ils se retrouvèrent était haute de plafond et fraîche, avec des murs peints dans un rouge foncé et fané, et un sol de la même couleur, lisse, comme une seule et unique dalle de pierre. Il flottait là une odeur d'humidité ancienne. Les rideaux pendus devant les hautes fenêtres qui flanquaient la porte d'entrée étaient taillés dans un épais velours, rouge foncé lui aussi, qui semblait avoir des centaines d'années ; ils étaient attachés par des pompons en fil doré ternis et effilochés. *Si on y touche,* songea Charlie, *ces rideaux vont se transformer en poussière cramoisie entre les doigts.* Au plafond, un énorme lustre en verre scintillait ; difficile de deviner combien il pouvait compter de perles de verre, semblables à des joyaux poussiéreux, dont les multiples facettes reflétaient la lumière dorée des bougies. En plissant les yeux, Charlie crut apercevoir des oiseaux et des fleurs tout là-haut, et des plantes rampantes entrelacées, baignées dans la même lueur pâle et diluée.

L'odeur d'humidité se mêlait à un parfum capiteux et végétal. Un vase de pierre, presque aussi grand que Charlie, se dressait dans un coin de la pièce, rempli de lis écarlates ou blancs qui brillaient comme des fantômes dans la lumière tamisée. Il n'y avait pas d'autres meubles. Tout au bout, Charlie aperçut une autre porte voûtée, surmontée d'un grand coquillage en pierre.

Il se demanda si toute la maison était à cette image.

À cet instant, une personne entra : une grande femme blonde et molle, avec un visage tout en longueur et des yeux clairs très écartés. Avec sa robe d'intérieur bleu ciel, ses sandales en jean à talons hauts, et ses lourdes boucles d'oreilles en or, elle ressemblait à une sorte de sirène. Elle s'immobilisa et observa Charlie en roulant des yeux. Il en déduisit qu'il ne lui plaisait pas. À son grand étonnement, elle embrassa Edward sur les joues.

– *Signora* Battistuta, dit le chef de la sécurité, quel plaisir !

Mais la femme avait déjà porté son attention sur les lions et elle demeura bouche bée. Ses yeux s'emplirent d'effroi, mais sa large bouche pleine de longues dents dessina un grand sourire.

– *Bellissimi !* s'exclama-t-elle en parlant du nez. *Bellissimi ! E questo qui, mio Dio !*

Primo l'intriguait particulièrement.

– *Che bello,* commenta-t-elle en admirant la taille et les épaules puissantes de l'animal.

Elle demanda pourquoi il avait la tête bandée et Edward lui donna l'explication en italien. La femme au long visage brûlait d'envie de voir la tête du grand lion. Charlie restait silencieux. Sa connaissance de l'italien lui permettait tout juste de comprendre ce qu'ils disaient.

– Voici nos hôtes d'honneur, déclara Edward, dans la langue de Charlie cette fois. Les bêtes seront à leur aise dans le *cortile*, et l'enfant dans la chambre chinoise, par exemple. Dîner dans une demi-heure, s'il vous plaît. Nous n'avons pas de bagages.

*Cortile.* Charlie se demanda où se trouvait cet endroit, et ce que c'était.

Ignorant toujours Charlie, la *signora* Battistuta continuait à jeter des regards affectueux aux lions. Elle cria d'une voix stridente :

– Lavinia ! *Vieni !*

Une petite enfant pâle, âgée d'environ six ans, apparut, vêtue d'une étrange blouse. Elle prit Charlie par la main, lui fit traverser l'immense pièce pour emprunter un escalier tout aussi immense et l'entraîna jusqu'au troisième étage. Là, un couloir sans fin au sol de dalles rouges et aux murs peints de cette même couleur fanée les mena à une porte haute et sombre. Au-delà se trouvait un autre monde : une pièce vert pâle avec des meubles en bambou et, sur les murs, des paons dorés et des chrysanthèmes argentés. L'espace d'un instant, Charlie crut qu'ils étaient vrais et qu'il avait pénétré dans un jardin oriental où pendaient de larges feuilles constellées de fleurs cramoisies. Mais tout était peint. Même les meubles en bambou n'étaient pas en bambou, mais en bois sculpté et peint pour obtenir l'aspect du bambou. L'effet produit était étrange : comme si, en vous asseyant, vous n'étiez pas sûr que la chaise existe vraiment. Par exemple, vous ne pouviez pas savoir si un mur était véritablement un mur ou une vue en trompe-l'œil s'ouvrant sur un parc chinois vieux de trois cents ans. Faisant appel à son bon sens, Charlie se dit qu'il était peu probable de trouver un jardin chinois de trois cents ans à l'intérieur de ce palais vénitien... mais il s'était passé tant de choses stupéfiantes ces derniers temps que le doute restait permis.

Par la fenêtre, on avait une vue directe et dégagée sur le chaos de la Giudecca engloutie. Les derniers feux du soleil couchant embrasaient la scène et se reflétaient comme de la lave en fusion à la surface de l'eau, donnant l'impression d'un enfer peuplé de personnages qui s'affairaient inutilement. Charlie ne pouvait en détacher son regard.

– *Maledetta Venezia*, dit la fillette pâle.

Elle aussi parlait du nez.

– Pardon ? fit Charlie en se retournant.

– *Maledetta, la città. Maledetta !*

Charlie essaya de comprendre : *male* = mal, *detta* = dite ; *maledetta* = maudite. La fillette lui disait que Venise, *Venezia*, était maudite.

Charlie regarda de nouveau par la fenêtre. C'était étrange, lorsqu'une belle chose devenait laide, elle semblait plus laide encore qu'une chose qui l'avait toujours été. Cette vision était effroyable. La ville semblait maudite, en effet. Elle ressemblait à un cadavre aux multiples blessures sur lesquelles rampaient de minuscules cannibales.

Il détourna le regard.

– *Bagno*, dit la fillette.

– Hein ?

– *Bagno*, répéta-t-elle en montrant la porte.

Apparemment, elle voulait que Charlie la suive, alors il lui emboîta le pas dans le couloir et elle le conduisit dans une petite pièce entièrement carrelée, dotée d'un gros pommeau de douche au plafond, là où il aurait dû y avoir une ampoule.

– *Bagno*, répéta la fillette. *Adesso.*

Charlie comprit qu'il devait se laver. Il obligea la fillette à sortir en lui jetant un regard noir et, une fois seul, il se déshabilla et se lava à fond, car il n'avait pas eu l'occasion de le faire une seule fois depuis son départ de la maison.

L'eau était chaude, le jet puissant et, comme toute la pièce était entièrement carrelée, il ne craignait pas de mouiller par terre. Il pouvait éclabousser autant qu'il voulait, s'asseoir sur le carrelage, même s'allonger sous la douche, ce qui était très amusant, surtout quand il plaçait son visage exactement sous le jet. Heureux, il se mit à chanter, puis il se demanda si c'était mal de se réjouir, juste une fois, que sa maman ne soit pas là pour l'obliger à se laver les cheveux et à se peigner. Il ne les avait pas lavés correctement depuis qu'il était parti de chez lui, il y avait plusieurs semaines, et ils commençaient à former des petites tresses en poussant. Sans doute devrait-il penser à essayer de les démêler, se disait-il, pour que ça fasse de jolies tresses. Il rêvait d'avoir des dreadlocks, mais son papa avait toujours refusé.

Charlie continua à jouer avec l'eau en essayant de ne plus penser à ses parents absents. Alors qu'il commençait à regretter de ne pas avoir de copain avec lui pour faire une bataille d'eau, la petite voix de Lavinia filtra à travers le tapage qu'il faisait, dans un nuage de vapeur. Il ferma le robinet et alla entrouvrir la porte. La fillette tenait dans ses bras une pile de serviettes de laquelle ses yeux très clairs dépassaient à peine.

– Merci, dit Charlie en prenant une serviette.

La fillette recula et attendit.

*Zut,* pensa Charlie en comprenant qu'il lui fallait sortir de la douche. *Cette gamine allait-elle le suivre partout, pour lui dire ce qu'il devait faire ?*

– *Sono bellissimi, i leoni,* dit-elle. *I leoni. Bellissimi. Piacciono ai Venezian, i leoni.*

Charlie devina qu'elle aimait les lions.

– *Si,* dit-il avec un sourire distrait.

Tout le monde semblait les aimer ici.

Il s'enveloppa dans la serviette et emprunta le couloir en sens inverse, en trottinant et en dégoulinant. Il espérait que l'on mangeait aussi bien dans le palais du roi que dans son compartiment.

Il ne fut pas déçu ; le dîner fut un régal. Pour commencer, il y eut du salami et du jambon délicatement épicé, le meilleur qu'il ait jamais mangé. Il s'empiffrait joyeusement quand il remarqua le regard réprobateur de la *signora* Battistuta, alors il ralentit. *Peut-être n'est-ce que le premier plat,* se dit-il, *je devrais garder de la place pour la suite.*

En effet, furent servies ensuite des pâtes à la carbonara, les préférées de Charlie, avec des œufs, du lard et du fromage, comme les faisait son papa. Puis du poisson, bien blanc, accompagné d'une sauce verte à l'ail qui sentait fort et qui faisait un peu peur, mais si délicieuse qu'il faillit pousser des glapissements de plaisir. Puis des asperges et des artichauts. Puis du poulet rôti au romarin avec des pommes de terre et des haricots verts. Puis une tranche de veau avec du thon et de la mayonnaise. Puis de la salade verte. Puis une pause... Puis du fromage, puis du tiramisu avec des couches de crème et de biscuits trempés dans du café et du chocolat, puis des poires cuites dans du vin, puis des chocolats ; à ce moment du repas, Edward et la *signora* Battistuta burent un petit verre de liquide transparent et brillant, dans lequel flottait un grain de café, et qu'ils enflammèrent.

Charlie pouvait à peine bouger tant il avait le ventre plein. Il se sentait bien et en sécurité, mais, dès qu'il pourrait quitter la table, il partirait à la recherche des chats pour avoir des nouvelles. Edward lui donnerait-il une clé de la maison ? Ou peut-être commencerait-il par les chercher sur le toit...

Soudain, Edward dit :

– Eh bien, Charlie.

Ces paroles s'abattirent sur lui, comme lorsqu'on vous oblige à finir vos devoirs alors que vous pensiez pouvoir aller jouer au football. Le sentiment de bien-être qu'il éprouvait se volatilisa.

– Le traitement contre l'asthme inventé par tes parents...

Charlie ne dit rien.

– Sais-tu quelque chose à ce sujet ?

Le garçon se sentait mal à l'aise. C'était Edward qui avait confirmé que ce traitement contre l'asthme se trouvait à l'origine de l'enlèvement de ses parents. Il était le chef de la sécurité du roi Boris, un homme digne de confiance donc, et le roi Boris était son protecteur et son bienfaiteur. Pourtant, Charlie ne voulait pas parler du traitement à Edward. Sa petite voix intérieure lui murmurait : « Non. »

– Non, répondit-il.

Ce qui n'était que partiellement vrai. Il ne savait pas grand-chose sur ce traitement, il ne savait pas comment ça fonctionnait, mais il possédait la « recette », écrite avec le sang de sa mère sur un parchemin qui se trouvait dans son sac, là-haut dans sa chambre. Elle l'avait copiée quelques mois plus tôt, en lui recommandant d'emporter ce parchemin si jamais il devait « aller quelque part ». D'ailleurs, c'était ainsi qu'avait commencé ce drame. Ce jour-là, sa mère était tombée de l'échelle et s'était fait mal à la jambe. En repensant à cette scène, Charlie eut un pincement au cœur ; il avait envie de revoir sa maman. Il cligna des yeux.

Il devait veiller sur ce parchemin. C'était un objet précieux.

Edward l'observait, sans animosité.

– Ce n'est pas grave, dit-il. Nous n'avons pas besoin de savoir tout ça pour chercher tes parents. Je vais m'attaquer à cette affaire et nous les retrouverons en moins de deux !

Il parlait comme un maître de maternelle. Et, même si Charlie se réjouissait de pouvoir compter sur l'aide des services de sécurité du roi de Bulgarie, l'idée qu'Edward retrouve ses parents ne lui plaisait pas. C'était lui, Charlie, qui les retrouverait !

Mais n'était-il pas un peu vaniteux ?

Peu importait la manière dont on les retrouverait, et qui les retrouverait... Il voulait les revoir très vite, voilà tout.

Mais soudain, cette tâche lui sembla au-dessus de ses forces et il n'aima pas ça.

La *signora* Battistuta frappa dans ses mains et la jeune Lavinia réapparut presque aussitôt. La femme aboya un ordre. La fillette prit de nouveau Charlie par la main pour l'entraîner. Il salua poliment les grandes personnes et, au moment où ils quittaient la pièce, il repensa aux lions.

– Lavinia, dit-il, il faut que j'aille voir les lions pour leur souhaiter bonne nuit.

*Et pour discuter avec eux de la situation, pour trouver le moyen de contacter ma mère et mon père, pour organiser la suite de notre voyage et ainsi de suite,* pensa-t-il tout bas.

La fillette le regarda d'un air vide.

– Les lions. *Leoni,* dit-il en essayant d'imiter Lavinia. *Leoni...*

– *No,* répondit la fillette, avant de tourner les talons.

Hein ?

– Euh... si, insista Charlie en se libérant de cette petite main qui le serrait avec force.

– *No*, répéta Lavinia d'un ton plus ferme.

– Si, dit Charlie d'un ton encore plus ferme.

Lavinia débita alors un flot de mots en italien, dont le sens général semblait être : « Non, Charlie n'ira pas voir les lions. »

Vous imaginez ce qu'il pouvait éprouver. Les lions et lui étaient un peu comme les Trois Mousquetaires : « Tous pour un et un pour tous. » Ce n'était pas une fille qui allait les séparer !

– Fiche-moi la paix, dit-il. Je dois retrouver mes amis et je ne veux pas être obligé de te frapper.

La fillette le dévisagea avec ses yeux délavés et laissa échapper une sorte de petit gémissement qui alla croissant, comme si le plus grand malheur de la terre venait de s'abattre sur elle.

– Oh, ferme-la ! ordonna Charlie.

Il était désorienté. Il ne supportait pas d'entendre les filles pleurer. La seule solution qui lui venait à l'esprit, c'était de les serrer dans ses bras, mais que faire quand c'était une personne qu'on connaît à peine et qu'on n'a pas envie de serrer dans ses bras ? Lavinia, par exemple ? En revanche, il ne voulait pas que les braillements de cette gamine incitent Edward et la *signora* Battistuta à intervenir.

– Silence ! dit-il d'un ton pressant en lui faisant signe de se calmer. D'accord, d'accord, j'ai compris. Arrête.

La fillette cessa de gémir et regarda Charlie ; la peur se lisait dans ses grands yeux et sa lèvre inférieure tremblait.

Charlie poussa un soupir et lui tendit sa main.

– Vas-y, dit-il tout en sachant qu'elle ne le comprenait pas. Emmène-moi où tu veux.

C'était la meilleure solution. Il lui suffisait, pensa-t-il, de mémoriser le chemin pour s'orienter dans cette grande demeure, et, une fois que Lavinia serait partie, il reviendrait en douce sur ses pas pour essayer de trouver les lions tout seul. Qu'était-ce donc qu'un *cortile* ? Peut-être y aurait-il là un chat qu'il pourrait interroger.

Par la fenêtre de la chambre chinoise, il voyait les ribambelles de lumières électriques et les projecteurs qui illuminaient les ruines de San Giorgio Maggiore. Dans la nuit, le décor ressemblait encore plus à une vision de l'enfer : inondé, en ruines, industriel, parsemé de fragments de beauté détruite. Charlie détourna vite le regard.

Il aperçut alors sur le rebord de la fenêtre son téléphone qu'il avait mis en charge un peu plus tôt, tandis que brillaient les derniers rayons de soleil.

L'icône de la messagerie clignotait.

Depuis qu'il était parti de chez lui, ce signal était synonyme de choses désagréables. C'était toujours la même personne qui l'appelait.

Il fixa longuement le téléphone, puis il regarda dehors.

Impossible d'ignorer ce signal. Charlie était un garçon curieux.

– Bonsoir, Lavinia, dit-il d'un ton ferme, et il la poussa en douceur dans le couloir.

C'est ainsi qu'il reçut le message de Rafi.

Tandis qu'il l'écoutait, il sentit son moral s'effondrer, lentement mais sûrement. Tout ce que disait Rafi... la police, le train, Maccomo, ses parents... Oh, mon Dieu. De terribles dangers les guettaient, les lions et lui. De nombreuses forces étaient liguées contre eux...

Il se mordit la lèvre.

*Mais maintenant, je suis ici,* se dit-il, *protégé par Edward et le roi Boris. Personne ne nous retrouvera si nous restons discrets. Il faut juste que je retrouve mes parents rapidement, avant que Rafi se rétablisse et que la police comprenne que le roi Boris nous héberge chez lui. Je ne dois pas me faire remarquer.*

Quel soulagement d'avoir cet endroit sûr et confortable pour se cacher.

Les gens étaient assis en cercle sur de gros coussins en fausse fourrure, à même le parquet ciré. En fait, le plancher était fait d'un matériau particulier provenant du bois, et qui ressemblait à du bois, mais qui était conçu pour s'user plus vite. Dans de nombreux endroits du monde, ce genre de matériaux avait été interdit, car cela gaspillait de beaux arbres. Mais il s'agissait d'une invention de la Corporation qui avait pensé en vendre dans le monde entier et réaliser ainsi d'énormes bénéfices, car les gens auraient été obligés d'en acheter plus, et maintenant, il leur en restait plein. Comme la Corporation ne voulait pas perdre d'argent, elle utilisait ce matériau pour équiper ses communautés à travers le monde.

Les gens mangeaient, buvaient et respiraient le doux air parfumé du centre d'éducation du village corporatif.

– Il est vrai que l'argent ne fait pas le bonheur, entonna une voix mélodieuse. Comment le pourrait-il ?

Les gens échangèrent des sourires. Ils savaient tous que l'argent ne faisait pas le bonheur. Bien sûr que non. Ils étaient trop intelligents pour croire cela.

– Mais il peut vous rendre la vie tellement plus agréable ! ajouta joyeusement la voix. Qu'est-ce qui vous rend heureux ? Le bonheur de vos proches. Et c'est tellement plus facile de les rendre heureux si vous avez les moyens !

Les gens pensèrent à leurs familles avec un sentiment de fierté. La plupart vivaient ici, dans la communauté du village corporatif privé. Ils trouvaient que c'était un endroit merveilleux avec son authentique place de village en fausse herbe, son école réservée aux enfants de la communauté, ses boutiques (qui vendaient uniquement des produits de la Corporation) et surtout, son grand mur tout autour pour empêcher que les pauvres qui faisaient peur, les étrangers ou les enfants de l'extérieur viennent déranger la vie de la communauté. En réalité, il n'y avait pas vraiment de pauvres, même derrière le mur, car les gens vraiment pauvres vivaient dans le Monde Pauvre, mais parfois on faisait venir des pauvres pour leur confier les tâches que personne ne voulait exécuter dans le Monde Riche, et c'étaient ces gens qu'on empêchait d'entrer (sauf pour leur donner les sales boulots, évidemment). S'ils essayaient de s'infiltrer, les gardiens les chassaient.

Il existait de nombreuses communautés privées. Certaines parmi les plus connues excluaient les pauvres, mais aussi les enfants. Les personnes âgées pouvaient vivre là sans être embêtées par les bicyclettes, les parties de football, la musique pop, les rires et les cris. D'autres communautés rejetaient les étrangers ou les gens qui avaient une couleur de peau différente, mais les communautés étaient obligées de mentir et de faire croire que c'était autre chose qu'elles rejetaient. Elles s'arrangeaient toujours pour ne laisser entrer que des gens qui ressemblaient à ceux qui se trouvaient déjà à l'intérieur. « Ce sont des êtres minables et pathétiques, sans cœur, sans cervelle, sans imagination ni aucune autre qualité, disait la mère de Charlie avec mépris. Ils détestent la vie. C'est aussi bien de les enfermer tous ensemble ; comme ça, le reste du monde est plus sympathique et plus intéressant pour les autres ! » Voilà du moins ce qu'elle disait quand elle était elle-même, à la maison.

Mais maintenant, au centre d'éducation, elle avait les cheveux ternes, le cerveau embrumé et elle ne savait plus ce qu'elle devait penser.

– Réfléchissez, continuait la douce voix. (Magdalen essaya de réfléchir, mais elle avait oublié ce que cela voulait dire.) Si vous pouvez offrir à vos proches tout ce dont ils ont besoin, imaginez combien ils seront heureux. Si vous pouvez les entretenir, les nourrir et leur donner le mode de vie qu'ils méritent... la sécurité et la prospérité. Ne le méritent-ils pas ? Bien sûr que si !

Un ou deux participants au séminaire pensèrent, dans un recoin obscur de leur esprit, que leurs proches méritaient assurément de jouir du confort et de la sécurité, mais ceux qui n'avaient personne pour les aimer le méritaient eux aussi et peut-être même plus... Mais cette pensée s'envola.

– Et vous, est-ce que vous ne le méritez pas ? demanda la voix d'un ton persuasif. Bien sûr que si ! Vous pouvez avoir tout ce que vos parents n'ont pas eu la chance de pouvoir vous offrir. (Ces paroles dégoulinaient de compassion.) Vous pouvez offrir toutes ces choses à vos enfants. Vous pouvez choisir la vie que vous souhaitez mener ! Embrassez vos aspirations ! Il n'y a aucun mal à cela. Accomplissez votre rêve ! Soyez celui que vous avez toujours rêvé d'être !

Tout le monde souriait maintenant. C'étaient des paroles agréables.

– L'argent, c'est bien. L'argent vaut le coup. C'est formidable d'en avoir autant qu'on veut ! Plus vous travaillerez pour la Corporation, plus nous aurons d'argent, tous ! Grâce à la Corporation, vous pouvez travailler dur en sachant que vos efforts serviront au bonheur de votre famille. Vous pouvez être les meilleurs ! Relevez le défi ! Atteignez votre objectif ! Réalisez des bénéfices ! Construisez cette entreprise ! Faites fructifier vos actions ! Vous pouvez gagner beaucoup d'argent et mener une vie luxueuse. N'ayez pas peur d'embrasser vos aspirations !...

La voix poursuivit sur sa lancée.

Magdalen faisait la grimace. Une petite voix venue du fond de son cœur répliquait : « Ce ne sont pas là mes aspirations. Je ne veux pas gagner beaucoup d'argent pour mener une vie luxueuse encombrée de choses fausses, coupée du monde réel. Je ne veux pas que la Corporation gagne de l'argent grâce à moi, pendant qu'ailleurs, dans le monde, des enfants pauvres sont privés de soins... Je veux qu'on me fiche la paix... Je veux Charlie... J'ai peur... J'ai peur qu'ils me vident le cerveau... »

Mais la voix était faible et lointaine.

Aneba pensait : *Oh, je suis fatigué. Fatigué. J'ai envie de boire un verre.*

Magdalen le regarda. *Il a l'air de s'ennuyer*, pensa-t-elle. *Peut-être qu'il ne m'aime plus.*

Soudain, la petite voix qui était en elle poussa un cri strident et Magdalen bascula vers l'avant en se tenant la tête à deux mains.

– Aneba ! cria-t-elle. Aneba, réveille-toi, réveille-toi ! Aneba, mon amour, ils sont en train de nous tuer, ils nous tuent...

Elle criait et pleurait en même temps.

Aneba la regardait fixement.

Elle perturbait le séminaire de motivation économique.

Un responsable de l'unité du bien-être intervint pour l'emmener. Ils lui administrèrent des médicaments et, quand elle fut calmée, ils lui en administrèrent d'autres.

– Vous pourrez bientôt aller la voir, dirent-ils à Aneba.

Il regardait fixement devant lui.

Après avoir attendu une dizaine de minutes, Charlie colla l'oreille à la porte de sa chambre pour vérifier si Lavinia rôdait encore dans les parages. Tout doucement, il ouvrit la porte.

Couchée en boule dans le couloir, elle dormait à poings fermés. Charlie sourit et l'enjamba sans faire de bruit. *Tu parles d'un endroit pour piquer un roupillon.* En avançant à pas feutrés sur les dalles froides du couloir, il se réjouit de constater que les sols lisses du palais ne craquaient pas.

Il trouva sans trop de peine la salle à manger du premier étage. Des gens murmuraient, en italien. Il y avait là Edward, la *signora* Battistuta et un autre homme à la voix grave et fluide. Par pure curiosité, Charlie tendit l'oreille, mais il ne comprenait rien, à l'exception d'un seul mot : *leoni.*

Pourquoi parlaient-ils des lions ? Et que disaient-ils ?

Soudain, il entendit un bruit de chaises que l'on repousse et des changements de respiration indiquant que des gens se lèvent et se déplacent. Il se faufila dans l'obscurité et attendit.

Trois silhouettes émergèrent de la salle à manger en continuant à parler à voix basse. Elles traversèrent la grande salle et franchirent une porte voûtée qui donnait sur l'escalier. Silencieux et rapide comme un mille-pattes sur un mur, sans savoir pourquoi il agissait ainsi, Charlie les suivit.

Les trois silhouettes descendirent au rez-de-chaussée, traversèrent la salle aux lis, passèrent sous une autre arche et empruntèrent un couloir voûté avant d'émerger dans la lumière pourpre de la nuit. Charlie demeura sous la voûte.

Le trio s'était arrêté dans un coin de la cour, une sorte de cloître bordé d'arches avec une fontaine au centre. L'endroit était éclairé par la lune, et le parfum des roses et du jasmin qui flottait dans l'air frais rappela à Charlie le jardin de sa maison à Londres. Cette odeur lui serra le cœur.

Caché dans l'ombre de la porte, Charlie apercevait à l'autre extrémité du cloître les lions éclairés par la lune. Ils étaient couchés là, sous les arcades, et en les voyant collés ainsi les uns aux autres, tendrement, il se sentit envahi d'une profonde affection. Seul le Jeune Lion faisait les cent pas, au fond. Charlie comprit pourquoi.

Les lions se trouvaient derrière une épaisse grille. La lumière de la lune se reflétait faiblement sur les barreaux gris.

Après tout ce qu'ils avaient enduré pour gagner leur liberté, ils étaient de nouveau en cage !

La colère de Charlie envahit sa poitrine, cogna contre sa cage thoracique et s'agita bruyamment dans ses poumons. Comment Edward avait-il osé les remettre derrière les barreaux ? *Personne,* se dit Charlie, *ne pourra m'éloigner de ces bêtes. On forme une bande maintenant. On en a bavé. Ça ne se passera pas comme ça.*

Ah, comme il regrettait de ne pas parler italien ! Le ton de conspirateur employé par ces trois personnes indiquait qu'elles parlaient de choses importantes et secrètes. Edward semblait diriger la conversation, secondé par la *signora* Battistuta, tandis que l'inconnu – un individu de petite taille, ramassé sur lui-même, visiblement inquiet de la présence des lions, même derrière des barreaux – posait des questions en grommelant. Tous les trois regardaient les lions en les montrant parfois du doigt. À les voir, on avait l'impression qu'ils élaboraient un plan.

Charlie les observait et s'interrogeait. Il était évident que la présence des lions dans ce palais devait rester secrète. Ce n'était pas la peine de le préciser.

Alors, qui était ce type ? Pourquoi venait-il en pleine nuit, sans que Charlie soit au courant ?

Pourquoi Edward élaborait-il un plan avec cet homme ? Un plan qui concernait visiblement les lions ?

Et pourquoi les avaient-ils remis en cage ?

Comment avaient-ils osé ? Et... Charlie s'étrangla, frappé par une pensée soudaine : le roi Boris était-il au courant ? Qu'est-ce qui était le plus terrible ? Si le roi savait, cela voulait dire qu'il était d'accord. S'il ne savait pas, cela voulait dire qu'Edward agissait mal dans son dos.

Le petit homme voûté tenait quelque chose à la main et il commençait à s'énerver. Edward semblait essayer de le calmer et de le convaincre de faire quelque chose. Mais l'homme, qui continuait à gesticuler en direction des lions, refusait, avec l'air de dire : « Je ne veux pas faire ce que vous me demandez, mais je veux rester votre ami. » Charlie n'arrivait pas à deviner ce qu'il refusait de faire.

En regardant tout au bout des arcades, Charlie aperçut une paire d'yeux jaunes qui l'observaient sans ciller. Il savait que, contrairement à la plupart des félins, les lions ne voient pas très bien dans le noir, et pourtant, ces yeux le voyaient clairement. Lequel était-ce ?...

Ah. C'était Primo. Les smilodons voyaient dans le noir, donc. Charlie leva la main, tout doucement, pour lui adresser un petit signe.

Les yeux jaunes clignèrent lentement en guise de réponse.

Charlie se sentit rassuré. Il leva la main de nouveau pour faire un geste qui voulait dire « Soyez patients » et il disparut derrière l'encadrement de la porte.

Quelques minutes plus tard, les trois adultes rentrèrent dans la maison en passant à quelques centimètres seulement de Charlie. En une poignée de secondes, le garçon jaillit au-dehors, longea les arcades en courant et se coucha devant les barreaux, le plus près possible de ses amis.

Les lionnes détournèrent la tête. Il voyait, à leur profil altier et à leur air courroucé, à quel point elles se sentaient insultées. Le Vieux Lion le regardait tristement. Primo restait couché, sans rien dire. Elsina jetait des regards nerveux à ses compagnons. Finalement, ce fut le Jeune Lion qui prit la parole :

– Que se passe-t-il ? demanda-t-il dans un sifflement glacial et furieux. Où étais-tu ? On a été obligés de se laisser enfermer, on ne voulait pas commencer à déchiqueter qui que ce soit, mais franchement, Charlie !... Que se passe-t-il ?

– Je n'en sais rien ! s'exclama le garçon d'un ton pitoyable. Ils m'ont interdit de venir vous voir, alors je suis sorti en douce. Ils parlent tous italien, je ne comprends pas ce qu'ils disent. Je ne sais pas ce qui se passe. Je ne sais rien et je n'aime pas ça !

Si le *palazzo*, leur refuge, n'était pas un endroit sûr, alors ils étaient vraiment dans de sales draps.

# CHAPITRE CINQ

– Tu ne peux accepter ça, dit la lionne jaune.

– C'est mal, dit la lionne argentée.

– Edward a un plan qu'aucun de nous ne peut accepter, dit la lionne de bronze.

Les lionnes s'exprimaient rarement. Charlie les regardait avec un vif intérêt.

– Comment le savez-vous ? demanda-t-il.

– Il en a parlé, dit la lionne jaune.

– Vous comprenez l'italien ?

– On a passé quelque temps en Abyssinie, répondit la lionne argentée, comme si cela expliquait tout.

– Et qu'est-ce qu'il a dit ? demanda Charlie.

Les lionnes paraissaient un peu gênées.

– Il a parlé du doge, commença la lionne de bronze, et d'une histoire d'ailes. Il a dit aussi qu'on n'avait pas le droit de sortir et que tu ne pouvais pas venir nous voir, mais qu'il ne fallait pas éveiller tes soupçons.

La colère de Charlie explosa de nouveau. Pour qui se prenait donc Edward pour oser mettre les lions en cage et décréter qu'il ne pouvait pas les voir ? Charlie était convaincu que cette idée ne venait pas du roi.

– Ne vous en faites pas, dit-il. Je viendrai vous voir chaque fois que je pourrai, et je vous ferai sortir d'ici. Avez-vous appris autre chose ?

– Uniquement que nous étions ici pour un bon moment, de toute évidence. Ils nous ont donné tout un tas de coussins, regarde, et des rideaux pour faire de l'ombre à midi. Ils sont très gentils, ajouta une des lionnes d'un ton ironique.

Effectivement, de gros coussins de brocart vert et or étaient éparpillés à l'intérieur de la cage, parmi les grands récipients de cuivre contenant de l'eau et de la bonne viande fraîche. Les vieux et lourds rideaux, de brocart eux aussi, étaient ornés de fleurs et de feuilles parcourues de fils d'or et d'argent. Ils avaient une odeur de métal et semblaient très poussiéreux. Charlie avait le nez qui picotait ; rien qu'à les regarder, il sentait venir une crise d'asthme.

Le Vieux Lion intervint :

– Nous tendrons l'oreille. Ils ne savent pas que nous comprenons ce qu'ils disent. Reviens nous voir demain, peut-être que nous en saurons plus. En attendant, tu dois essayer d'obtenir des renseignements sur tes parents.

Charlie s'allongea sur les pierres fraîches devant la cage des lions. À travers les barreaux, il leur massa les oreilles et inspira leur odeur intense, douce et sauvage. Elsina s'amusa à le chatouiller et à le taquiner. Elle était si jeune qu'elle avait encore le bout du nez rose ; plus tard, il deviendrait noir, comme celui des autres. Dans l'éclat de la lune, il était à croquer.

Le Jeune Lion, lui, refusait de se calmer.

– Il faut faire quelque chose, déclara-t-il. Nous sommes des lions, parbleu ! Nous devons nous battre, comme nous savons le faire. Nous devons tenter notre chance...

Même lui ne semblait pas croire ce qu'il disait, mais les autres sentaient la force de ses sentiments. Charlie débordait d'affection pour sa bande de lions et se lamentait de n'avoir pas réussi à les maintenir en liberté.

Il ne pouvait pas rester très longtemps s'il ne voulait pas se faire prendre. Levant la tête, il aperçut les fenêtres des étages supérieurs du *palazzo*. N'importe qui pouvait se pencher dehors et le voir. Même ici, il était obligé de se cacher.

Le lendemain matin, de très bonne heure, Edward reçut un coup de téléphone. Il apprit ainsi qu'un jeune Anglais surexcité était sous surveillance dans un hôpital parisien, car il souffrait de graves blessures qui, affirmait-il, lui avaient été infligées par un lion. Au début, tout le monde avait pensé qu'il était fou ou drogué, mais il s'était avéré qu'une troupe de lions avait disparu du célèbre Cirque du Major Thibaudet, et l'histoire du jeune garçon était prise au sérieux, même si ses allégations selon lesquelles les lions avaient quitté Paris à bord de l'Orient-Express étaient mises sur le compte de la fièvre provoquée par ses blessures.

Edward réfléchit un instant. Il sirota une gorgée de café noir. Puis il prit son journal.

Charlie descendit tardivement et se servit de délicieux gâteaux fourrés à la crème, des cerises, des abricots et des petites figues presque noires.

– Charlie, dit Edward en posant son journal et en se penchant en avant, il faut qu'on parle.

– D'accord, répondit Charlie, qui avait appris que plus vous donniez l'impression d'obéir aux gens, moins ils se méfiaient de vous.

– Il y a un problème, poursuivit le responsable de la sécurité. Je ne t'en ai pas parlé, car je ne voulais pas t'inquiéter, mais il est question de l'évasion de tes lions dans les journaux. J'espérais que l'affaire retomberait, mais il n'en est rien. Tout le monde est au courant, dans toute l'Europe. C'est... Regarde toi-même.

Il lui tendit le journal : un quotidien de l'Empire publié en anglais, dans le monde entier. En première page, une manchette annonçait : « LES LIONS ÉCHAPPÉS N'ONT TOUJOURS PAS ÉTÉ RETROUVÉS, voir page 7. » Et à la page 7, on pouvait lire ceci :

## DISPARITION DES LIONS : RÉCOMPENSE OFFERTE

### LEUR PRÉSENCE DANS LES ALPES N'A PAS ÉTÉ CONFIRMÉE

*Le Major Thibaudet, directeur du Cirque royal flottant et Académie équestre philharmonique de Thibaudet (plus connu sous le nom de Bric-à-brac de Tib), a offert une récompense de 15 000 dirhams pour toute information permettant de retrouver les six lions qui ont disparu de son cirque le soir de la première. Le Major Thibaudet a fait cette annonce à Paris, où le spectacle a enthousiasmé les connaisseurs, malgré l'absence du célèbre numéro de domptage.*

*« Ces lions ont une valeur inestimable ; ce sont des bêtes parfaitement entraînées, mais très vulnérables, a déclaré le Major Thibaudet. Ils ont besoin de prendre leurs médicaments, ils doivent être nourris correctement. Il est vital qu'ils soient rendus à ceux qui savent s'occuper d'eux, le plus vite possible. » M. Maccomo, le dompteur des lions, n'est pas apparu en public depuis la disparition des lions, et, selon certaines sources proches du cirque, il serait rongé par l'angoisse, ce qui l'empêcherait de s'exprimer. Son jeune assistant, Charlie Ashanti, a disparu le même soir. On ignore si les deux événements sont liés.*

*Le numéro des lions a été remplacé par celui de Mlle Mabel Stark et ses célèbres tigres. Notons que*

*Mlle Mabel Stark a eu autrefois une liaison amoureuse avec M. Maccomo.*

*Les affirmations selon lesquelles des créatures pouvant être les lions auraient été aperçues au cours de la tempête de neige survenue dans les Alpes la semaine dernière, et durant laquelle l'Orient-Express a été bloqué plusieurs jours, avec à son bord le roi de Bulgarie, ont été démenties par la police des transports alpins.*

Charlie reposa lentement le journal. Il n'était pas étonné.

– Sa Majesté ne sera pas contente, dit Edward. Il n'aime pas que son nom soit cité dans la presse. C'est curieux, ils semblent croire que les lions ne sont que six... Décidément, les journaux se trompent tout le temps.

Il avait dit cela avec l'air satisfait de celui qui est convaincu d'avoir toujours raison.

– Mais le problème n'est pas là, reprit-il. Le problème, c'est que les choses pourraient prendre un peu plus de temps que nous l'avions pensé. Les lions peuvent rester ici pour l'instant, comme prévu, jusqu'à ce qu'on trouve un moyen sûr pour les renvoyer en Afrique. Tout ira bien, mais ça signifie que tu ferais mieux de rester dans la maison, toi aussi, pour ne courir aucun risque. Maintenant qu'une récompense est offerte, c'est plus prudent.

Charlie fut sur le point de protester. C'était comme si un filet lui tombait dessus et que, l'un après l'autre, ses projets, ses plans, ses besoins et ses désirs se trouvaient pris au piège. Mais il n'eut pas le temps de répondre, car Edward se renversa dans son siège et changea de sujet :

– Nous avons un autre problème. J'ai reçu des informations concernant l'endroit où se trouvent tes parents.

Charlie sentit ses mains se glacer tout à coup.

– J'ai bien peur qu'ils ne soient pas ici, poursuivit Edward. Tes renseignements étaient faux.

La sensation de froid se propagea.

– Ils ne sont pas à Venise, ajouta Edward. Je continue à mener mon enquête et j'espère bien les localiser tôt ou tard. Mais tu ne les trouveras pas ici.

Charlie regardait fixement le chef de la sécurité, tandis que ses paroles résonnaient dans ses oreilles.

– À mon avis, tu devrais rester ici, discrètement, en attendant que de nouvelles informations nous parviennent. Nous tendons tous l'oreille ; nous ne tarderons pas à apprendre quelque chose.

Charlie n'était pas du tout de cet avis. Son avis, c'était qu'il devrait aller immédiatement... quelque part pour... pour faire quelque chose.

Edward lui adressa un sourire d'encouragement. Mais il avait l'impression que son estomac avait dévalé seize étages dans un ascenseur, sans lui. Il continuait à regarder fixement le chef de la sécurité. Une question terrifiante prenait forme dans son esprit :

Edward mentait-il ? Et si oui, tout ce qu'il disait n'était-il que mensonges ? Ou y avait-il une part de vérité ?

Le journal était bien réel, il l'avait devant les yeux.

Pourquoi ses parents n'étaient-ils pas ici ? Sergueï avait bien dit « Venise » aux lions ! Il ne pouvait pas avoir menti. C'était impossible.

Alors, s'agissait-il d'une erreur ? Maudit soit ce jeu du téléphone arabe !

Et quel était le but d'Edward, d'abord ? Que manigançait-il ?

Zut, zut, zut. Charlie ne voulait pas qu'Edward remarque son trouble.

Il inspira profondément, plusieurs fois. Puis dit poliment :

– Edward ?

– Oui ? fit celui-ci, tout aussi poliment.

– Pourquoi n'ai-je pas le droit d'aller voir les lions ?

– Pas le droit ? Mais bien sûr que si, mon garçon ! Qui t'en empêche ?

– Hier, on m'a interdit d'aller les voir.

– C'est idiot, je veux que tu ailles les voir. Je réfléchis à des moyens de les faire sortir de ce palais, et j'ai besoin de connaître leur taille et leur poids. Il faut que tu ailles les mesurer.

Charlie sursauta. Mesurer les lions ? Pourquoi ?

Son interrogation dut se lire sur son visage.

– Pour le transport, expliqua Edward. Pour qu'ils ne fassent pas couler le bateau. Allez, sois un gentil garçon.

Un gentil garçon... Soudain, Charlie se souvint que Rafi lui avait dit la même chose à Londres : « Sois un gentil garçon. » Il se souvint aussi que sa mère et lui avaient utilisé cette expression, « Sois un gentil garçon », comme code dans les lettres qu'ils avaient échangées par l'intermédiaire des chats. La colère le rendait malade. Il n'avait pas demandé d'aide et maintenant, voilà le résultat ! Ils étaient tous enfermés dans un palais, les lions étaient en cage, le roi Boris se trouvait à des kilomètres de là, les journaux parlaient d'eux et Edward lui demandait d'être un « gentil garçon ». Pour ne pas faire couler le bateau ? Tu parles ! Les lions n'avaient pas fait couler la gondole !

Edward mentait.

Charlie décida de ne plus rester inactif et indécis, et de ne plus dépendre de quiconque. Pour commencer, si on l'envoyait mesurer les lions, il pourrait rester avec eux un moment et peut-être leur parler...

– OK.

Il allait jouer à Edward le même tour qu'à Rafi : s'il le croyait stupide, il ne se méfierait pas.

Le chef de la sécurité sortit immédiatement de sa poche un mètre ruban. Charlie le reconnut : c'était l'objet que le petit homme ratatiné agitait sous le nez d'Edward la nuit précédente.

Cet homme avait donc un lien avec le mètre ruban.

Intéressant.

– Encore une chose, dit Edward, alors qu'ils prenaient le chemin du *cortile*. Pour leur propre sécurité, on a installé un écran de protection, on ne veut pas attirer l'attention, ni alerter les domestiques. Il vaut mieux que tout ait l'air normal...

Un écran de protection pour leur propre sécurité...

*Edward*, pensa Charlie, *tu es un sacré faux-jeton.* Une fois de plus, il se demanda si le roi Boris savait à quel point son chef de la sécurité était faux-jeton en réalité. Pourrait-il contacter le roi ? Il était prêt à parier que celui-ci n'apprécierait pas ce qui se passait.

Heureusement que Charlie avait vu les barreaux auparavant, sinon, Edward aurait certainement remarqué sa colère. Alors que là, le garçon resta calme pendant que le chef de la sécurité ouvrait la porte et la refermait aussitôt derrière lui. En restant à bonne distance, Edward lui expliqua ce qu'il devait mesurer et il nota les résultats. Ce qui l'intéressait, c'était de connaître la taille des lions au garrot, et la hauteur et la longueur de leurs dos. Charlie discutait à voix basse avec les lions tout en les mesurant.

– Toujours rien de neuf, murmura-t-il. Je ne sais pas ce que signifie tout ça, et vous ?

– À mon avis, Edward voulait que ce bonhomme nous mesure hier soir, mais il avait trop peur, dit le Jeune Lion.

– Pour quoi faire ? demanda Elsina.

Aucun d'eux ne connaissait la réponse. Mais ils ne pouvaient pas trop parler. Ils ne voulaient pas qu'Edward s'aperçoive qu'ils communiquaient, comme Maccomo avaient réussi à le découvrir.

Dans l'unité du bien-être, Magdalen dormait sur un lit en faux bois, sous une couverture en faux coton. Un store qui projetait l'image numérisée d'un jardin masquait la fenêtre qui ne s'ouvrait pas. La climatisation diffusait dans toute l'unité un air trop froid et douceâtre. À l'entrée de la chambre de Magdalen, une infirmière était assise sur une chaise en faux bois.

Dehors, sur le terrain de la communauté (ou, plutôt, dans le faux jardin climatisé), Aneba se promenait en respirant ce qui passait pour de l'air frais. Il avait oublié depuis longtemps que cet air n'était pas frais, qu'une substance était diffusée à l'intérieur de ce bâtiment, une substance qui calmait et rendait idiot, ou, plus exactement, qui vous volait votre indépendance et votre liberté de pensée. Beaucoup des gens qui se trouvaient là étaient très intelligents, comme Magdalen et Aneba. Et leur intelligence avait énormément de valeur. C'était leur indépendance qu'il fallait supprimer.

Aneba marcha le plus loin possible. Au bout d'une demi-heure, il tomba sur un grand mur en béton. Il ne pensa même pas que c'était bizarre. Il fit demi-tour, tout simplement, et rebroussa chemin. Au bout d'une heure, il arriva devant un autre mur en béton. Il faisait cela chaque jour. « L'exercice physique est bon pour vous ! » susurrait la voix... Était-elle dans sa tête maintenant ? Ou venait-elle d'un haut-parleur dissimulé dans les arbres en plastique ? « Il est bon de s'occuper de son corps ! Prenez soin de vous ! Aimez-vous ! Vous le méritez ! La Corporation veut que vous soyez en bonne santé et bien dans votre peau ! »

Parfois, la voix s'adressait à lui par son prénom : elle le félicitait de s'occuper ainsi de son corps. Un jour, où il avait acheté des tablettes de chocolat à l'unité des plaisirs, la voix lui avait demandé s'il allait bien, et elle l'avait mis en garde contre les dangers de l'abus de sucre. Plus tard dans la journée, la section dentaire et l'unité du bien-être l'avaient convoqué pour un bilan de santé. Nul ne semblait remarquer la contradiction entre le club social qui les poussait à boire de l'alcool et à manger des chips, et l'unité du bien-être qui les menait à la baguette pour qu'ils fassent attention à leur santé. Cela pouvait s'expliquer pourtant : la plupart des résidents payaient pour tout ce qu'ils utilisaient ou consommaient, et tant qu'ils payaient pour le vin, pour les services médicaux, pour utiliser le gymnase... la Corporation était contente. Elle aimait récupérer l'argent qu'elle versait à ses employés, et peu importait la manière. Dès qu'Aneba et Magdalen se sentiraient assez « bien » pour travailler, ils paieraient eux aussi.

Aneba fit demi-tour et rebroussa chemin encore une fois. Il effectuerait des allers et retours dans cet immense et faux jardin jusqu'à ce qu'il tombe de fatigue. Il ne voyait pas quoi faire d'autre. Sauf quand la voix s'adressait à lui pour lui dire d'aller assister à un cours, à un atelier, à une thérapie de groupe ou à une soirée du club social. Ils avaient emmené Magdalen de nouveau. Une infime partie de lui-même savait qu'il devait se battre, mais il ne se souvenait plus comment on se battait, ni contre quoi...

Il arriva encore une fois devant un grand mur.

Pour changer, il le longea.

Marcher, marcher, marcher...

Il regardait ses pieds d'un air absent.

Marcher, marcher, marcher...

Soudain, une chose pleine de poils, avec des griffes, atterrit sur son crâne lisse et rasé.

Ouille ! Il se redressa brutalement et jeta des regards affolés autour de lui.

La chose se laissa glisser et se retrouva devant lui ; elle le regardait fixement, d'un air furieux et sauvage, en émettant des sons horribles.

C'était un chat ; un chat noir galeux et tout maigre, avec une moitié d'oreille en moins et une sorte de maladie de peau au niveau du postérieur. Il foudroyait Aneba du regard avec ses yeux qui ressemblaient à des flammes bleues, les poils du cou hérissés, les pattes raides.

Il cracha. Aneba demeurait immobile, il observait.

Le chat cracha de nouveau. Aneba était comme rivé au sol.

Soudain, l'animal sauta sur une fausse pierre, puis bondit sur Aneba pour lui griffer la joue, sauvagement, en profondeur.

Aneba poussa un cri et plaqua sa main sur son visage. Il sentit couler le sang. La douleur était insupportable. Elle transperçait le brouillard de confusion qui l'emprisonnait depuis son arrivée dans ce lieu. Elle transperçait la couche de coton qui enveloppait son cerveau, et la bouillie dans laquelle s'enlisait son cœur. Elle transperçait les doutes, les nuages et les incertitudes.

Le chat continuait à le dévisager, et dans ses yeux

brillait une lueur de défi. Soudain, il se retourna et s'éloigna d'un pas nonchalant en jetant des regards derrière lui. Arrivé à distance respectable, une dizaine de mètres, il s'assit et fixa tranquillement Aneba. Il bâilla. L'intérieur de sa bouche était tout rose. Ses dents étaient de minuscules pointes jaunes aiguisées.

Hébété par le choc et la douleur, Aneba regarda sa main ensanglantée, puis le chat.

– Miaouuu ! fit celui-ci, gentiment, en imitant l'accent du nord de l'Angleterre.

Dans la tête d'Aneba, tous les nuages s'étaient dissipés. Il se ressaisit. Il se souvenait de tout maintenant. Délicatement, il lécha sa main. Son sang avait un goût âcre, salé et fort. *C'est moi*, se dit-il. *Fort comme moi. Bon sang, ils t'ont enlevé à cause de ton cerveau, mon vieux. À toi de t'en servir !*

Le chat semblait lui sourire.

Aneba pensa à Charlie. Au cours du voyage qui les avait conduits ici, un chat leur avait apporté une lettre de leur fils et il était reparti avec une réponse. Aneba rendit son sourire au chat. Si Charlie avait été là, il se serait jeté au cou de l'animal, en s'écriant : « Tu es revenu ! Tu es revenu ! Tu m'apportes une lettre ? » Mais Charlie n'était pas là, et Aneba ignorait qui était ce chat.

Pourtant, quand Sergueï lui fit signe avec sa longue queue miteuse, Aneba sut qu'il devait le suivre.

Ce jour-là, après avoir parlé avec les lions, Charlie remonta dans sa chambre et il écrivit au roi.

« Chère Votre Majesté », commença-t-il. Non, ça n'allait pas. Il recommença : « Votre chère Majesté ». Non. Voyons... « Votre Majesté très chère »... Non plus.

Pour finir, il écrivit : « Cher roi Boris ». Après, c'était encore plus compliqué. Comment expliquer qu'il avait le sentiment d'être trahi par son chef de la sécurité ? C'était une accusation grave. Comment la formuler ? Il n'accusait pas le roi lui-même ; il était certain que le roi Boris était honnête.

Charlie mâchonnait nerveusement son crayon.

Finalement, il écrivit la lettre dans le même style que celle qu'il avait adressée à ses parents : en misant sur l'intelligence et l'honnêteté de la personne qui la lirait pour qu'elle comprenne le message caché.

*Cher roi Boris,*

*Nous sommes dans votre maison qui est très jolie. Edward dit que ce que je suis venu chercher ici n'est pas ici finalement. Il m'a demandé de mesurer mes amis, je ne sais pas pourquoi. Qu'en pensez-vous ? Il dit qu'on ne pourra pas partir d'ici avant un moment, car le Cirque et la police sont en colère à Paris, mais moi, j'ai envie de continuer pour trouver ce que je cherche, ou au moins pour emmener mes amis chez eux. On me donne beaucoup à manger, et c'est bien, mais je n'ai pas trop le droit de sortir et il n'y a personne pour jouer. En fait, je me sens un peu coincé ici. Ça ne veut pas dire que je ne suis pas reconnaissant. Je le suis énormément, surtout pour la nourriture.*

*J'espère que vous allez bien et que vous viendrez bientôt ici.*

*Salutations,*
*Charlie.*

Il relut sa lettre. Ça lui semblait bien. Il espérait que le roi Boris devinerait son véritable sens : Edward nous retient prisonniers, venez nous libérer ! Et, au cas où Edward mettrait la main dessus, il espérait que cela ressemblerait à la lettre innocente d'un enfant qui n'a aucune idée de ce qui se passe.

En même temps, Charlie savait qu'il serait extrêmement dangereux de quitter le *palazzo* maintenant. Affronter la police française ? Maccomo ? Rafi ? le Major Tib ? La récompense ? Sans façon, merci bien.

Il avait l'horrible sentiment qu'il était plus en sécurité en étant prisonnier. Mais n'était-ce pas plus horrible de penser que plus il restait ici, plus le filet se refermait autour de lui ?

C'était une question vaine, car il ne pouvait rien faire, de toute façon. La question vraiment importante était de savoir comment envoyer la lettre. Pas question de la confier à Edward pour qu'il la poste.

Les jours suivants, Charlie la transporta dans sa poche en cherchant désespérément le moyen de contrôler la situation.

Il se familiarisa avec le palais. Il entra dans chaque pièce, il gravit chaque escalier, ouvrit chaque porte, regarda par chaque fenêtre, passa sous chaque voûte. Le *palazzo* était bordé des quatre côtés par des canaux. Sur l'arrière, de l'autre côté du canal, un pont étroit (fermé par une grille) conduisait à une petite, mais ravissante *piazza*. Les portes du *palazzo* étaient gigantesques, vieilles et verrouillées. Toutes les fenêtres du rez-de-chaussée étaient munies de barreaux.

Charlie se souvenait que le roi Boris avait une peur bleue d'être assassiné et qu'il était entouré d'énormes gardes du corps. Il monta sur le toit : une terrasse en bois avait été construite sur les pentes en tuiles ocre, mais, même si la vue était enchanteresse (tant que vous évitiez de regarder en direction de la Giudecca ou de San Giorgio Maggiore) et s'il était possible d'escalader les toits, ils ne menaient nulle part.

Il n'y avait pas de cave.

Il avait besoin d'un allié. La *signora* Battistuta ? Hors de question. Il envisagea de sympathiser avec Lavinia pour lui soutirer des informations. Mais, finalement, il y renonça. Cette gamine était trop bizarre. Elle ne ressemblait pas du tout à une enfant et il était incapable de lui faire confiance, et même de la comprendre. Il avait le sentiment que même s'il avait parlé couramment l'italien, ou si elle avait parlé l'anglais, ils ne seraient toujours pas arrivés à se comprendre.

Il passa de longues heures à contempler la petite *piazza* à l'arrière du *palazzo*, de l'autre côté du canal.

Il apercevait des gens là-bas. S'il essayait de les appeler ? Mais que leur dirait-il ?

Et il y avait les chats. Il les avait appelés. Mais il n'osait pas crier, et la fenêtre était trop haute, le canal trop large, et le vent soufflait dans la mauvaise direction. Soit ils ne l'entendaient pas, soit ils ne comprenaient pas. En tout cas, ils ne répondaient pas.

Charlie les regardait fixement, comme pour les obliger à se retourner et à venir vers lui. Sans résultat. À vrai dire, ce n'étaient pas des chats très gentils ; ils semblaient passer leur temps à se battre. De toute façon, si Edward disait la vérité, si ses parents n'étaient pas ici, les chats ne sauraient rien.

Mais qu'ils sachent quelque chose ou non, ils ne répondaient pas. Charlie les observait en vain.

Il fallait qu'il parle à quelqu'un. Ses parents lui avaient toujours dit : quand tu ne sais pas quoi faire, essaye d'en savoir plus. Il devait récolter des informations, sinon, il resterait coincé là aussi longtemps qu'Edward le déciderait, soumis à son bon vouloir, et cette pensée le rendait fou.

« Je crois qu'il vaut mieux que tu évites d'aller voir les lions pendant quelque temps, lui avait dit le chef de la sécurité. C'est une situation incongrue, et il faut éviter d'attirer l'attention. Les domestiques pourraient cancaner. À cause de cette fichue récompense, il n'est pas facile de conserver leur loyauté. »

Étant donné que les domestiques en question se limitaient à la *signora* Battistuta, qui semblait tout savoir des secrets d'Edward et offrait l'image d'une femme très obéissante, et à la petite Lavinia, qui était à peu près aussi menaçante qu'une vieille serpillière, Charlie ne tomba pas dans le panneau. Mais il ne voulait pas montrer à Edward qu'il se méfiait de lui, aussi faisait-il semblant de gober ses mensonges. Ce n'était pas drôle.

Ces journées-là, Charlie les occupa principalement à manger (des crevettes, du poisson, du fenouil et de la glace), à regarder par la fenêtre, le canal sur le devant et les chats de la *piazza* sur l'arrière, et à élaborer des plans. Ils pourraient s'emparer d'une embarcation, sauter par la fenêtre... mais pourraient-ils nager ? Peut-être qu'ils pourraient s'enfuir par les toits, les lions étaient d'excellents sauteurs... Hélas, après la première expédition de Charlie, la porte de la terrasse avait été fermée à clé.

Edward était un homme astucieux, qui disposait de nombreux espions et de grands pouvoirs. Un plan à la noix n'avait aucune chance de marcher.

La nuit, Charlie se rendait discrètement dans le *cortile* et il se couchait avec les lions. Le matin, il retournait observer les chats sur la *piazza*. Le midi, il posait son téléphone sur le bord de la fenêtre dans la chambre chinoise, avec celui de sa mère qu'il avait emporté quand il était parti de chez lui, il y avait si longtemps, et il les regardait pendant qu'ils se rechargeaient grâce au soleil. Mais ils ne sonnaient jamais. Et il n'y avait aucun message. Il jouait à Snakes. Un jour, ivre de frustration, il essaya d'appeler Rafi pour se disputer avec lui, mais une voix de synthèse l'informa qu'il n'avait plus d'unités.

Très souvent, il voyait la silhouette svelte de Claudio, burinée par le soleil et musclée, penchée en avant sur son aviron, à bord de sa gondole qui passait presque sans faire de vagues, et ils échangeaient un signe de la main. Le gondolier semblait amusé de constater que Charlie se trouvait chaque fois à une fenêtre différente. La plupart du temps, Claudio chantait, et il chantait exprès pour Charlie, en rigolant. Il y avait une chanson que Charlie aimait particulièrement. Claudio l'avait remarqué et il n'oubliait jamais de la chanter quand il approchait du *palazzo*.

*« Quando vado in gondola sogno sempre sempre di Elena »*, roucoulait-il.

– Ça veut dire quoi, les paroles ? lui demanda Charlie un matin.

– Ça veut dire que quand je suis dans ma gondole, je rêve d'Elena !

Charlie apprit à fredonner la chanson, mais au lieu de dire « Elena », il se surprit à chanter « Aneba », ce qui collait très bien.

Ensuite, Claudio et Charlie prirent l'habitude de se chercher ; cela devint une sorte de jeu entre eux.

– Comment vont les lions ? demandait le gondolier, et Charlie répondait en faisant la grimace, comme pour dire : « Couci-couça ».

– J'aime bien les lions, déclarait le gondolier sur un ton d'avertissement, comme pour dire : « Prends soin d'eux »,

# La chanson de la gondole de Claudio

R. LOCKHART

et sa gondole s'éloignait en douceur, alors qu'il partait vaquer à ses occupations.

Un jour, Charlie dit :

– Claudio, vous voulez bien me rendre un service ?

– Bien sûr.

Rongé par la nervosité, Charlie lui demanda alors de poster sa lettre.

– Tout le monde est parti, expliqua-t-il avec un haussement d'épaules qui signifiait « Suis-je bête ! ». J'ai oublié de la donner à la *signora* Battistuta.

– Pourquoi tu ne la postes pas toi-même ? rétorqua Claudio, surpris.

– J'ai pas le droit de sortir, chuchota Charlie entre les barreaux d'une fenêtre.

La gondole de Claudio tangua dans les remous provoqués par un *motoscafo*.

– Pour quelle raison ? demanda-t-il avec prudence.

Charlie sourit nerveusement. Il ne savait pas quoi répondre.

– S'il vous plaît, Claudio, postez-la !

Il glissa la lettre entre les barreaux. Claudio manœuvra sa gondole avec habileté pour se rapprocher de la fenêtre et il se pencha pour prendre la lettre.

– D'accord, dit-il en regardant Charlie d'un drôle d'air.

Puis il demanda :

– Les lions, ils sont heureux dans ce palais ?

Charlie répondit immédiatement :

– Non.

– Raconte-moi, dit Claudio d'un ton si franc et amical que Charlie faillit se laisser convaincre.

Mais il résista. Une lettre, c'était une chose ; il pouvait courir ce risque. Mais Claudio travaillait pour Edward, et ça, Charlie ne devait pas l'oublier.

Rafi se sentait beaucoup mieux. Il pouvait s'asseoir dans son lit et lire les journaux.

– Salut, dit-il à l'infirmière.

– Hmm, répondit-elle.

– Désolé d'avoir été si grossier, s'excusa-t-il en lui adressant un superbe sourire.

L'infirmière était très jeune. Maintenant que son enquiquineur de malade avait retrouvé des manières courtoises, elle était stupéfaite de découvrir à quel point il était... séduisant. Elle ne tarda pas à lui apporter tous les journaux dans lesquels on parlait de la disparition des lions, de la disparition de Maccomo, de la disparition de Charlie, de la terrible tempête de neige dans les Alpes et du train qui s'était retrouvé bloqué.

Pourquoi Charlie serait-il monté dans ce train plutôt que dans un autre ? se demandait Rafi. Parce que c'était le premier train qui s'était présenté ?

Il n'arrivait pas à croire que quelqu'un, même un gamin comme Charlie, avait pu faire monter six lions dans le premier train qui passait. Le gamin avait dû tout prévoir avant.

Il était frappé par le fait que ce train faisait escale à Venise. Le mot Venise ressemblait beaucoup à Vence, se dit-il, en sachant très bien que Vence était la ville la plus proche de la communauté où avaient été conduits Magdalen et Aneba.

Mais comment Charlie avait-il pu être au courant ?

Il continua à lire : « Les affirmations selon lesquelles des créatures pouvant être les lions auraient été aperçues au cours de la tempête de neige survenue dans les Alpes la semaine dernière, et durant laquelle l'Orient-Express a été bloqué plusieurs jours, avec à son bord le roi de Bulgarie, ont été démenties par la police des transports alpins. »

Mais les lions étaient forcément avec Charlie.

Or il avait vu Charlie dans ce train !

Et... il avait vu dans quel wagon se trouvait le garçon. Le deuxième après la réserve de carburant.

Ah ! L'imbécile ! Il n'avait plus qu'à découvrir qui se trouvait dans ce wagon lors de ce voyage ! Et on verrait bien si quelqu'un était assez puissant, ou fou, pour l'empêcher de mener son enquête ! Cette personne devait protéger Charlie et les lions.

Rafi se sentait vraiment beaucoup mieux.

*Attends*, se dit-il. *Attends un peu...*

Quand il allait chez le médecin, Rafi ne répugnait pas à feuilleter les magazines qui publiaient des ragots sur les célébrités et les têtes couronnées. Il rêvait de devenir riche et célèbre, et quand personne ne le regardait, il aimait fantasmer devant les photos de piscines et de villas luxueuses.

– Le roi de Bulgarie ? dit-il. Le célèbre roi Boris,

l'excentrique qui vit en reclus ? Le roi Boris de Bulgarie qui... attendez voir... qui possède un compartiment privé à bord de l'Orient-Express et qui conduit même parfois ce foutu train ? Et qui possède également, si je ne m'abuse, un authentique palais à Venise, sur le Grand Canal mondialement célèbre, dans lequel aucun magazine n'a jamais été invité à entrer... Évidemment ! Évidemment !

Rafi se sentait en pleine forme. Il était prêt à parier son bras droit convalescent que le roi Boris était l'homme qu'il recherchait. Il lui suffisait de se procurer un numéro de téléphone, une adresse peut-être, et il pourrait retrouver la trace des lions... et de Charlie.

Venise...

Il éclata d'un rire si tonitruant que l'infirmière revint voir ce qui se passait.

– Salut ! lui lança-t-il. C'est quoi, votre prénom, déjà ?

Un jour, en fin d'après-midi, Charlie observait la *piazza*. Il y avait là un nombre effroyable de chats. La plupart étaient très maigres. C'étaient les plus « gros » des maigres, constata-t-il, qui attaquaient les maigres les plus maigres.

Un groupe de jeunes enfants jouait avec un des « gros » chats en traînant derrière eux ce qui ressemblait à une plume au bout d'une longue corde en plastique rigide, qui faisait tressauter la plume. Le « gros » chat maigre (un chaton, en réalité) bondissait pour se jeter dessus, puis faisait semblant de l'ignorer pour s'en approcher en douce sur le côté, avant de bondir de nouveau. Charlie sourit. Il aurait bien aimé jouer avec le chat. Un des enfants, une fillette aux cheveux blonds vêtue d'une robe crasseuse, se jeta sur l'animal et le coinça sous son bras pour l'emmener vers la fontaine au milieu de la *piazza*. Elle frottait son nez contre sa petite tête, tandis que le chat se débattait et miaulait, les pattes arrière se balançant dans le vide, les pattes avant s'agitant rageusement, exhibant aux yeux de tous la fourrure blanche de son ventre. Charlie éclata de rire.

Il avait un rire puissant, comme son père.

Un des vieux chats se retourna brusquement.

Charlie remarqua ce mouvement. Il croisa le regard du chat et rit de nouveau – un rire forcé cette fois, mais tout aussi puissant – un faux rire de chat.

Le vieux chat l'observa et remua une oreille. Charlie soutint son regard. *Viens vers moi viens vers moi viens vers moi...*, disait-il dans sa tête. Pouvait-il prendre le risque de crier ?

Il le prit.

– Viens me parler ! cria-t-il à pleins poumons, de sa fenêtre, en langage félin.

N'importe quel humain aurait cru entendre un chat à qui on a marché sur la queue.

Le son porta-t-il de l'autre côté du petit canal ? Parvint-il à franchir les bruits de cette fin d'après-midi : ceux des enfants, des chats et de l'animation de la *piazza* ?

Le chat l'avait-il entendu ?

Possible.

Réagit-il ?

Si un mouvement d'oreille et un regard intense constituaient une réaction, alors oui.

S'approcha-t-il de Charlie pour lui parler ?

Non.

Le lendemain, Charlie parcourut d'un pas énergique le premier étage du palais, et entra dans la grande salle, le *portego,* qui occupait toute la longueur du bâtiment. De hautes et larges fenêtres à meneaux donnaient sur le Grand Canal et il y avait un large balcon de pierre, orné d'arches et de sculptures, qu'il avait admiré de l'extérieur. Il sortit sur le balcon et s'assit sur le large rebord, en s'adossant au mur taillé pour contempler d'un œil sévère et furieux non pas Venise, mais les volutes de pierre et les ferronneries qui décoraient la façade du *palazzo*. C'était étrange de les voir de l'intérieur, et de si près, dans le mauvais sens. C'était comme être assis au bord de l'œil de quelqu'un et regarder des cils gigantesques.

Que manigançait donc Edward ?

Charlie n'aimait pas le spectacle qu'offrait ce balcon. En regardant au-delà de la crème glacée sculptée vue de près et de l'intérieur, il apercevait l'étrange et sinistre site englouti, avec tout son bazar et ses débris. Il paraissait plus petit sous le soleil haut de midi. Il décida de trouver un autre endroit pour s'asseoir et réfléchir à ce qu'ils allaient pouvoir faire, ou bien, comme cela lui arrivait de plus en plus souvent ces derniers temps, pour se lamenter en songeant qu'il avait été si près de ses parents à Paris et qu'il les avait perdus de nouveau. Dieu seul savait comment ils allaient, où ils étaient, et s'il pourrait reprendre contact avec eux un jour... À moins qu'il ne s'inquiète au sujet de sa lettre adressée au roi Boris... Claudio l'avait-il postée ? Le roi l'avait-il reçue ? Quand aurait-il des nouvelles ?

C'est alors qu'une certaine agitation à la porte d'entrée, en bas, attira son attention.

Un petit *motoscafo* s'était arrêté devant le palais en laissant un sillage écumant. Le vieux bonhomme frisé qui pilotait ordonnait à un gars plus jeune de décharger de gros paquets aux formes étranges, tandis qu'une personne qui se tenait en haut des marches le lui interdisait. Il y eut quelques éclats de voix, puis le *motoscafo* repartit en emportant ses gros paquets. Mais il n'alla pas bien loin : il tourna au coin dans le petit canal moucheté de soleil qui longeait le palais.

*Peut-être qu'il se dirige vers l'entrée de derrière*, se dit Charlie.

Sa curiosité était éveillée.

Sautant avec légèreté du rebord du balcon (le Jeune Lion lui avait montré comment bien écarter les os des pieds afin de retomber en douceur et sans bruit comme... comme un félin. Sigi Lucidi l'aurait admiré), Charlie se faufila dans une des pièces qui donnaient sur le petit canal.

Il entendit des voix. La *signora* Battistuta était en train de passer un savon à quelqu'un dans le couloir, mais, en même temps, on entendait un souffle bruyant, des grincements et des raclements, comme si on déchargeait des objets lourds. Charlie se pencha à la fenêtre, le plus possible, pour apercevoir le bateau et les silhouettes qui entraient et sortaient du palais.

Dès que tout fut terminé, après que la *signora* Battistuta fut partie chercher une autre victime à martyriser, Charlie descendit discrètement dans le hall pour examiner les paquets. Il y avait là un gros ballot et deux autres colis de la même forme étrange : plats, mais incurvés, et d'environ deux mètres de long. Charlie était intrigué.

Il entendit un petit bruit de pas dans son dos. Il se glissa derrière la grosse armoire (heureusement, les meubles vénitiens étaient énormes) juste au moment où Lavinia et le jeune homme du *motoscafo* entraient dans la pièce et commençaient à se disputer, à voix basse, au sujet de la façon de transporter ces paquets encombrants. Ils soulevèrent le premier, chacun à une extrémité, et essayèrent de le faire passer par la porte. Le jeune homme dut se cogner la main, car il poussa un juron et laissa tomber le paquet.

L'emballage se prit dans la poignée de la porte et se déchira. On aurait dit une grande plaie ouverte.

Sous le papier marron, il y avait du papier de soie blanc, et sous le papier de soie, il y avait des plumes, des plumes couleur crème, avec des pointes rouges, disposées en une couche épaisse et lisse comme le plus accueillant des lits, ou la gorge d'un cygne. Et au milieu des plumes, il y avait des yeux : des yeux dorés.

Des yeux !

Charlie ne voyait pas en quoi ils étaient faits. Brodés peut-être, avec du fil d'or ? À moins qu'ils soient imprimés à la base des plumes ?

Des yeux. Des plumes.

Cela lui rappelait quelque chose. Quelque chose qu'il avait vu récemment...

Quand tous les paquets eurent été transportés, Charlie remonta dans la chambre chinoise et s'allongea sur son lit en songeant à ces plumes et à ces yeux.

Des plumes et des yeux.

Lorsqu'il se réveilla une demi-heure plus tard, il savait ce qu'il y avait dans ces paquets, et il croyait savoir pourquoi.

# CHAPITRE SIX

Après le déjeuner, tout le monde allait faire la sieste et le *palazzo* était calme. Bien qu'il eût piqué un roupillon dans la matinée, Charlie aurait volontiers recommencé car ses visites nocturnes aux lions le fatiguaient, mais il alla se poster à la fenêtre de derrière pour contempler la *piazza* inondée de soleil. La veille, le chat lui avait presque répondu. Peut-être serait-il encore là aujourd'hui, à la recherche d'un coin d'ombre pour se reposer durant la chaleur de l'après-midi. Appuyé contre la pierre froide de l'encadrement de la fenêtre, Charlie renifla l'odeur d'humidité qui montait du canal. Malgré la distance, il essayait de scruter la *piazza*. Une bande de chats parmi les plus gros formait une sorte de tapis dans un coin ; ils étiraient leurs pattes et arquaient le dos pour se préparer à ne rien faire. Un peu plus loin, il y avait le chaton au ventre blanc, celui que la fillette blonde s'amusait à taquiner l'autre jour, et un des chats vraiment maigres. Mais Charlie n'apercevait pas celui qui avait failli lui répondre. Zut !

Oh, regardez ! Voici la fillette blonde ! Elle était seule ce jour-là. Charlie trouvait qu'elle était un peu trop jeune pour se promener sans être accompagnée ; elle ne devait pas avoir plus de quatre ou cinq ans. Peut-être que ses frères se trouvaient tout près, au coin de la rue.

Quelques-uns des gros chats échangeaient des commentaires sur le chat maigre. Vu la façon dont ils étaient couchés par terre, Charlie devinait qu'ils se montraient insolents. Le chat maigre les évita et se dirigea à pas feutrés vers le bord du canal, en plein dans le champ de vision de Charlie. De fait, il paraissait mal en point.

Soudain, la blondinette aperçut le chaton au ventre blanc, « son » chaton, celui avec lequel elle s'amusait tant. Elle se précipita pour l'attraper, mais il s'enfuit. Agacée, elle se jeta sur le chat maigre, et à son grand étonnement (comme à celui du chat), elle réussit à l'attraper. Elle était aux anges. (Pas le chat.)

Elle s'assit et serra contre elle l'animal qui se débattait et donnait des coups de griffes. Elle l'embrassait, elle lui parlait, elle ébouriffait ses poils de sa main libre et, dès qu'il semblait sur le point de lui échapper, elle le plaquait de nouveau contre elle. Tout cela sous le regard vaguement indifférent de Charlie. Il avait un peu de peine pour ce chat, en vérité, mais il voulait surtout retrouver l'autre, plus vieux, celui auquel il espérait parler. Son attention se détacha de la fillette et de sa pauvre victime à poils.

C'est peu à peu qu'il prit conscience de ce qui se

passait. Il avait entendu un bruit ; ça venait de la *piazza*, un bruit lointain mais reconnaissable néanmoins. Ça durait depuis combien de temps ? C'était un bruit que Charlie aurait voulu ne plus jamais entendre : un souffle rauque et étouffé, ponctué de quintes de toux. Comme quelqu'un qui respirait, mais trop vite, trop fort, comme s'il avait mal et qu'il s'étouffait. C'était le bruit d'un enfant victime d'une crise d'asthme subite et violente.

Charlie reporta son attention sur la fillette. Elle avait la tête rentrée dans les épaules et le teint pâle. Sa poitrine se soulevait et retombait rapidement. Ses yeux semblaient tout petits au milieu de son visage. Charlie connaissait cette réaction, il connaissait cette sensation.

Il poussa un cri.

Il n'y avait donc aucun adulte dans le coin ? Personne avec elle ? Elle avait besoin de son médicament, et vite.

Alors même qu'il poussait son cri d'alarme, Charlie vit les gros chats s'arracher à leur somnolence et se lever d'un bond. Telle une meute, ils se tournèrent vers le chat que tenait la fillette quelques instants plus tôt et s'élancèrent. Mais on aurait dit que l'animal s'y attendait, car il s'était enfui immédiatement, terrorisé, pour s'engouffrer dans une ruelle qui partait de la *piazza*. Les autres le prirent en chasse, en poussant des miaulements furieux.

Charlie était effaré. Il était habitué aux combats de chats ; il en avait vu plein chez lui, dans les ruines. Mais c'était la première fois qu'il voyait des chats former une meute de cette façon. Qu'est-ce que cela signifiait ?

Deux femmes avaient rejoint la fillette. Charlie se

pencha à la fenêtre et se dévissa le cou pour entendre ce qu'elles disaient. Il était question de *soldi*, de *medicina*, de *non posso* et de *sporco gatto*. Il savait que ces deux derniers mots voulaient dire « chat sale », mais il ne comprenait pas ce qui se passait ; il voyait seulement que personne ne pensait à donner un médicament à la fillette. Apparemment, ces deux femmes n'en avaient pas.

*C'est peut-être sa première crise*, pensa-t-il. Si elles ignoraient que la fillette était asthmatique, elles ne pouvaient pas savoir qu'elle ne devait jamais se séparer de son médicament.

C'est alors que Charlie se rappela ce que lui avait dit le roi Boris au sujet des gens qui n'avaient pas les moyens de s'offrir des médicaments.

Sans même réfléchir, il sortit son inhalateur de sa poche (il en avait d'autres dans son sac). Il savait qu'un médicament, ça ne se prête pas, mais c'était un cas d'urgence. Il appela les deux femmes :

– *Signora ! Signora !*... Tenez !

Il lança l'inhalateur de toutes ses forces par la fenêtre. Par-dessus le canal.

– Faites qu'il ne tombe pas dans l'eau, murmura-t-il.

Non. Il atterrit près du petit groupe et une des femmes le ramassa. De toute évidence, elle n'ignorait pas que la fillette était asthmatique, car toutes les deux savaient exactement comment utiliser l'inhalateur. Tandis que l'enfant inhalait le médicament et que sa mère (supposait Charlie) la serrait contre elle et l'aidait, l'autre femme, plus âgée, s'agitait autour d'elles.

La fillette aspirait une bouffée, puis elle respirait dix fois, avant de recommencer. Charlie connaissait la technique. Difficile de se rendre compte de si loin, mais la petite fille semblait retrouver son calme. Encore un petit coup d'inhalateur. Elle devrait continuer jusqu'à ce qu'elle réussisse à respirer normalement, ou alors, les dames seraient obligées de l'emmener à l'hôpital.

Rassurée de voir que l'enfant allait mieux, la plus âgée des deux femmes s'était tournée vers Charlie, de l'autre côté du canal. Elle dressait le cou pour l'apercevoir à la fenêtre, les bras tendus vers lui.

– *Grazie, bambino ! Sei un angelo venuto dal Cielo ! Grazie a Dio eri qui con la medicina, senza di te non so che cosa sarebbe successo, sei gentillissimo, vieni qui, vieni fuori, vogliamo ringraziati, vieni, per favore, vieni...*

Elle lui faisait signe de venir. Elle tenait à le remercier. Charlie lui sourit et s'écarta de la fenêtre. Il ne pouvait pas sortir du palais. De toute façon, il ne comprendrait pas ce qu'elle lui dirait. Et il ne voulait pas attirer l'attention ; il craignait qu'Edward ou la *signora* Battistuta le grondent. Il était navré de devoir disparaître ainsi, car il se réjouissait d'avoir pu aider la fillette, mais que pouvait-il faire d'autre ?

Au bout de dix minutes, il risqua un coup d'œil dehors. La fillette et sa mère étaient parties, mais la vieille femme était toujours là. C'était peut-être la grand-mère, se dit-il.

Dès qu'elle aperçut Charlie à la fenêtre, elle reprit son refrain :

– *Vieni, angelo salvatore della figliola, vieni...*

Charlie se cacha de nouveau. Sapristi, elle comptait rester là encore longtemps ?

Dix minutes plus tard, elle était toujours là. Mais cinq minutes après, elle partit et Charlie put reprendre son poste pour essayer d'apercevoir « le chat qui lui avait répondu ».

En fait, celui-ci le guettait également. Assis sur le rebord de la fenêtre, il se léchait les pattes. Lorsque Charlie, après s'être assuré que la grand-mère n'était plus là, regarda de nouveau par la fenêtre, le chat lui miaula dans l'oreille.

– Aaah ! s'exclama Charlie. Tu m'as fait peur !

Le chat tomba dans le canal. De toute évidence, il avait été encore plus surpris que Charlie.

Le garçon dut argumenter longtemps et se montrer rassurant pour convaincre le chat qu'il n'était ni un fantôme ni un esprit ni un farfadet ni un loup-garou ni une vision ni un zombie ni un lutin ni un sorcier ni un vampire ni aucune autre sorte de vilaine créature... mais simplement un jeune garçon qui parlait le félin. Malgré tout, après être sorti du canal, le chat préféra s'asseoir sur le rebord de la fenêtre voisine, en partie parce qu'elle était ensoleillée et qu'il pourrait se sécher, mais surtout, devinait Charlie, parce qu'il préférait rester hors d'atteinte.

– Alors, raconte-moi, demanda Charlie une fois qu'ils se furent installés et qu'il fut évident que ce chat ignorait qui il était et ne savait rien de ses parents. Que s'est-il passé tout à l'heure ?

– Encore une fichue crise d'asthme, répondit le chat, qui s'appelait Enzo.

– Je ne comprends pas, dit Charlie. La dernière fois que cette fillette a joué avec les chats, tout allait bien. Pourquoi ferait-elle une crise tout à coup ?

Enzo lui jeta un regard en biais.

– Tu as remarqué ça, hein ?

– Oui, et j'ai aussi remarqué la manière dont cette bande de chats, ceux qui ont l'air bien portants et qui traînent autour de la fontaine, ont pourchassé son compagnon de jeu. D'ailleurs, ils s'attaquent à tous les chats maigres. Je ne comprends pas.

– Les humains ne remarquent pas ce genre de choses habituellement, dit Enzo après un moment de silence.

– Les humains ne parlent pas le langage des félins habituellement, rétorqua Charlie avec une certaine logique.

Enzo se lécha la patte, se gratta l'oreille et observa le canal.

– Les humains n'aiment plus les chats, déclara-t-il d'un ton amer.

– Bien sûr que si ! protesta Charlie. C'est affreux de penser une chose pareille. Pourquoi dis-tu ça ?

Enzo se retourna et posa sur lui ses yeux plissés.

– Les humains ne veulent plus avoir de chats. Ils ne peuvent pas savoir lesquels sont des allergènes, et comme les médicaments coûtent trop cher, ils ne peuvent pas se les payer. Résultat, on est tous à la rue.

Ah.

Ça devenait plus clair.

Cette fois, Charlie n'allait pas tout gâcher ; il était bien décidé à connaître le fin mot de cette histoire d'allergènes.

– Tu penses, dit-il en prenant tout son temps, que cette fillette avait un médicament mais qu'elle a arrêté de le prendre parce que ses parents n'avaient pas les moyens de l'acheter ?

– Oui, c'est ce que je pense.

– Et...

Charlie prenait un gros risque en poursuivant, mais il en avait suffisamment entendu, il avait suffisamment réfléchi, il fallait qu'il sache :

– Crois-tu que ce chat est un allergène ?

– Évidemment, répondit Enzo. Même si cette fillette n'avait pas fait une crise d'asthme aussi violente, preuve que ce chat est beaucoup plus allergénique qu'un chat normal, ça se voit à... sa maigreur et à son poil tout fin. Il est en mauvaise santé.

Allergénique. Charlie ne connaissait pas ce mot, mais le sens lui paraissait évident. Être allergénique, ça voulait dire que vous déclenchiez des crises chez les personnes allergiques. Il savait que certains chats étaient plus allergéniques que d'autres ; il en avait fait l'expérience avec ses amis et les chats des ruines. Et maintenant, il savait que les allergènes étaient particulièrement allergéniques.

Hélas, les humains ne pouvaient pas savoir quels chats étaient des allergènes et ils faisaient comme si tous l'étaient. Et puisqu'ils ne pouvaient pas acheter des médicaments contre l'asthme à leurs enfants, un grand nombre de chats se retrouvaient flanqués dehors... Tout cela prenait un sens.

*Pas étonnant, dans ces conditions*, songea Charlie, *que les chats soient si impatients que ma mère et mon père mettent au point leur traitement contre l'asthme. Si les enfants n'étaient plus allergiques, peu importe que les chats soient allergéniques...*

En attendant, les chats faisaient la guerre aux allergènes, car ils les tenaient pour responsables de leur malheur.

Pauvres allergènes. Pauvres chats, également. Quelle situation épouvantable.

– Mais, dis-moi, Enzo. D'où viennent les allergènes ? Il y en a toujours eu ?

Enzo resta silencieux un moment. Finalement, il dit :

– Personne ne sait vraiment. Certains sont arrivés comme ça, du jour au lendemain. Mais... une histoire circule. Il y a cinq ans, une chose étrange s'est produite. Un grand nombre de chattes ont disparu. Pas uniquement ici à Venise. Un peu partout, paraît-il. Elles ont disparu et, quelques jours plus tard, elles ont réapparu. Puis elles ont eu des chatons. Personne ne sait qui sont les papas. Beaucoup de ces chatons se ressemblent : des petits machins noir et blanc malingres. Tout maigres.

Il y a des gens qui disent qu'on a mis des bébés allergènes dans les ventres de ces chattes, et que quelqu'un veut répandre des allergènes dans le monde entier. Mais moi, je demande : et pourquoi donc ? Qui a besoin de faire ça ? En plus, c'est pas facile. Du genre : « Tiens, je vais concevoir un tas de bébés allergènes avant d'aller déjeuner. » Tu comprends le latin ?

Charlie connaissait un peu cette langue morte.

– *Cui bono ?* demanda Enzo.

– À qui ça profite ? traduisit Charlie. À qui ça sert ?

Il prit le temps de réfléchir.

Ça ne profitait à personne. Ni aux chats, ni aux allergènes, ni aux humains...

Tout en réfléchissant, il leva la tête vers la fenêtre. Oh, zut ! La grand-mère était revenue sur la *piazza*. Elle marchait en clopinant, avec un bouquet de fleurs, une pancarte en carton et ce qui ressemblait à une chaise longue.

– Hmm, fit Charlie. Faut que j'y aille. Tu reviendras me voir ? J'aimerais continuer à discuter avec toi.

– Évidemment, répondit poliment Enzo. *Ciao.*

La vieille dame avait déplié sa chaise longue au bord du canal, juste en face de la fenêtre de Charlie. Elle cala sa pancarte contre un piquet d'amarrage et déposa son bouquet par terre.

Oh, bon sang...

Et voilà qu'elle fouillait dans sa poche pour en sortir quelque chose...

Ah, une bougie. Une de ces petites bougies qu'on voit

dans les églises, ou sur les tables des restaurants dans des verres de couleur. Elle la posa à côté des fleurs et, après quelques essais infructueux, elle parvint à l'allumer. Elle leva les yeux vers la fenêtre, sourit et fit un signe de la main. Puis elle s'installa dans la chaise longue et sortit son tricot.

Charlie se cacha.

Edward reçut un coup de téléphone. Une voix se présenta.

– Ah, fit Edward, oui, je vois qui vous êtes, monsieur Sadler. Je vous croyais souffrant.

– Je l'étais, répondit Rafi appuyé contre une fenêtre dans un couloir d'hôpital à des kilomètres de là. Mais je vais beaucoup mieux.

Tellement mieux, à vrai dire, qu'il avait contacté le gentleman des chemins de fer, la police et le médecin. Il leur avait fait remarquer qu'ils n'avaient aucune raison valable de le garder plus longtemps à l'hôpital. Il n'était plus malade, leur avait-il assuré. Il n'avait commis aucun crime et il regrettait profondément d'avoir provoqué un tel chahut quand il avait eu de la fièvre, alors, si ce n'était pas trop leur demander...

Ils s'étaient gratté la tête en cherchant un prétexte pour le garder car, de toute évidence, il mijotait un sale coup. Finalement, le policier avait déclaré : « Si nous avons besoin de vous comme témoin, il faudra revenir. » Rafi avait répondu : « Bien sûr, monsieur. Évidemment. » Et dès que le policier avait eu le dos tourné, il avait ricané.

– Je vais beaucoup mieux, dit Rafi.

– Cela me concerne ? demanda Edward.

– Oui. Et ça concerne aussi les lions que vous cachez. Vous savez quoi ? On les voit très bien d'ici.

Un petit chat brun somnolait sur le rebord de la fenêtre. Rafi le gratta derrière les oreilles.

Au bout du fil, Edward resta silencieux.

– Et si on les voit d'ici, on doit les voir d'ailleurs, ajouta Rafi.

Edward restait toujours silencieux.

– Et vous vous doutez bien que certaines personnes ne doivent surtout pas les voir...

Edward s'interrogeait.

– Leur propriétaire, par exemple. Mais je ne parle pas du Cirque, ne vous faites pas de souci à cause d'eux. Non, je parle de cet autre type...

Edward était de plus en plus perplexe. Il croyait presque tout savoir, mais voilà une chose qu'il ne savait pas.

– Je parle de ce dingue d'Africain, ce cinglé qui a disparu, expliqua Rafi. Vous n'avez pas envie de le voir sonner à votre porte, j'imagine ?

Ah, le dompteur ! Maccomo. Ce serait ennuyeux, effectivement. Edward avait des projets concernant les lions et ils n'impliquaient aucune intervention extérieure, surtout pas celle de cet homme.

Il réfléchit un instant. À l'autre bout du fil, Rafi le laissa réfléchir, le sourire aux lèvres.

– Que voulez-vous au juste, mon garçon ?

Le sourire de Rafi s'élargit.

– Rien, répondit-il.

Et il raccrocha. Il avait obtenu ce qu'il voulait : la confirmation que les lions et Charlie étaient bien dans le palais du roi Boris à Venise.

– En route ! s'exclama-t-il gaiement.

Après avoir enfilé sa veste en cuir avec précaution à cause de son épaule encore fragile, il rafla la grosse boîte d'antalgiques qu'il avait soutirée à l'infirmière.

– Venise, me voici !

C'est à cet instant seulement que Rafi se souvint qu'il avait un chien. Au moment même où il s'exclamait : « En route ! », il s'aperçut qu'il s'adressait à Troy, son chien esclave. Mais Troy n'était pas là.

Il ressentit un pincement au cœur, très bref. Où était donc passé Troy ?

– Il a fichu le camp, je parie. La loyauté n'existe pas dans ce monde pourri ! Il m'a laissé tomber alors que j'étais KO. Le coup classique. Mais je m'en fiche, ce n'était qu'un chien stupide...

Sur ce, il quitta le bâtiment. Par-derrière. Alors que le fidèle et dévoué Troy somnolait à l'ombre des buissons devant l'entrée principale, où il attendait son maître depuis que celui-ci était hospitalisé.

Dès que Rafi était sorti de la chambre, le petit chat brun, qui ne somnolait plus du tout, avait sauté du rebord de la fenêtre et foncé vers la gare, où son oncle était chat ferroviaire. S'il arrivait avant le départ du train de 17 h 30, le message atteindrait le sud le soir même.

Aneba s'arrêta devant la chambre de Magdalen, dans l'unité du bien-être. Tenant à la main un bouquet de fleurs aux couleurs trop vives, sans aucun parfum, et qui n'avaient certainement pas poussé dans la terre, il s'approcha de l'infirmière avec un sourire trop éclatant, trop joyeux, comme celui du responsable de la gestion des motivations. Mais ses yeux étaient froids et éteints, sans la moindre lueur d'intelligence.

– Bonjour, dit-il. Je viens voir ma pauvre vieille épouse.

– Certainement, docteur Ashanti, répondit l'infirmière avec un sourire forcé. Très jolies fleurs. Elles viennent de notre unité florale ? Entrez. Je crois qu'elle dort encore, mais ce sera un bonheur pour elle de vous voir. Oh, qu'est-il arrivé à votre visage ? Ce n'est pas beau !

Aneba sourit de façon encore plus artificielle. Ça commençait à devenir douloureux (mais l'égratignure n'y était pour rien) et il ne savait pas combien de temps il pourrait tenir, mais ce sourire était le signe distinctif de tous ceux qui avaient cédé à la pression, alors il jouait le jeu. S'il laissait deviner qu'il avait conservé sa liberté de penser, on lui infligerait une nouvelle thérapie et un tas d'autres médicaments. Il voulait donner l'impression d'être entièrement d'accord avec tout ce que tout le monde disait.

– Oh, ce n'est rien, dit-il. Une simple égratignure.

L'infirmière le fit entrer dans la chambre de Magdalen.

– Vous croyez qu'elle est en état de faire une petite

promenade dans le jardin ? demanda Aneba d'un ton enjoué.

– Eh bien..., commença l'infirmière, dubitative.

– C'est une si belle journée, insista Aneba avec son grand sourire.

À force, il avait mal aux joues.

– C'est vrai, concéda l'infirmière.

– Elle s'appuiera sur mon bras, ajouta-t-il en posant sur sa femme un regard affectueux.

L'infirmière aimait voir des couples unis. Tant de familles se trouvaient brisées, à cause du divorce ou pour d'autres raisons. C'était agréable de voir un mari si attentionné.

Elle adressa à Aneba un sourire presque sincère (car cette infirmière était une brave femme, au fond ; ce n'était pas sa faute si elle s'était laissé convaincre par la Corporation).

– Bon, d'accord, allez-y, dit-elle. Un peu d'air frais lui fera du bien.

Aneba lui adressa un sourire tout à fait sincère cette fois. L'infirmière en fut éblouie. N'importe quelle émotion authentique l'aurait éblouie, car elle n'en avait pas vu depuis des années, mais le sourire d'Aneba était légendaire. Encore sous le choc, l'infirmière quitta la chambre.

Aneba se mit aussitôt au travail. Pour commencer, il arracha le goutte-à-goutte qui diffusait un médicament dans les veines de Magdalen. Puis il lui aspergea le visage d'eau froide, lui massa les pieds et l'embrassa. Telle la

Belle au bois dormant, elle ouvrit les yeux. Ceux d'Aneba étaient là pour les accueillir et leur adresser un message d'espoir et de courage.

Magdalen semblait hébétée et effrayée.

– Réveille-toi, dit-il. Réveille-toi pour de bon. Bats-toi. Sois forte. Bats-toi comme jamais !

Elle cligna des paupières.

Il arracha quelques pétales d'une des fleurs.

– Même cette version artificielle possède des pouvoirs, murmura-t-il. Pas aussi puissants que ceux des fleurs des bois, mais ça peut t'aider.

Il avait reconnu dans ces fleurs un des ingrédients principaux de la Lotion Qui Arrange Tout, inventée par sa femme.

Il pressa les pétales entre ses doigts et les déposa sur la langue de Magdalen.

– Vas-y, suce-les.

Il passa sa main sur sa joue égratignée et récolta un peu de sang sur ses doigts.

– Lèche, dit-il. Puise des forces dans mon sang.

Magdalen lécha. Ses yeux papillotèrent de nouveau.

– Je veux de l'eau..., dit-elle.

– Pas leur eau, répondit-il. Tout ce qu'ils nous font avaler nous empêche de réfléchir. Leur nourriture, leurs médicaments, leur eau. Même l'air qu'on respire. Pollué. Viens...

– Je n'ai pas assez de force, murmura-t-elle.

Aneba émit un petit rire.

– Tu ne me feras jamais croire ça, dit-il. Tu es la femme la plus forte que je connaisse.

Elle sourit en l'entendant rire. Elle goûta à nouveau le sang d'Aneba sur ses lèvres. Immédiatement, elle se sentit plus forte.

– J'ai rencontré un chat qui connaît un chemin, chuchota Aneba.

Elle se sentit encore plus forte.

– Et alors ? demanda-t-elle.

– Alors, on va aller faire une jolie petite promenade dans le jardin.

Plus tard dans l'après-midi, Edward quitta le palais.

Quarante-cinq secondes après, il était de retour.

– Charlie !

– Oui ?

– Pourquoi y a-t-il devant le palais une vieille dame avec des bougies, des fleurs et une pancarte sur laquelle on peut lire : « Dans ce *palazzo* vit un ange du Seigneur. Il a sauvé la vie de ma petite-fille Donatella, remerciez le ciel avec moi pour ce miracle du jeune ange marron, priez pour la miséricorde du Seigneur en ces temps difficiles » ?

Charlie déglutit.

Oh, non...

Il était très embarrassé.

– De quel jeune ange marron parle-t-elle ? demanda Edward.

La bouche de Charlie s'ouvrait et se refermait, mais il ne trouvait vraiment rien à dire.

– Tu sais que nous ne devons pas attirer l'attention, n'est-ce pas, Charlie ? Ne crois-tu pas qu'une femme assise dehors au milieu des fleurs et des bougies, et qui parle d'anges et de miracles, risque d'attirer l'attention sur la demeure de Sa Majesté ? Que fait-elle là, d'abord ?

Charlie lui raconta tout. Une fillette avait été victime d'une crise d'asthme, alors il lui avait lancé son médicament. N'importe qui en aurait fait autant. On ne pouvait pas rester les bras croisés pendant qu'une enfant...

Non, on ne pouvait pas. Edward lui-même devait en convenir.

– Soit, dit-il. Espérons que personne ne la remarquera.

À 18 heures, trois autres femmes avaient rejoint la grand-mère. L'une d'elles, agenouillée, ne cessait de prier. Apparemment, sa fille était asthmatique, elle aussi. Une autre femme brandissait une pancarte qui disait : « Doge de Venise, écoute ton peuple ! Chasse les chats de la cité ! Trop d'enfants tombent malades ! »

Elles avaient toutes apporté des fleurs. Et des bougies.

Juste avant le dîner, un jeune homme sonna à la grille du palais près du pont.

– Je suis journaliste au *Venezia Sera*, dit-il à la *signora* Battistuta. J'aimerais en savoir plus sur le miracle de l'ange marron et des enfants asthmatiques. Croyez-vous aux miracles ? Pensez-vous que le doge se préoccupe de régler le problème des enfants malades ?

– Fichez le camp ! répondit la *signora* Battistuta.

En regardant de l'autre côté du petit pont, elle découvrit dix femmes, six enfants, trois bébés, quatorze bouquets de fleurs, vingt-deux bougies alignées le long du canal, quatre crucifix, sept cartes représentant le Sacré-Cœur du Seigneur, de vieux inhalateurs réunis par des rubans roses et un ours en peluche. Dans la lumière du soir, avec les bougies qui se reflétaient à la surface du canal, l'ensemble offrait un très joli spectacle.

– Ce n'est pas croyable, soupira Charlie. J'ai juste lancé un médicament.

Plus tard, des jeunes gens arrivèrent avec des pancartes sur lesquelles on pouvait lire : « Doge de Venise, cesse de nous ignorer ! » Ils vendaient des revues qui préconisaient de se débarrasser du doge pour le remplacer par un nouveau gouvernement. Très vite, les gardes du doge intervinrent avec des matraques et des menottes et ils les emmenèrent. En voyant cela, les mères et les grands-mères huèrent les gardes, et l'un d'eux agita sa matraque devant elles.

En assistant à cette scène, caché à sa fenêtre, Charlie comprit que les Vénitiens n'aimaient vraiment pas le doge.

Après le dîner, Charlie bâilla bruyamment et annonça qu'il tombait de fatigue et qu'il allait se coucher. Edward l'arrêta :

– Charlie, j'ai pris une décision.

– Ah ? fit Charlie en gardant une expression neutre et amicale.

– Les lions ne sont plus en sécurité ici. Nous aurions peut-être pu garder le secret... mais désormais, ce n'est plus possible. Ce palais est l'objet de trop d'attention. La nouvelle risque de se propager. On parle de toi dans les journaux, le Cirque offre une récompense, et maintenant, il y a cette ridicule histoire de miracle. Si quelqu'un fait le rapprochement... entre l'ange marron et le jeune garçon marron du Cirque... La meilleure chose à faire, c'est de mettre les lions à l'abri ailleurs. Et la personne la mieux placée pour les protéger, c'est le doge.

Charlie comprenait le raisonnement d'Edward concernant la sécurité des lions, mais pourquoi avait-il jugé nécessaire de préciser qu'il était « marron » ? Un tas de gens étaient marron.

Le chef de la sécurité affichait une innocence suspecte.

– Si nous conduisons les lions chez le doge, en les présentant comme ses invités, il veillera sur eux, ajouta Edward. Il les adoptera, si tu préfères, comme ses amis, et des amis de Venise, et personne n'osera essayer de les récupérer pour le Cirque. Les gens du Cirque ont besoin de se produire dans beaucoup d'endroits, y compris à Venise, et si le doge demande à ses collègues des autres pays de ne pas les accueillir, ils leur fermeront leur porte. Aucun cirque ne tentera de s'attaquer à la puissante Venise. Les lions seront en sécurité.

» Nous irons voir le doge. Il nous attend. Je ne lui ai

pas dit qui je lui amenais, mais il s'attend à une surprise. Tu viendras avec nous, évidemment, Lion Boy. Claudio te servira de traducteur. Tout se passera bien.

Charlie ne voyait pas comment contredire Edward, qui semblait faire comme si tout était déjà réglé. Mais il s'inquiétait. Les lions et lui n'avaient pas besoin d'être protégés à l'intérieur de Venise, ils avaient besoin de quitter Venise ! D'un autre côté, rendre visite au doge, ça voulait dire sortir du *palazzo Bulgaria*, et ce ne pouvait être qu'une bonne chose. Si ce n'est qu'il perdrait contact avec Enzo, or il n'avait pas encore eu l'occasion de demander au chat de se renseigner sur le sort de ses parents.

Soudain, une pensée le frappa, claire comme du cristal.

*Cui bono ?* À qui ça profite ?

Il était exact que les sociétés qui fabriquaient des médicaments contre l'asthme n'en profitaient pas.

Mais le savaient-elles ?

Se pouvait-il qu'elles sachent depuis le début ce qui allait arriver ?

Peut-être avaient-elles espéré en tirer d'énormes bénéfices. Peut-être avaient-elles pensé que, depuis l'interdiction des voitures, il n'y avait plus suffisamment d'enfants malades qui avaient besoin de leurs médicaments, mais, si elles les rendaient malades avec des chats très allergéniques, ce serait bon pour les affaires. Seulement, ces sociétés ne pouvaient pas se douter que les parents commenceraient par se débarrasser des chats au lieu d'acheter des médicaments. Elles ne pouvaient pas savoir qu'elles n'en tireraient aucun profit. Elles pensaient le contraire.

Ces sociétés pharmaceutiques étaient peut-être liées à l'apparition soudaine des allergènes. Auquel cas...

Edward interrompit ses pensées :

– Bonne nuit, Charlie. Tu es un gentil garçon. Très bientôt, dans les prochains jours, nous irons chez le doge.

Les prochains jours ! Il fallait qu'il s'arrange pour parler à Enzo dès le lendemain.

Charlie fit un joli sourire.

– D'accord, dit-il poliment. Bonne nuit.

Il resta allongé dans son lit pendant une heure, tremblant de frustration, avant d'estimer que le palais était assez calme pour qu'il puisse rejoindre les lions en douce.

Aneba conduisit Magdalen jusqu'au grand mur, où les attendait Sergueï. Il était assis tel un dieu égyptien, les oreilles dressées (enfin, surtout celle qui était entière). Devant ses pattes était posée une enveloppe.

Il avait tout préparé. Longuement, il avait réfléchi au meilleur moyen de communiquer avec ces précieux humains. Pour commencer, il avait provoqué un choc chez le père afin de le réveiller, il lui avait déclenché une poussée d'adrénaline, le temps qu'il reprenne conscience. (Il était intéressant de noter qu'Aneba s'était mis aussitôt à renifler les plantes.) Et Sergueï avait déchiré un article de journal pour qu'ils sachent ce qui était arrivé à Charlie. Mais comment les inciter à se rendre à

Venise ? Il aurait pu aller à la bibliothèque municipale et arracher une page d'un livre qui parlait de Venise. Mais la ville était loin et le temps pressait. De plus, les chats – surtout les chats maigres au derrière pelé avec un morceau d'oreille en moins – n'étaient pas les bienvenus dans les bibliothèques. Particulièrement s'ils commençaient à déchirer les pages des livres. Toutefois, ce n'était pas le genre de chose qui le tracassait. Il savait qu'il pouvait faire tout ce qu'il voulait, en douce, mais le temps lui faisait défaut. Il devrait se contenter de l'article de journal. Ensuite, il pourrait les entraîner dans les tunnels de service, les conduire jusqu'à la gare et les faire monter dans le train pour Venise.

Sergueï poussa l'enveloppe vers Aneba avec sa patte.

Aneba la prit et l'ouvrit.

À l'abri d'un buisson artificiel, Magdalen et lui lurent l'article. (Ce n'était pas celui qu'avait vu Charlie, mais un autre, découpé dans un journal français. Il donnait plus ou moins les mêmes informations, sans parler de Mabel, toutefois.)

Ils soupirèrent. Ils sourirent. Ils se regardèrent. Ils se souvinrent du genre de garçon qu'était leur fils.

– Il a libéré les lions ! s'exclama Aneba. Tout seul ! Bravo !

– Chut, murmura Magdalen.

Sergueï poussa un miaou aigu et leur fit signe de le suivre.

Tous les trois se faufilèrent le long du grand mur de

béton ; Sergueï ouvrait la marche. Au bout d'un moment, une odeur désagréable remplaça l'air doux auquel ils s'étaient habitués. Une odeur très désagréable. Une odeur de nourriture avariée, de vieilles frites, de peau de poisson et de... beurk ! Magdalen et Aneba firent la grimace. L'odeur devenait de plus en plus forte.

Bientôt, tout s'expliqua. Ils débouchèrent dans une sorte de cour où s'alignaient des rangées d'énormes poubelles. Et ces poubelles bougeaient, comme des soldats en formation. Rangée après rangée, elles avançaient lentement... Magdalen et Aneba ne comprenaient pas ce qu'ils voyaient. Il y avait une sorte de machine, d'où jaillissaient de longs bras mécaniques qui saisissaient les poubelles et déversaient leur contenu sur un tapis roulant muni de rebords pour empêcher les ordures de tomber. Le tapis disparaissait à l'intérieur d'un tunnel.

– Oh non, fit Magdalen.

Sergueï s'approcha du tapis roulant, à l'endroit où il pénétrait dans le tunnel creusé dans le grand mur. Du papier, du plastique, des aliments pourris, des boules de poussière, du marc de café, des vieux chiffons mouillés, des amas de cheveux, des sacs en plastique, des os, de la vase comme quand on nettoie un aquarium, des trognons de pommes noircis, des mouchoirs en papier usagés, du verre brisé...

– Bon..., commenta Aneba.

Ce qui les attendait ne faisait aucun doute.

– On est bien ici, dit Magdalen. Je ne comprends pas

pourquoi on... On est bien traités, c'est un endroit agréable...

– Magdalen ! s'écria Aneba.

Elle le regarda avec des yeux vides.

– Je ne veux pas entrer dans ce tunnel avec tous ces déchets, protestait-elle. Je ne vois pas pourquoi je le ferais.

– C'est *nous* qui produisons ces déchets, répliqua Aneba. Il n'y a pas de quoi faire ta mijaurée.

– Je suis fatiguée. Je veux retourner dans ma chambre. Je ne me sens pas bien.

Elle se mit à pleurer. Assez bruyamment.

Aneba se demanda s'il devait la gifler. C'est une des méthodes avec les hystériques.

Au lieu de cela, il l'embrassa.

– Oh, fit-elle en battant des paupières. Désolée... Désolée... Je vais essayer.

– Ça ira mieux dès qu'on ne respirera plus leur air, l'encouragea Aneba.

Ils regardèrent Sergueï. Sergueï les regarda. Tous les trois regardèrent les détritus. Aux yeux du chat, c'était juste un peu moins répugnant qu'aux yeux des humains.

Ils se regardèrent. Deux d'entre eux se pincèrent le nez. Et ils sautèrent sur le tapis roulant.

Splash.

Beurk.

Pouah.

# CHAPITRE SEPT

Ce soir-là, quand Charlie rejoignit les lions, ils étaient agités et faisaient les cent pas dans la fraîcheur de la nuit. Ils n'avaient même pas fini leur viande ; leur impatience grandissait. Allongées au clair de lune, la lionne argentée et la lionne jaune ressemblaient étrangement aux statues de pierre représentant le lion de saint Marc. Le parfum du jasmin flottait dans l'air.

– Alors ? demanda le Jeune Lion en rejoignant Charlie d'un bond. Que se passe-t-il ? Tu as des nouvelles de tes parents ?

– La nouvelle, répondit Charlie, c'est que j'ai réussi à entrer en contact avec un chat à l'extérieur. Il s'appelle Enzo et c'est un brave gars. Sinon, l'autre nouvelle, c'est que... on va devoir aller chez le doge dans un jour ou deux. Il deviendra notre ami et, comme ça, on sera plus en sécurité.

– Quoi ? s'exclama le Jeune Lion, pour qui tout cela n'avait aucun sens.

– Oui, je sais, dit Charlie, moi aussi, j'ai trouvé ça

curieux, mais il y a tous ces gens qui campent devant le palais et qui croient que je suis un ange. Un journaliste est venu poser des questions et le Major Tib a offert une récompense pour vous retrouver ; ça veut dire qu'on a intérêt à bouger. Au moins, on ne sera plus enfermés entre ces quatre murs...

– Hein ? s'exclama le Vieux Lion, encore plus perplexe.

Charlie regrettait de les perturber ainsi. Il les mit pourtant au courant des derniers développements.

Les lions étaient désorientés.

– Nous, tout ce qu'on veut, c'est partir ! dit le Jeune Lion. Pourquoi c'est devenu si compliqué ? Le roi Boris devait nous aider. On a juste besoin d'un bateau pour ficher le camp...

Charlie soupira.

– Je crois qu'Edward a d'autres plans. Vous savez, quand il m'a obligé à vous mesurer...

Le Vieux Lion était sur le point de dire qu'il s'en souvenait lorsqu'un violent craquement déchira le silence de la nuit.

Charlie échangea un rapide regard avec les lions.

Une porte venait de s'ouvrir à l'extrémité du *cortile.*

Charlie se précipita sous les arcades sombres, vers la porte par laquelle il était arrivé. Et il se cacha dans le noir. Derrière lui, il n'entendait que le silence, mais un silence habité.

De son point d'observation privilégié et familier, derrière la porte, il scruta la nuit. Le *cortile* éclairé par la lune ressemblait à une scène de théâtre. La fontaine crachait son jet clair. Quelque part, un oiseau solitaire émit un long sifflement monocorde. Le calme régnait.

L'intrus était Edward. Accompagné du type ratatiné. Derrière eux se tenaient les deux hommes du *motoscafo*. Ils serraient dans leurs bras des amas de plumes couleur crème constellées d'yeux dorés.

Charlie retint son souffle.

Les hommes posèrent les plumes et Edward observa les lions. Puis il se retourna et dit soudain, d'une voix puissante qui brisa le silence :

– Sors de là, Charlie, on a besoin de toi !

S'il avait eu l'habitude de jurer, le garçon l'aurait fait à cet instant. Mais il émergea de l'obscurité et s'avança sans rien dire. Il n'y avait pas grand-chose d'autre à faire.

– Vilain garçon, dit Edward.

Mais il ne paraissait pas véritablement fâché ; il avait d'autres préoccupations.

– Prends ça, et mets-les sur le lion blessé.

Il fit signe aux deux hommes de remettre le grand tas de plumes à Charlie.

Celui-ci comprit ce qu'on attendait de lui.

– OK, dit-il en prenant le lot de plumes.

Il les leva à bout de bras pour vérifier si c'était bien ce qu'il pensait... Oui, il avait vu juste !

Ces plumes composaient en fait des ailes. De longues et magnifiques ailes, gonflées et soyeuses comme des ailes d'archange ou de cygne. Comme les ailes que lui avait décrites Claudio, dans la Bible. Les ailes du lion de pierre sur la place Saint-Marc.

Alors qu'Edward s'apprêtait à déverrouiller la porte de la cage des lions, Charlie montra les ailes à Primo. Celui-ci battit des paupières paresseusement et agita les oreilles.

Charlie entra dans la cage en serrant les ailes contre lui. Les quatre hommes effrayés par les lions restaient soigneusement à l'écart.

– Que se passe-t-il, Charlie ? s'exclama le Jeune Lion. C'est quoi, ces ailes ?

– Primo ? murmura Charlie. (Les hommes ne devaient pas remarquer qu'il s'adressait aux lions à voix basse.) Tu comprends, hein ?

Primo le regardait sereinement.

– C'est comme ce lion en haut de la colonne, souffla le Jeune Lion.

– Exact, répondit Charlie en souriant à son ami. Ils veulent que Primo devienne ce lion d'autrefois, celui qu'on a vu. Le protecteur de Venise. À mon avis, Edward essaie de fabriquer un faux miracle... pour faire plaisir au doge. Qu'en penses-tu, Primo ? Tu t'en sens capable ? C'est la seule façon de sortir de cette forteresse... Alors ?

Primo sourit sous son bandage.

– Et ma... blessure ? demanda-t-il. Tu crois que ma blessure plaira au doge ?

Charlie sourit à son tour. Il savait que Primo parlait de ses deux immenses dents.

– Je crois que ta blessure, comme tu dis, le remplira de frayeur et d'émerveillement. Alors, tu veux bien que je te mette ce machin ?

Primo baissa légèrement la tête. Ses yeux tristes disaient : « Oui. »

– Ça par exemple ! murmura le Jeune Lion.

Le Vieux Lion souriait avec tristesse.

L'homme ratatiné voulut donner quelques conseils à travers les barreaux, mais Charlie l'ignora et trouva tout seul comment fixer les ailes. Elles étaient magnifiques. De longues plumes blanches immaculées avaient été cousues solidement sur d'étroites bandes de cuir, que l'on avait ensuite clouées sur une armature en bois et en métal qui se pliait et se dépliait, elle-même attachée à une autre armature qui épousait la forme du dos de Primo. Celle-ci avait été rembourrée avec du velours épais et doux (de la couleur du pelage de Primo), afin que le frottement ne lui fasse pas mal. L'ensemble se posait sur son dos comme une selle et s'attachait sous le ventre de la même manière, avec des sangles. Les quatre hommes retinrent leur souffle lorsque Primo s'allongea pour faciliter la tâche à Charlie, et de nouveau quand il se releva pour que le garçon puisse attacher les sangles. Maintenant que la grande armature était en place, les ailes épousaient et couvraient les flancs de Primo.

– Ouah ! s'exclama le Jeune Lion.

Les lionnes émirent un sifflement discret. Même elles étaient impressionnées.

Charlie recula. Dans la lumière argentée de la lune qui baignait cette très vieille cour intérieure, Primo ressemblait à un animal fabuleux issu de la mythologie, à une superbe statue antique. Sa tête entourée d'un bandage lui conférait un aspect mystérieux, un mystère archaïque et maléfique. On aurait dit un dieu de la mort égyptien, avec un corps de lion et une tête de momie. Les hommes restés à l'extérieur de la cage, y compris Edward, en avaient le souffle coupé.

– *Magnifico,* commenta l'homme ratatiné.

Le plus jeune fit un signe de croix.

L'homme ratatiné essayait de dire quelque chose à Charlie en montrant une courte lanière de cuir qui pendait sur le poitrail de Primo et à laquelle était accrochée une petite antenne. Après avoir jeté un regard à Edward, comme pour quêter son accord, il tendit à Charlie un minuscule boîtier de télécommande.

Charlie l'observa dans la faible lumière.

– Ça sert à quoi ? demanda-t-il.

L'homme sourit et prononça quelques mots en italien. Charlie ne comprit pas tout, mais il saisit l'essentiel.

Il s'adressa à Primo dans un murmure en lui montrant la télécommande et appuya sur le bouton de gauche.

Sans un bruit, en douceur, les ailes du smilodon se déployèrent au clair de lune, majestueuses et luxuriantes, offrant à tous les regards émerveillés l'image d'un lion sur le point de prendre son envol. Primo leva une patte et grogna doucement. Quand il faisait rouler les muscles de ses épaules massives, les ailes ondulaient, comme de l'eau qui ondoie ou un cygne qui secoue ses plumes. L'effet était très convaincant.

– *Fantastico !* murmura l'homme ratatiné.

– *Ostrega !* s'exclama le plus jeune.

L'homme aux cheveux frisés était hébété.

Edward souriait discrètement.

– Bravo, Primo ! murmura le Jeune Lion.

Le bouton de droite servait à abaisser les ailes. Celui du milieu permettait de les faire battre doucement. Primo ressemblait parfaitement à un gigantesque lion ailé et vivant.

– Enlève-lui ses bandages, ordonna Edward. J'ai besoin de voir l'effet d'ensemble.

– Pas maintenant, répondit Charlie. Sa mâchoire n'est pas encore assez solide.

Edward observa Charlie.

– Je vous assure, ajouta le garçon. Je sais de quoi je parle. Faites-moi confiance.

Il adressa un grand sourire à Edward.

Ce dernier sembla réfléchir, puis il hocha la tête.

– Soit, dit-il.

Charlie savait qu'Edward pensait à sa mère, la scientifique. Connaissait-il ses talents de guérisseuse ? Que savait-il, d'ailleurs, à ce sujet ?

À cet instant, une peur glacée s'insinua dans son cœur. Toutes les pièces s'assemblaient soudain.

Ça commença par une simple pensée : *Edward sait que ma mère et mon père ont peut-être découvert un traitement contre l'asthme, pas uniquement contre les crises, un traitement pour le faire disparaître, dans le monde entier, pour toujours.* Cette pensée fut suivie d'une autre : *Edward est*

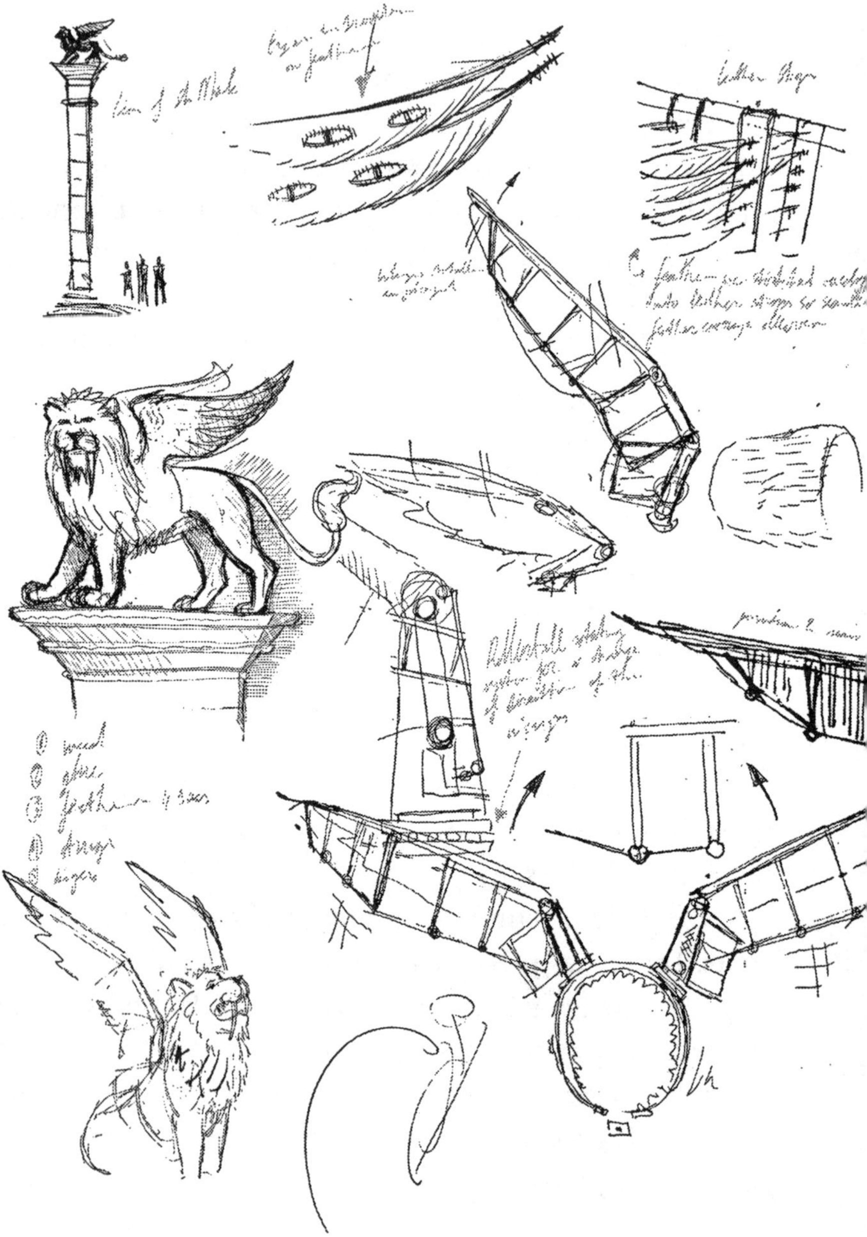

*malhonnête. Edward trahit le roi Boris. Edward veut faire copain-copain avec le doge en lui offrant ce lion ailé...*

Soudain, les autres pensées affluèrent, s'assemblèrent, s'additionnèrent :

*Et si*, se disait Charlie, *les sociétés qui fabriquaient des médicaments contre l'asthme avaient créé les allergènes ? Et si c'étaient elles qui avaient enlevé ma mère et mon père ? Et si elles voulaient se servir des talents et de l'intelligence de mes parents pour créer de nouvelles maladies grâce auxquelles elles fabriqueraient de nouveaux médicaments ?*

*Et si Edward était de connivence avec ces sociétés ? Quels sont ses projets à mon égard ? En fait, il me garde prisonnier, comme les lions... peut-être qu'il a l'intention de me remettre à quelqu'un pour me « protéger », dans son propre intérêt. Tout le monde croira que j'ai disparu ou que je me suis noyé. Les gens qui ont enlevé mon père et ma mère vont peut-être essayer de se servir de moi pour les obliger à faire des choses qu'ils ne veulent pas faire...*

Toutes ces pensées traversaient son esprit et se rassemblaient pour former un seul et unique mot : danger.

*Il faut que j'agisse vite*, se dit Charlie. *La toile d'araignée se referme autour de nous. Je dois mettre les lions à l'abri et retrouver mes parents.*

Il n'avait pas cessé de sourire gentiment à Edward. Mais, au fond de lui, il avait la nausée.

– Donne-moi la télécommande, dit Edward.

Charlie le regarda, puis il regarda Primo.

Primo lui adressa une sorte de clin d'œil.

Charlie tendit le petit boîtier à Edward. Au même moment, Primo se tourna vers le chef de la sécurité avec ses grands yeux jaunes étincelants et il émit un grognement sourd mais menaçant.

Edward tressaillit.

Primo grogna un peu plus fort.

Edward rendit la télécommande à Charlie.

Primo sourit sous ses bandages.

Edward était soulagé, mais agacé... et vexé.

Le Jeune Lion et Elsina s'empêchèrent de sourire.

– Il faudra lui enlever les bandages demain, déclara Edward pour tenter de retrouver un peu d'autorité. On ne peut pas présenter au doge un lion à la tête bandée.

Le tunnel, le tapis roulant, les détritus... tout cela était sale et écœurant. L'odeur était pire que tout ce que les deux humains avaient jamais senti au cours de leur vie. Sergueï, évidemment, était plus habitué. *Les pauvres mauviettes*, se disait-il en grignotant une arête de poisson.

Et c'était long, très long.

Magdalen vomit. Mais ça ne changea pas grand-chose, tout était tellement répugnant autour d'eux. Aneba dit que c'était très bien de vomir, car ainsi son organisme rejetait une partie des drogues qu'on lui avait fait avaler. « Merci beaucoup », répondit Magdalen, et elle s'endormit. Elle avait des coquilles d'œuf dans les cheveux.

Finalement, le tunnel les recracha dans l'obscurité naissante et la lumière pâle d'une lune prématurée.

Le tapis roulant avançait maintenant à l'air libre. Au-dessous, tout en bas, il y avait un parking de voitures avec une borne de chargement électrique éclairée par une lampe de faible intensité. Devant eux se dressait le plus haut tas de déchets qu'eût jamais vu Aneba. C'était comme un marais de détritus, une lande qui s'étendait sur des kilomètres, avec des collines et des vallées d'ordures en tous genres. Au sommet, flottaient des sacs en plastique. Des animaux (ils ne parvenaient pas à les identifier) fouillaient la surface en soulevant délicatement leurs pattes et en reniflant.

Les détritus s'étendaient jusqu'à l'horizon. Le tapis roulant poursuivait sa route au-dessus, formant comme des montagnes russes monotones et puantes. Monotones jusqu'au moment où, après cinq cents mètres environ, le tapis se mit à onduler et à tressauter comme un gigantesque serpent afin de projeter son immonde chargement sur l'immense amoncellement sombre. L'odeur était cent fois plus terrible, car les ordures se répandaient dans les airs.

Il était évident qu'ils allaient devoir sauter du tapis, sur la montagne d'immondices (*Beurk*, se dit Aneba), en visant les flancs, avant d'être entraînés dans cette interminable plaine de déchets et projetés par les sauts du tapis dans un néant répugnant...

Ils se mirent debout, prudemment. Ils ne voulaient pas tomber sur le sol dur tout en bas. L'immense terril d'ordures approchait... l'odeur devenait étouffante... Aaaahh... MAINTENANT !

Ils sautèrent : homme, femme et chat.

Ils roulèrent sur des... Il valait mieux ne pas y penser.

Ils s'arrêtèrent au bas de la pente. Pour l'instant, pas de problème.

Plié en deux, Aneba regarda autour de lui. Un vieux sachet de thé pendait à son oreille.

Après avoir scruté les alentours, Sergueï partit en promenade d'un air innocent pour renifler à droite, à gauche et s'assurer qu'il n'y avait personne dans les parages.

Aneba passa en revue les véhicules sur le parking. Il y avait là une voiture à essence comme on en fabriquait dans le temps. Elles étaient bien plus rapides que les petites fourgonnettes solaires et les vélos. De plus, la police ne les arrêtait jamais, car seuls les gens importants en possédaient encore.

Il n'y avait personne en vue.

Il était devenu quasiment impossible de trouver de l'essence, mais s'il en restait un peu dans le réservoir...

Des années auparavant, Aneba avait appris à conduire et il savait comment fonctionnaient ces moteurs. Il savait aussi comment les faire démarrer quand on n'avait pas les clés.

Il prit Magdalen par la main.

– Viens.

Deux minutes plus tard, ils roulaient vers Paris.

Dix minutes plus tard, Magdalen s'exclama :

– Aneba ! Le chat !

Neuf minutes plus tôt, Sergueï avait regardé d'un air incrédule l'arrière de la voiture qui s'en allait sans lui. Mais où avaient-ils la tête ? Et dire qu'ils étaient censés être super-intelligents ! Qu'est-ce qui leur avait pris de partir comme ça, Dieu sait où ? Il devait les conduire à Venise ! Qu'est-ce qu'ils manigançaient encore ?

– On ne peut pas faire demi-tour, dit Aneba. C'est trop risqué.

*Ils vont aller à Paris*, pensa Sergueï, resté sur la décharge. *Les andouilles ! Ils se fient à l'article de journal, au lieu de m'écouter.* Il s'assit sur un tas de peaux de bananes en se sentant idiot.

Il fallait qu'il les rattrape pour essayer de les aiguiller vers Venise. Ah, que de temps perdu !

C'est alors qu'un gros chat brun hirsute surgit de la pénombre pour se précipiter vers lui. Il était porteur d'une importante nouvelle qui allait modifier une fois de plus les plans de Sergueï.

– Le garçon ! dit le chat brun d'une voix haletante. Le jeune humain que la lionne a poussé dans l'eau et qui s'est retrouvé à l'hôpital. Il est sorti ! Il veut retrouver le Lion Boy, celui qui parle le félin. Il est parti pour Venise cet après-midi. J'ai pensé qu'il fallait t'avertir. Ma nièce qui vit à Paris... Bref, elle a pensé que ça t'intéresserait et que tu voudrais prévenir le Lion Boy !

– Ça alors ! éructa Sergueï. C'est à croire que je n'ai pas de vie privée !

Mais, étant donné que sa vie consistait principalement à manger, à se battre et à regretter que l'existence ne soit pas plus excitante, il fut ravi de renvoyer le chat brun à Paris (« Suis ces humains ! Ne les perds pas ! ») et de prendre la direction de Venise pour informer Charlie que Rafi était libre.

Il regrettait juste de ne pas pouvoir emmener Aneba et Magdalen avec lui.

# CHAPITRE HUIT

Après que les ailes furent rangées, que les hommes furent repartis et que même Edward fut allé se coucher, Charlie resta assis à la fenêtre pour contempler la *piazza* et faire le point.

Ils seraient obligés d'aller chez le doge. Il n'y avait pas d'autre solution. Pendant des jours, Charlie avait inspecté le *palazzo* sans trouver la moindre issue. De plus, les lions étaient enfermés et Edward veillait soigneusement sur la clé de leur cage. Il savait que Charlie et les lions avaient déjà réussi à s'enfuir du Cirque et il ne voulait prendre aucun risque. Par-dessus le marché, il y avait tous ces gens dehors maintenant. Charlie les regarda par la fenêtre. Même en pleine nuit, ils étaient toujours une poignée à veiller avec des bougies. Charlie était contrarié et agacé. Comment pourrait-il parler à Enzo s'il lui était impossible de se montrer à la fenêtre pour faire savoir au chat qu'il l'attendait ?

Il demeura dans l'ombre en se réjouissant de ne pas être blanc. Les visages blancs captent l'éclat de la lune et le reflètent. Mais lui, grâce à son visage foncé, il pouvait rester caché pendant qu'il réfléchissait et guettait Enzo.

Au palais des Doges, la sécurité serait sans doute aussi stricte qu'ici, peut-être même plus. Alors, pouvaient-ils envisager de s'échapper durant le trajet ?

Tandis que la lune baignait la *piazza* d'une pâle lumière, Charlie dressa mentalement une liste de questions et de réflexions :

*1) Comment nous enfuir sans qu'on nous voie ?*

*2) Il nous faut un bateau pour aller en Afrique.*

*3) Ou par la terre ? Non, trop compliqué, trop de gens. On devrait passer par l'Italie, mais le Cirque devait venir en Italie. Et de toute façon, on sera quand même obligés de prendre un bateau à l'arrivée. Alors que si on prend un bateau dès le début, il nous suffit de nous cacher.*

*4) On pourrait louer un bateau ! On achèterait le silence de l'équipage.*

*5) Mais où trouver l'argent ?*

*6) Pourquoi le roi Boris n'a-t-il pas répondu à ma lettre ?*

*7) Il y a le problème des vivres, les préparatifs, toutes ces choses... et la navigation.*

*8) Un bateau, un bateau, un bateau.*

Bah, toutes ces réflexions étaient inutiles, de toute façon. Et elles ne concernaient que les lions, pas lui.

Il ne savait pas où étaient ses parents et, par conséquent, il ne savait pas où il devait aller.

Charlie pensa à cela toute la nuit, et toute la journée du lendemain. Il y pensait encore lorsqu'il alla voir les lions en douce, mais il ne voulut pas leur en parler. Il pouvait évoquer leurs plans de manière générale, évidemment, mais pas question de leur avouer qu'il se languissait de ses parents, même au Jeune Lion, cela lui aurait paru déloyal.

Finalement, ce fut le Jeune Lion qui aborda le sujet.

– Charlie, dit-il à voix basse, ils ne te manquent pas terriblement ?

Charlie comprit immédiatement de qui il voulait parler.

– Si, reconnut-il.

– Pourtant, tu fais sans cesse des plans pour nous aider, au lieu d'essayer de les retrouver... Tu es très loyal envers nous.

Charlie sourit.

– On a conclu un marché, dit-il. On a promis de s'entraider.

– Il n'y a que toi qui agis, insista le Jeune Lion. Ne crois pas que je n'ai rien remarqué.

– Vous m'avez aidé à me débarrasser de Rafi, vous m'avez aidé à monter dans le train à temps... De toute façon, ça ne marche pas comme ça...

Charlie était un peu gêné d'aborder ce sujet ouvertement.

– Hmm, fit le Jeune Lion. Personnellement, j'estime qu'on te doit beaucoup. Et qu'on devrait aussi réfléchir au sort de tes parents.

Ce soir-là, dans son lit, Charlie pensa beaucoup à eux. Il aurait bien aimé que Julius dorme dans la couchette au-dessus de lui, comme sur le bateau-cirque. Il savait tellement de choses, il aurait certainement pu l'aider. Mais jamais Charlie n'avait réussi à lui dire la vérité, car Julius était un garçon du cirque et il n'aurait pas compris l'évasion des lions. Malgré tout, il lui manquait énormément et il se demandait s'il le reverrait un jour.

Voilà à quoi il pensait quand il entendit Claudio chanter. Il se pencha à la fenêtre pour lui faire un signe de la main et le gondolier lui répondit de la même manière.

Il pensait surtout à tout cela quand il se postait à la fenêtre de derrière, car c'était là que viendrait Enzo. Mais c'était parfois délicat : un matin, une équipe de télévision vint s'installer devant le palais pour guetter la prochaine manifestation de l'ange marron. « Les médicaments tombent du ciel comme la manne divine ! » dit un petit enfant aux journalistes. Ils se déployèrent avec leurs caméras et leur grand bras velu dans lequel on parlait. Ils portaient des lunettes de soleil, fumaient des cigarettes et faisaient des commentaires sur les filles qui passaient. Ils riaient beaucoup. Ils s'amusaient. Et ils ne semblaient pas décidés à partir.

Enfin, à l'heure du déjeuner, alors que le soleil était à son zénith et que la chaleur devenait pesante, les gens de la télé partirent en quête d'un endroit frais pour manger. Les admirateurs et admiratrices de Charlie déplacèrent leurs sièges à l'ombre afin de faire la sieste.

Le silence se répandit sur la *piazza*, comme du beurre en train de fondre.

Assis dans l'ombre de sa fenêtre, Charlie attendait. Au bout d'un moment, il finit par s'assoupir à son tour.

Il fut réveillé par un chahut. Les gros chats, ces paresseux qui passaient leurs journées couchés par terre, avaient formé un cercle, dressés sur leurs pattes, le dos arqué, et ils crachaient. Charlie entendait leurs petits bruits hargneux et il les voyait décocher des coups de griffes acérées. Ils avaient coincé leur victime au centre de la meute.

Charlie était étonné. Ces derniers jours, il n'avait vu presque aucun allergène ; comme s'ils avaient compris qu'ils étaient indésirables et avaient décidé de rester à l'écart. Charlie n'aimait pas cette idée.

Il connaissait le passé. Il savait qu'à une certaine époque, dans certains pays, les Noirs n'avaient pas le droit d'entrer dans les cafés et les restaurants, les écoles et les autobus, les hôtels et les hôpitaux, ni même les églises, et ils ne pouvaient pas exercer certains métiers, parce qu'ils étaient noirs. Il n'y avait pas si longtemps, sa mère et lui n'auraient pas pu aller ensemble dans certains lieux car ils n'avaient pas la même couleur de peau. Il savait aussi que des Noirs avaient été frappés et punis par des brutes épaisses, parce qu'ils avaient essayé de travailler, de faire des études... de mener une vie normale. Ça le rendait malade de penser à ces choses-là.

Cette même peine dans son cœur lui disait que ces chats n'avaient pas le droit de martyriser les allergènes, ni de chasser de la *piazza* la pauvre victime qui se trouvait à l'intérieur du cercle.

Soudain, un cri de douleur s'éleva au centre de la meute.

Sans réfléchir, oubliant qu'il devait rester caché, Charlie perdit son calme tout à coup. Il bondit sur le rebord de la fenêtre et se mit à vociférer. Il rugit en langage félin, mais avec un accent de lion. Il lança des mises en garde et des menaces à l'attention des chats tortionnaires, de l'autre côté du canal. Il leur cria qu'il ne voulait plus voir ça, il leur ordonna de ficher le camp, IMMÉDIATEMENT, et si jamais ils s'avisaient de revenir, ils auraient affaire à lui. Dans le silence de ce milieu de journée, son rugissement était assourdissant.

La meute se figea, se retourna et, tel un filet d'eau qui s'échappe d'un tuyau qu'on déroule, se dispersa et disparut, terrorisée par ce lion humain.

Les fans de l'ange à la peau marron se réveillèrent de leur sieste en sursaut, juste à temps pour voir Charlie s'agiter comme un dément à sa fenêtre.

– *E' l'angelo !* s'exclama quelqu'un. *Guardate ! L'angelo !* Regardez, l'ange !

Mais, avant qu'ils puissent retrouver leurs esprits, il avait disparu de nouveau. En les voyant tous tournés vers lui les yeux écarquillés, Charlie s'était souvenu qu'il devait passer inaperçu. Brailler à la fenêtre n'était sans doute pas une bonne idée.

Il s'accroupit sous la saillie de la fenêtre, dans la

pénombre fraîche, et se reprocha sévèrement son impétuosité.

Soudain, une tête galeuse apparut au-dessus de lui entre les vieux barreaux rouillés.

– Salut, dit une voix féline avec un fort accent. Te voilà ! J'te cherche et tu apparais juste à ce moment-là. C'est ce que j'appelle un bon timing. Bien joué, mon pote. Tu sais coudre ?

Charlie leva la tête. C'était un chat noir efflanqué et miteux, avec le derrière pelé et des yeux bleus vitreux. Le genre de chat que vous ne voulez pas caresser, de peur qu'il ait des puces, ou pire. Mais Charlie était si heureux de le voir qu'il faillit le serrer dans ses bras. Il s'arrêta juste à temps en songeant que *a)* Sergueï n'aimerait peut-être pas ça et que *b)* il n'avait pas l'air bien portant.

– Sergueï ! s'exclama-t-il. Sergueï ! Comment tu vas ? Où étais-tu passé ? Quoi de neuf ? Raconte-moi tout ! Pourquoi tu me demandes si je sais coudre ?

Sergueï se fit encore plus maigre qu'il ne l'était pour se faufiler entre deux barreaux.

– J'ai déjà perdu presque toute une oreille et j'aimerais bien garder l'autre entière. Alors si ça t'embête pas et si tu sais coudre, tu pourrais aller chercher ton matériel pour remettre à sa place ma pauvre petite protubérance auditive. Elle est là, sur le bord de la fenêtre. J'ai été obligé de la lâcher pour pouvoir te parler.

Charlie se leva et jeta prudemment un regard par la fenêtre. En effet, sur le rebord, il découvrit une petite languette de fourrure noire tachetée de gouttelettes de sang sur la tranche.

Ce morceau d'oreille ne lui semblait pas assez gros, ni assez solide, pour être recousu. En outre, Charlie savait que quand on recousait des parties du corps, il fallait aussi recoller les vaisseaux sanguins pour que le sang circule. Sans cela, la chair mourait.

Cette pauvre petite oreille ne...

Il regarda Sergueï.

Sergueï le regarda. Pour un vieux chat efflanqué et miteux, il paraissait étonnamment guilleret et optimiste.

C'était Sergueï qui lui avait transmis la lettre de ses parents alors qu'il n'était pas obligé de le faire, et il leur avait rapporté la réponse de Charlie, alors que ce n'était pas du tout dans la bonne direction. Et c'était encore Sergueï qui était là aujourd'hui, après l'avoir cherché et enfin retrouvé... Charlie avait envie de l'aider.

Mais c'était aussi Sergueï qui lui avait dit que ses parents étaient à Venise alors qu'apparemment, ce n'était pas le cas !

– Sergueï ! Mes parents sont-ils ici, oui ou non ? Tu as parlé de Venise, du moins les lions ont dit que tu avais parlé de Venise, mais d'après Edward...

Les yeux de Sergueï paraissaient plus opaques que jamais.

Charlie regarda de nouveau le morceau d'oreille. Ce n'était pas beau à voir.

– OK, dit Charlie. Tu me raconteras tout quand j'aurai arrangé ça. Attends-moi ici.

Il monta à l'étage en courant, en bénissant encore une fois le silence des couloirs en pierre ; il prit la petite bouteille qui était dans sa chambre et redescendit à toute allure.

Il versa deux gouttes de la Lotion Qui Arrange Tout de sa mère sur le bord ensanglanté du petit bout d'oreille tout mou et une goutte sur le moignon rabougri du pauvre Sergueï. Et il pressa solidement les deux morceaux...

Sergueï se dévissait le cou pour essayer de voir le haut de sa tête.

– Tiens-toi tranquille ! ordonna Charlie. Il ne faut pas que ça bouge... Arrête de gigoter.

– Hé, qu'est-ce que tu fous ? C'est quoi, ce truc ? demanda Sergueï, sceptique, en plissant le nez. C'est quoi, cette cochonnerie que tu m'as foutue sur l'oreille ? De la lotion ? C'est pas comme ça que ça va tenir, il faut recoudre, je te dis...

Mais ça tint. Dix secondes plus tard, Sergueï remuait son oreille en disant :

– Ça alors, j'y crois pas ! Physiquement, c'est impossible. Ça se peut pas, un truc pareil. Je sais pas ce que tu m'as fait, je sais pas ce que c'est cette lotion, mais c'est un miracle, ma parole ! Regarde ! J'arrive à la bouger !

En effet. C'est à ce moment-là que Charlie constata que l'oreille était un peu de traviole... mais il ne dit rien, car franchement, Sergueï était dans un tel état que personne ne le remarquerait.

– Bref, reprit Sergueï, toutes mes excuses, j'ai pas pu arriver plus tôt. Il a fallu que j'évite ces saletés de créatures nuisibles qui ont envahi la place comme si elle leur appartenait. C'est un scandale ! Mais bon, ça y est, on s'est enfin retrouvés tous les deux.

Il fixa Charlie de ses yeux bleus.

– Ta mère et ton père sont pas dans les parages, finalement. J'ai dit qu'ils étaient ici, mais ils n'y sont pas, j'suis désolé. On m'a refilé de mauvaises infos. En fait, voilà ce qui s'est passé : de Paris, on les a emmenés à Vence dans le sud de la France.

– Le sud de la France ? s'exclama Charlie.

– Ils vont bien, précisa Sergueï. Ils sont résistants, et d'une certaine façon, ils étaient en sécurité là-bas. Mais ils devaient subir un programme de rééducation, et même s'ils sont solides... les effets se faisaient sentir... Bref, ils sont plus là-bas.

– Alors, où sont-ils maintenant ? demanda Charlie.

– Ils roulent vers Paris à bord d'une voiture à essence volée.

Charlie en resta bouche bée. Il en prit conscience. Rapidement, il la referma.

Paris ? Une voiture volée ?

– Ils ont reçu ma lettre ? demanda-t-il.

– Ouais, dit Sergueï. Et je leur ai fait lire un article de journal. En fait... euh... je voulais les conduire jusqu'ici pour les remettre en mains propres à leur chère progéniture. Mais ils ont fichu le camp vers Paris...

– Ça veut dire que je dois retourner là-bas, moi aussi.

– Surtout pas ! s'exclama Sergueï. C'est plein de gens du Cirque, il y a la police et tout ça... Et il faut que tu saches un autre truc, même si ça risque de pas te faire plaisir : ton sale petit pote s'est tiré de l'hôpital et il va débarquer ici avec la ferme intention de faire des histoires, comme toujours...

Toutes ces informations, c'était trop pour Charlie ; il était comme sonné.

– Mais... ils vont bien ?

– Tes parents ? D'après ce que je sais, ils vont de mieux en mieux. Assez bien en tout cas pour piquer une voiture.

Charlie n'en revenait pas. Ses parents, des voleurs !

Il brûlait d'envie de les rejoindre. Il sentait ce désir le tirer comme une corde nouée autour de son cœur.

– Et ici, ça donne quoi ? demanda Sergueï.

Charlie le mit rapidement au courant de la situation et, ce faisant, il constata qu'il ne pouvait absolument pas retourner à Paris. Il ne réussirait même pas à sortir du palais. De toute façon, il ne pouvait pas abandonner les lions.

Pas même pour rejoindre ses parents ?

Non. Il n'abandonnerait pas ses parents pour les lions et il n'abandonnerait pas les lions pour ses parents.

Sergueï l'écouta attentivement. Quand Charlie eut achevé son récit, ils demeurèrent silencieux l'un et l'autre, pour réfléchir.

– Alors, qu'est-ce que tu vas faire maintenant ? demanda Sergueï.

– Demain, on nous conduit au palais des Doges. Seul point positif, Rafi aura plus de mal à nous retrouver là-bas. Ensuite ? Dieu seul le sait. Il faudra qu'on s'échappe.

S'échapper. C'était ça, la grande affaire.

– Tu te débrouilles super bien avec les lions, dit Sergueï. Et c'est chouette que tu t'occupes du smilodon. Comment il va, au fait ?

– Il va bien. Il est triste, mais il va bien.

– Ouais, pas étonnant. En tout cas, tout le monde est content que ça colle entre vous. On était au courant de ce qui se passait et on était tous écœurés et révoltés ; personne pensait qu'il survivrait. Mais puisqu'il est toujours en vie, c'est aussi bien pour nous tous qu'il se soit échappé et qu'il t'ait rejoint...

– Attends un peu, dit Charlie. Qu'est-ce que tu racontes au sujet du smilodon ?

– C'est chouette qu'il soit avec toi et qu'il aille bien.

– Tu as dit « on était au courant de ce qui se passait ». Qu'est-ce qui se passe, au juste ? Et pourquoi tu dis qu'il a « survécu » ?

Sergueï observa Charlie d'un air grave et demanda :

– Tu sais ce qu'est cet animal, non ?

– Oui. C'est un *Smilodon fatalis.* Le Vieux Lion l'a surnommé Primo.

– Oui, mais est-ce que tu sais d'où il vient ?

– Et toi ? répondit Charlie, très curieux d'en savoir plus tout à coup. Il vient d'où ? On l'a trouvé à Paris, près du Muséum d'histoire naturelle, et il nous a raconté certains de ses souvenirs, mais...

Charlie s'interrompit en repensant à la triste histoire du smilodon.

– Il ne sait pas ? demanda Sergueï, atterré.

– Non.

Sergueï regarda ses pattes un long moment, puis il entreprit de se laver les oreilles.

– Alors ? demanda Charlie.

La queue du chat remua de droite à gauche.

Charlie posait sur lui un regard interrogateur.

Enfin, Sergueï releva la tête.

– Tu as vu ce vieux film, où ils prennent de l'ADN de dinosaure et...

Il n'alla pas plus loin.

– Pour recréer des créatures disparues, poursuivit Charlie. Pour les cloner ou un truc comme ça.

– Exact.

Ce fut au tour du garçon de rester muet. Finalement, il demanda :

– C'est comme ça que Primo... ?

Il ne savait pas comment formuler la question. C'est comme ça qu'il est né ? Comme ça qu'il a été fabriqué ?

– Oui, dit Sergueï.

– Oh, fit simplement Charlie.

Les mots semblaient énormes tout à coup.

Il y eut un nouveau silence.

– Ce genre de clonage, c'est ignoble, déclara Sergueï. D'ailleurs, c'est interdit. Y a toujours des petits malins qui réussissent à fabriquer un truc, mais ensuite, ça foire. Les animaux souffrent et ils meurent. Il y a au

Muséum d'histoire naturelle un savant à la noix qui a décidé d'en faire qu'à sa tête, en se croyant le plus fort.

– Pourquoi a-t-il fait ça ?

Charlie n'avait pas besoin de demander pourquoi c'était interdit. La réponse était évidente. C'était contre nature et les animaux qui « naissaient » de ce genre d'expériences, comme Primo, souffraient, ils se sentaient seuls, sans famille, sans passé. C'était cruel de *fabriquer* des êtres vivants. Les êtres vivants devaient être engendrés.

– Par curiosité, répondit Sergueï.

Pauvre, pauvre Primo. Pas étonnant qu'il ait le sentiment de ne pas exister et de... Oh, toutes ces choses affreuses qu'il leur avait racontées. Pauvre et magnifique Primo.

Le lendemain, on allait le déguiser avec de fausses ailes pour le présenter au doge.

– Edward est-il au courant ? demanda Charlie. Sait-il comment Primo a été... comment il est... venu au monde ?

– NON ! s'écria Sergueï. Et il est capital qu'il ne le sache pas, ni lui ni personne d'autre ! Les chats connaissent cette sale histoire, mais les humains ne savent rien. Primo a besoin d'un endroit discret et sûr pour vivre, protégé par de braves et robustes félins. Autrement, les humains voudront faire des expériences sur lui, sans arrêt ! C'est plus fort qu'eux. C'est dans leur nature.

Charlie inspira à fond.

Comment empêcher qu'on conduise Primo chez le doge ? Devraient-ils tenter de s'échapper cette nuit ?

Mais comment faire ?

Il soupira. Quelle casse-tête !

Une autre chose le tracassait.

– Sergueï, qui a enlevé mes parents ? J'ai pensé que c'était peut-être les fabricants de médicaments contre l'asthme. Je me trompe ?

Sergueï regarda Charlie. Fallait-il qu'il lui raconte tout ?

– J'ai réfléchi, reprit Charlie. Je me suis dit que ces gens voulaient peut-être obliger mes parents à travailler pour eux... Je ne sais pas si j'ai raison, mais j'imagine que si les fabricants de médicaments contre l'asthme créaient des allergènes, alors...

Soudain, Charlie fut frappé par une terrible vérité. Évidemment ! Comment n'avait-il pas compris plus tôt ?

– Sergueï ! Tu es un allergène, hein ?

Sergueï se raidit. Ses yeux vitreux se durcirent et son oreille bancale s'agita.

– Et alors ? cracha-t-il.

Charlie resta silencieux.

– Et alors ? répéta le chat. Qu'est-ce que ça peut te faire ?

Sergueï le foudroyait du regard ; il était à la fois furieux et vexé. Soudain, il s'enfuit : il bondit par la fenêtre, suivit une gouttière, sauta par-dessus un mur et se faufila sous le pont près de l'eau profonde et sombre du canal.

– Sergueï ! s'écria Charlie en se relevant d'un bond. Sergueï ! Je ne voulais pas... Reviens, Sergueï ! Reviens !

Le chat avait disparu.

Charlie agrippa les barreaux de la fenêtre. La stupeur céda la place à la mortification. Il n'avait pas voulu froisser Sergueï. Il ne pouvait pas se douter que le chat réagirait de cette façon. Oh, bon sang...

– Sergueï ! cria-t-il de nouveau, en direction du canal.

Oh non, oh non, oh non...

Voir apparaître de manière si inattendue le visage amical de ce chat porteur de nouvelles et d'espoir avait été merveilleux. Le voir disparaître, de manière encore plus inattendue, à cause d'un stupide malentendu, c'était insupportable. Charlie y pensa presque toute la nuit, et au petit matin, il avait pris une décision.

Les lions et lui ne pouvaient pas continuer à vivre comme ça, à la merci des autres. Ils devaient... *il* devait agir. Avant qu'on les emprisonne dans une cage plus grande. Ils avaient besoin d'un allié. Mais cela voulait dire prendre un risque.

Si un observateur avait vu Charlie à cet instant, posté derrière les barreaux d'une fenêtre du rez-de-chaussée, il aurait pensé qu'il tuait le temps en regardant dehors comme il le faisait souvent et il ne se serait pas étonné de le voir saluer le jeune gondolier mal rasé qui passait par là, comme presque chaque matin, en chantant sa belle et triste chanson.

– Hé, Claudio ! lança Charlie.

Le gondolier tourna la tête. Sans doute remarqua-t-il que le bonjour de Charlie était différent ce jour-là, car il approcha avec sa gondole.

– Comment ça va ? demanda-t-il.

Charlie attendit qu'il se fût approché. C'était maintenant ou jamais. Pouvait-il lui faire confiance ? Il le fallait.

Il se mordit la lèvre et regarda Claudio droit dans les yeux.

– Pas très bien, répondit-il.

– Comment ça, « pas très bien » ? demanda Claudio, tout bas lui aussi.

Charlie fit un petit geste et la gondole d'un noir éclatant se rapprocha un peu plus du mur du palais. Claudio vint se placer à la proue pour être plus près du garçon, tout en manipulant une corde.

– As-tu posté ma lettre au roi Boris ? murmura Charlie.

– Évidemment. Tu n'as pas reçu de réponse ? La poste n'est pas très rapide...

– Je ne peux pas attendre ! Le roi Boris avait promis de m'aider à conduire les lions en Afrique, mais Edward dit qu'on doit aller s'installer dans le palais des Doges, et...

– Le palais des Doges ! s'exclama Claudio. (Il se ressaisit et baissa la voix.) Pourquoi ?

– Je ne sais pas, avoua Charlie. Nous, ce qu'on veut, c'est poursuivre notre voyage. Mais Edward a fait fabriquer des ailes et je crois que...

– Des ailes ?

– Pour les lions... pour Primo, plus précisément. Il veut le transformer en lion de saint Marc et le montrer au doge... Il veut fabriquer un faux miracle, comme celui que tu nous as raconté...

Claudio était abasourdi.

– Il va offrir le lion de saint Marc à cet homme stupide, cupide et cruel...

Il jeta un coup d'œil par-dessus son épaule pour s'assurer que personne ne l'écoutait.

– C'est affreux, Charlie.

– Mais Primo n'est pas le lion de saint Marc...

– Peu importe, dit Claudio. (Il baissa encore la voix et parla à toute vitesse.) Le doge est un homme mauvais, si éminent et puissant qu'il en oublie d'accomplir sa mission, qui est de gérer la ville dans l'intérêt de ses habitants. Il se fiche pas mal du peuple. Il dépense tout l'argent pour lui, pendant que l'hôpital tombe en ruine. Il change les lois sans rien demander à personne, et quand les gens manifestent, il envoie ses policiers pour les arrêter. Il détient tous les journaux, toutes les chaînes de télé, et il les oblige à répéter qu'il est le plus grand. Il a même fait une loi pour interdire les gestes obscènes sur le passage de son bateau, car chaque fois qu'il se montrait, les gens l'insultaient. Tout le monde le déteste. Pas plus tard que l'autre jour, il...

Claudio se tut. Son visage se crispa.

– Oh, fit Charlie.

Il n'avait plus du tout envie de se retrouver enfermé dans le palais de ce bonhomme.

– Si les lions tombent entre ses mains, murmura Claudio en secouant la tête, ce ne sera pas bon. Ni pour les lions ni pour Venise.

– Tu vas nous aider, alors ? demanda Charlie.

Claudio pinça les lèvres et réfléchit. Finalement, il dit :

– C'est toi qui vas nous aider, Lion Boy. J'ai une idée.

Il inspira à fond et Charlie sentit que Claudio prenait une grande décision.

Le gondolier le regarda d'un air grave.

– Es-tu courageux, Charlie ?

Le garçon se redressa. Il savait maintenant qu'il était courageux.

– Oui.

– Alors, on se parlera un peu plus tard, dit Claudio. L'heure a sonné. Tant mieux. On se reparlera.

Sur ce, il repartit d'un habile mouvement de perche qui provoqua un tourbillon sous sa gondole.

*Oh, là, là,* se dit Charlie. *Dans quoi les ai-je entraînés ?*

Loin de là, dans une petite ville située sur les côtes de Barbarie au Maroc, quelqu'un d'autre guettait une embarcation. À la terrasse ombragée d'un café situé sur une place dominant le port, un homme était assis, vêtu d'un burnous dont la capuche reposait sur ses épaules, car c'était une belle journée. Il ressemblait un peu à un moine en permission, mais ses pensées n'étaient pas très pieuses. Il buvait un excellent café sucré dans une petite tasse, à côté de laquelle se trouvait un verre contenant de l'eau et autre chose, juste quelques gouttes.

*Je crois qu'ils arriveront par bateau*, pensait-il.

Il avait l'air un peu endormi.

*Ils arriveront par bateau et je leur mettrai le grappin dessus.*

Une heure plus tard environ, il fut rejoint par un homme à la peau mate et au corps noueux, qui avait des airs de paysan. Il transportait sur son dos un sac contenant divers ustensiles détestables : une longue fourche à deux dents conçue pour immobiliser une proie au niveau du cou, un petit pistolet gris qui lançait des fléchettes, de grandes fléchettes menaçantes contenant une drogue et qui, lorsqu'elles transperçaient la peau, endormaient n'importe quelle créature, des cordes, des chaînes et un long fouet.

Les deux hommes se dirent quelques mots, échangèrent un sourire et conclurent un arrangement. L'homme à l'air endormi (oui, il s'agissait de Maccomo) donna un peu d'argent au paysan.

Pour finir, ils se serrèrent la main et chacun plaqua son poing sur son cœur. L'accord était scellé.

Derrière eux, sur la branche basse d'un arbuste qui ornait la terrasse, un caméléon aux yeux pivotants observait l'homme qui guettait le bateau et l'homme avec son affreux matériel. Le saurien était aussi vert que les feuilles parmi lesquelles il se cachait, aussi immobile que la branche qu'il serrait entre ses pattes à quatre doigts, aussi secret que ceux qu'il espionnait. Il fit pivoter ses yeux, un vers l'est, l'autre vers l'ouest.

Le caméléon s'appelait Ninu. Il remarquait tout, mais personne ne le remarquait.

# CHAPITRE NEUF

Claudio avait raison en affirmant que le doge était quelqu'un de très important. Un peu plus tard, il expliqua à Charlie à quel point il était puissant.

– Chaque année, dit-il, depuis des siècles, le doge au pouvoir monte dans son *bucintoro*, sa grande barque dorée, pour épouser la mer. Il lui lance une alliance en or et, en échange, la mer promet d'aimer, d'honorer et de servir le doge et Venise. Ainsi, autrefois, le doge et Venise commandaient à la mer comme un mari commandait à son épouse. Mais, aujourd'hui, tu vois ce que la mer a fait à Venise : elle a aspiré ses fondations, elle l'a engloutie petit à petit. Alors, le doge a peur. Son épouse s'est retournée contre lui. La mer le rend nerveux.

Mais Claudio ignorait une chose : quelques années avant la naissance de Charlie, le *Anna Maria*, un bateau appartenant au roi Boris, avait sombré dans la lagune. À la grande colère du doge, le roi n'avait pas pu faire déplacer l'épave immédiatement (son spécialiste de la récupération se mariait cette semaine-là et le roi n'avait pas voulu le déranger). Résultat, plusieurs navires vénitiens avaient percuté l'épave bulgare. Le doge avait déclaré que c'était un scandale d'abandonner cette épave dangereuse au milieu de la lagune. Le roi Boris avait rétorqué que les navires vénitiens feraient bien de regarder où ils allaient. Le doge avait ordonné au roi Boris de faire disparaître le *Anna Maria* IMMÉDIATEMENT. Le roi Boris avait expliqué que cela prendrait plusieurs mois, car le bateau transportait une cargaison d'objets en cristal extrêmement fragiles et précieux. « Ah oui ? » avait répondu le doge, et dès le lendemain il avait annoncé que le bateau appartenait désormais à Venise car il se trouvait dans ses eaux. Le roi Boris avait traité le doge de vieux pirate et de voleur. Le doge avait exigé que le roi retire ses insultes et il avait envoyé sa propre équipe pour s'occuper de l'épave. Des hommes avaient plongé avec des paniers rembourrés pour remonter à la surface la précieuse vaisselle en cristal, pièce par pièce. Le roi Boris avait déclaré que les gens haïssaient le doge de toute façon, et ce n'était pas en volant un trésor appartenant à la Bulgarie qu'il remonterait dans leur estime. Le doge avait répliqué que le roi Boris était bien effronté pour quelqu'un qui avait si peur d'être assassiné. Ce à quoi le roi Boris avait répondu que ce n'était pas un vieux doge rabougri qui allait lui faire peur.

Le soir même où il avait prononcé ces paroles, une énorme tempête balaya les navires vénitiens chargés de récupérer le chargement de l'épave ; six marins périrent noyés et le *Anna Maria* s'enfonça de plusieurs mètres dans la vase, avec son trésor. Le roi Boris dit alors au doge : « Eh bien, votre épouse est sacrément en colère après vous, hein ? »

(Il regretta par la suite d'avoir dit cela, car des marins étaient morts, et ils n'y étaient pour rien.)

Bref, le doge et le roi Boris n'étaient pas très amis.

Edward aurait préféré qu'ils s'entendent bien. C'est si fatigant, les disputes. La rancœur, c'est déprimant. Pour un pays, c'est tellement plus facile d'avoir plein d'amis et d'alliés pour le soutenir, plutôt que des ennemis qui cherchent à lui faire du mal, comme le faisait le doge, à la moindre occasion.

Aussi, quand Edward, en tant que représentant du roi Boris, rendit visite au doge, celui-ci se montra curieux et intéressé. Particulièrement quand Edward promit de lui apporter une surprise. *C'est pas trop tôt*, pensa le doge. *Le roi Boris va enfin s'excuser et j'aurai un cadeau. Il a intérêt à être à la hauteur.*

C'est ainsi qu'un soir, à une heure tardive, Edward convoqua de nouveau Charlie dans le *cortile* pour lui demander de déguiser Primo avec les ailes artificielles.

– Tu lui mettras ça également, ajouta Edward.

Il lui tendit un enchevêtrement de lanières de cuir et de chaînes.

Charlie sentit la fureur embraser son cœur en voyant... les colliers et les chaînes !

À bord du train, il avait réussi à débarrasser les lions

de leurs colliers de cirque. Et voilà qu'on voulait les obliger à porter ça !

– C'est nécessaire, expliqua Edward. Sa Grâce serait effrayée si on lui présentait des lions en liberté. Ne sois pas vexé, je sais bien que tu exerces sur eux un pouvoir miraculeux.

Il sourit.

Charlie lui rendit son sourire, timidement. Les yeux des lions lançaient des éclairs et il devinait parfaitement ce qu'ils pensaient : *S'ils poussent trop loin, ça va mal aller. On veut bien mettre ces colliers pour l'instant, mais si on s'est enfuis, c'est pour retrouver LA LIBERTÉ !*

En attachant les magnifiques colliers de cuir écarlate et les laisses en argent autour des cous puissants et touffus de ses amis, Charlie leur murmura à l'oreille quelques mots d'excuse et d'explication :

– C'est juste pour un petit moment. J'ai un plan. Ne vous en faites pas. Bientôt, on fichera le camp.

– Y a intérêt, répondit le Jeune Lion.

Ces laisses étaient inutiles, de toute façon : si les lions avaient décidé de fuir, ils auraient pu grignoter les colliers, les déchiqueter et briser les chaînes en quelques secondes. Mais s'ils s'enfuyaient, où iraient-ils ? Le Major Tib avait envoyé la police à leurs trousses dans toute l'Europe, Rafi était en liberté et aux aguets, Dieu seul savait où était Maccomo, et tout le monde devait être à leur recherche maintenant, à cause de la récompense. On les suivrait, on les traquerait, on les capturerait ou pire... Charlie savait que seule l'ingéniosité pouvait les tirer d'affaire maintenant.

– Je crois que les bandages n'ont aucune importance, lança-t-il d'un ton anodin, tandis qu'Edward et lui observaient les lions. Ça montre que le lion a été blessé. Comme Venise. Et si le lion guérit, Venise guérira aussi. C'est un bon présage. Le doge et ses amis seront ravis.

Edward le dévisagea.

– Vous ne croyez pas ? demanda Charlie. Et plus on laisse les bandages, mieux ce sera pour sa mâchoire, à long terme. On les retirera plus tard.

Sachant que personne, à part Charlie, ne pourrait ôter les bandages de toute façon, Edward décida de lui donner raison.

Charlie fut saisi par le froid lorsque les lions et lui sortirent par la porte de derrière. Il salua à peine Claudio, volontairement, lorsqu'ils sautèrent au fond de la gondole qui attendait sur le petit canal le long du *palazzo*. Au niveau de l'eau, tout était calme et sombre, mais au-dessus de leurs têtes, des nuages effilochés filaient à toute allure dans le ciel, cachant et dévoilant tour à tour la lune décroissante. Charlie et les lions furent aussitôt ragaillardis. Ils étaient dehors !

Pas un seul bruit d'aviron ne venait troubler le silence de la nuit alors que Claudio les conduisait avec habileté vers le Grand Canal, avant de bifurquer vers l'est. Charlie admira le gigantesque dôme blanc de l'église de la Salute, soutenu par d'énormes volutes semblables à des coquilles d'escargot, mais il s'empressa de détourner le regard avant qu'apparaissent, juste derrière, les ruines de San Giorgio Maggiore. Il découvrait Venise, dont il n'avait pratiquement rien vu, si ce n'est ce qu'il apercevait des fenêtres de son palais-prison, et il s'émerveillait. La célèbre et magnifique cité luisait dans l'éclat intermittent de la lune, ses dômes et ses portiques ressemblaient à des fantômes dans la lumière pâle et tremblante. La gondole avançait sans bruit et l'odeur froide, sombre, du canal émergeait de l'obscurité. Il était tard et seules quelques lumières étaient allumées ici et là. La grosse cloche de la basilique Saint-Marc, la Marangona, sonna. Le son résonnait étrangement dans la nuit. Il était 1 heure.

Charlie frissonna. Tapis au fond de l'embarcation, les lions ne le quittaient pas des yeux. Seul Edward paraissait détendu. Il alluma un cigarillo. Le grésillement à peine perceptible du tabac qui se consume venait s'ajouter aux petits bruits de la nuit. De chaque côté de la gondole défilaient l'eau noire et les palais du Grand Canal.

Quand ils s'approchèrent du palais des Doges, Charlie reconnut les deux immenses colonnes, dont celle sur laquelle trônait la statue en bronze, aux yeux d'agate, du lion de saint Marc. Claudio ne dit rien lorsqu'il arrêta la gondole devant le quai, mais Charlie le vit jeter un regard au lion de pierre, puis à Primo. Dans les yeux du gondolier brillait une étincelle complice.

La charrette à bras noire et couverte les attendait, comme lors de leur arrivée, avec les quatre hommes pour la tirer (Charlie devina qu'ils étaient employés par Edward). Les lions se glissèrent à l'intérieur. En passant devant Charlie, le Jeune Lion lui donna un violent coup de queue dans la jambe, comme pour lui rappeler que leur patience n'était pas infinie. Elsina, quant à elle, lui jeta un dernier regard, désespéré, avant de monter, et Charlie sentit de nouveau ce terrible pincement au cœur. *Ils comptent sur moi. Je leur ai fait une promesse.* Cette charrette ressemblait beaucoup trop à un corbillard.

Charlie se tourna vers Claudio. Ses cheveux blonds luisaient dans l'éclat de la lune. Le gondolier lui adressa un clin d'œil avec ses yeux de Vénitien bleus comme la mer. Il se sentit un peu mieux.

Edward ouvrait la marche à grandes enjambées. Un homme en costume, accompagné de quatre hommes en uniforme, était venu les accueillir. Derrière eux se dressait la grande façade rose du palais des Doges, imposante avec ses superpositions d'arcades et de balcons et ses alignements de colonnes.

Edward salua l'homme en costume, sans prêter attention aux soldats, et bifurqua aussitôt vers la gauche, sous les arcades, en faisant signe à la voiture à bras de le suivre. Il ne voulait pas la perdre de vue une seule seconde. En levant les yeux vers les colonnes, au moment où il tournait au coin du palais, Charlie découvrit que chacune d'elles était ornée de sculptures représentant des feuilles, des animaux ou des têtes, de lion principalement. Charlie dut presser le pas pour ne pas se laisser distancer par les adultes. Au moment où il les rejoignait, Edward le saisit brutalement par le bras et le toisa, avec un sourire.

– Viens, lui dit-il, tel un oncle qui emmène son jeune neveu à la foire.

Charlie essaya de lui rendre son sourire.

Sur leur gauche s'étendait l'immense *piazza* qu'ils avaient entrevue en venant de la gare. Plus près d'eux jaillissait l'énorme clocher ; et en haut, tout en haut, un projecteur éclairait la Marangona ; en dessous, un lion de pierre, ailé, tenait un livre ouvert. Ils passèrent ensuite devant un gros mât de drapeau, éclairé par un rayon de lune. Devant eux se dressait la tour de l'horloge : un lion doré et ailé se détachait de manière éclatante sur la façade d'un bleu intense. À ses pieds, deux lions taillés dans du marbre rouge rugissaient. Sur leur droite se découpait la grande porte par laquelle Charlie et les lions devaient entrer. Au-dessus, à la place d'honneur, un autre lion de pierre avec des ailes tenait un livre entre ses pattes.

Alors qu'ils approchaient de l'entrée, Charlie vit quelque chose qui lui procura un étrange sentiment. Au coin du bâtiment qui leur barrait le passage (un mur de la basilique Saint-Marc recouvert d'une mosaïque de marbre), deux hommes s'étreignaient. Il s'aperçut presque immédiatement qu'il s'agissait de statues, très anciennes, sculptées dans une pierre sombre et polie, placées en retrait près du mur. Mais, en les observant, Charlie constata qu'elles n'étaient pas seulement sombres : elles étaient noires. Celle de droite, particulièrement. Et bien que son nez soit usé, on voyait que c'était un nez épaté, un nez africain ! Sa bouche aussi était pleine et ourlée comme une bouche africaine. Aucun doute. Idem pour la statue de gauche : elle était noire.

Charlie sourit. Ces deux hommes noirs, ces guerriers de jadis parés de leurs vieilles armures de pierre, le remplirent de courage. Elles lui donnaient l'impression d'être un homme, et que c'était son père qui l'étreignait ainsi. Il se sentit téméraire et fier, et c'est avec ces sentiments au cœur qu'il approcha de l'immense porte qui s'ouvrait devant lui.

Elle était ornée de têtes de lions sculptées, une cinquantaine au moins, chacune avec une expression légèrement différente. C'était à la fois le même lion et un autre lion. Où que se pose son regard, Charlie voyait la figure du lion ailé. Tout ce que lui avait raconté Claudio sur l'amour des Vénitiens pour cet animal se reflétait dans cette construction. Charlie espérait que les habitants de cette ville les aimaient suffisamment, sinon, les lions et lui ne ressortiraient jamais de ce palais.

La porte massive en bois s'ouvrit en grinçant pour les laisser entrer et se referma rapidement derrière eux. En regardant par-dessus son épaule, Charlie découvrit les traverses en métal et les clous épais qui barraient la porte, les gonds énormes et les lourdes serrures noires plus grosses que les poings de son père.

Il se retourna pour voir où ils étaient.

Sur sa droite s'étendait une immense cour intérieure bordée d'arcades, faiblement éclairée par la lune fugace et quelques lampadaires à gaz. Bien évidemment, ceux-ci étaient ornés de lions sculptés. Les murs étaient fantastiquement décorés, eux aussi : des silhouettes juchées sur des pinacles se découpaient sur le bleu de la nuit, des têtes de lions et encore des têtes de lions, des fenêtres rondes et dentelées, des rangées et des rangées d'arches gothiques. Droit devant, il y avait un immense escalier. Deux sculptures gigantesques encadraient la porte au sommet des marches : deux géants de pierre de dix mètres de haut, à moitié nus, forts comme des dieux et immobiles dans le clair de lune. Au-dessus de l'encadrement de la porte, on retrouvait le lion de pierre ailé qui tenait un livre.

Charlie adopta sa respiration spéciale, celle qui empêchait les crises d'asthme. Il avait peur, inutile de le nier, il était même terrorisé. Cet endroit empestait la richesse et le pouvoir.

Il comprit qu'ils devaient gravir l'immense escalier. Edward protestait : apparemment, il ne voulait pas laisser les lions descendre de la charrette, pas maintenant, mais l'homme en costume insistait. Charlie devina que le doge refusait de sortir dans ce *cortile,* tout comme il refusait de se rendre chez quiconque. Il devait passer ses journées assis sur son trône, à recevoir des honneurs... *Ridicule*, se dit Charlie. Et cette pensée lui donna encore un peu plus de courage.

Edward et l'homme en costume étaient parvenus à un accord. Ce dernier s'adressa aux soldats et Edward tendit à chacun d'eux un foulard noir avec lequel ils se bandèrent les yeux mutuellement.

– *Anche lei*, dit Edward à l'homme en costume. Vous aussi.

L'homme protesta. Edward alluma un autre petit cigare et le regarda sans rien dire.

C'était une scène étrange. Le bout orangé du cigarillo rougeoyait quand Edward tirait dessus. Tout le reste était argenté et blanc. Le vent avait chassé les nuages.

La cour intérieure était splendide.

L'homme en costume cracha un juron. Edward lui tendit un foulard noir à lui aussi et l'aida à le nouer devant ses yeux en serrant fort. Puis il le prit par le bras.

– Fais-les sortir, Charlie, ordonna-t-il.

Le garçon se tourna vers Claudio et, ensemble, ils ouvrirent la portière de la charrette. Les lions se déversèrent dans la cour tel un torrent de fourrure fauve dans l'éclat argenté de la lune, longs, minces et souples. Ils étaient si beaux que même Charlie, qui pourtant les connaissait bien, en eut le souffle coupé. Ils s'enroulèrent autour de ses jambes comme un tourbillon de muscles et de poils. Les hommes aux yeux bandés semblaient nerveux, inquiets. L'un d'eux ouvrit la bouche pour poser une question, mais Edward, le visage déformé par une expression de fascination horrifiée, le fit taire.

Charlie rassembla les laisses en s'adressant aux lions à voix basse, pour s'excuser. Mais il ne pouvait pas les tenir toutes ; les lions risquaient de s'emmêler les pattes. C'est pourquoi il confia les lionnes et Elsina à Claudio, à la fois stupéfait et ravi, qui prit une laisse dans chaque main. Les lionnes levèrent les yeux vers le gondolier. La lionne de bronze émit une sorte de miaulement pour lui faire comprendre qu'il n'avait rien à craindre. Les hommes aux yeux bandés dansèrent nerveusement d'un pied sur l'autre en entendant ce bruit sauvage. Claudio, lui, tenait les laisses comme si... comme si elles étaient en argent et que des lionnes se trouvaient à l'autre bout.

Edward lui adressa un regard amusé.

– Tu as intérêt à t'habituer à eux, mon garçon.

– Oui, monsieur.

Dès qu'Edward eut tourné le dos, il regarda Charlie et lui fit un clin d'œil. Elsina tira légèrement sur sa laisse, comme pour attirer l'attention de Claudio, et elle le regarda en bougeant ses oreilles. Le gondolier en resta pantois. Charlie aurait juré qu'il avait vu Elsina sourire.

Puis l'étrange petite bande entreprit de gravir le grand escalier, sous le regard des dieux de pierre. Les lions tenus en laisse entraînaient le jeune garçon à la peau marron et le grand Vénitien blond, précédés d'Edward, pâle et méfiant, et du gang de sbires aux yeux bandés qui avançaient à tâtons en se tenant à la balustrade et en trébuchant, rendus nerveux par ce qu'ils n'avaient pas le droit de voir : ces créatures qui respiraient, avançaient à pas feutrés et poussaient de drôles de miaulements.

Même les marches étaient ornées d'incrustations représentant des feuilles de lierre. En se retournant, Charlie découvrit les dômes de Saint-Marc qui se découpaient sur le ciel nocturne comme des tentes dans le désert ou de gros scarabées. Les personnages juchés sur les pinacles semblaient le toiser alors qu'il franchissait la porte à la suite d'Edward et de l'homme en costume avant de tourner à droite dans la vaste galerie bordée d'arches qui surplombait la cour.

Tout au bout, elle rejoignait une autre galerie qui longeait la façade du *palazzo*. Plus loin, entre les arches, au-delà de la chaussée et du canal, il distinguait les ruines éclairées de San Giorgio Maggiore.

*Incroyable, c'est vraiment tout près*, se dit-il. Il se demanda où était le doge lors de la grande tempête qui avait balayé l'île voisine. Était-il resté assis là, à regarder la mer se déchaîner au pied de son palais, en se demandant si lui aussi allait être balayé ?

Soudain, Charlie repensa aux maisons sur pilotis au bord de la Tamise dans son pays. Il se souvenait qu'il les avait admirées lorsqu'il avait descendu le fleuve à bord du bateau du policier. Dans une autre vie.

Ils tournèrent à gauche, après avoir franchi une autre porte, et ils gravirent un escalier. Le plafond était entièrement doré (« C'est de l'or véritable », lui glissa Claudio en voyant le regard hébété de Charlie) et orné de peintures. On les conduisit de pièce en pièce, toutes aussi gigantesques et magnifiques, mais si faiblement éclairées que les coins disparaissaient dans l'ombre.

– Ce sont les appartements privés du doge, murmura Claudio, alors qu'ils traversaient une longue salle dont les murs étaient décorés de cartes peintes.

Au centre se dressaient deux grosses mappemondes, bien plus grandes que Charlie ; au-dessus pendaient deux énormes lustres, blancs et cassants comme du sucre.

La pièce suivante était entièrement tendue de soie jaune ; la cheminée était surmontée d'un lion ailé, bien évidemment, et d'un angelot chevauchant un dauphin. Un feu de bois crépitait et les flammes dansantes se reflétaient sur les murs. Dans la pièce suivante, un gigantesque tableau, très sombre, représentait un jeune Noir en collant turquoise et jaune qui offrait quelque chose à une assemblée de vieillards blancs assis sur des chaises rouges autour d'une table. Là aussi, la cheminée s'ornait d'un lion.

Suivirent d'autres couloirs décorés.

D'autres salles somptueuses.

Enfin, ils arrivèrent dans la pièce où les attendait le doge. Edward, l'homme en costume et deux des gardes entrèrent en premier. L'homme en costume ôta le bandeau de ses yeux, et tant pis si Edward n'était pas content.

Toutefois, il ne se retourna pas. *Il a vraiment peur*, pensa Charlie. *Sa peur est plus forte que sa curiosité.*

En jetant un coup d'œil par la porte entrouverte,

Charlie aperçut un vieil homme à l'air fatigué, vêtu d'une toge grenat et coiffé d'un petit bonnet, assis sur un trône en or et en velours rouge. Il était flanqué de deux conseillers qui semblaient aussi vieux que lui, également tout de rouge vêtus. Il avait le visage ridé et la bouche pincée. Voilà donc à quoi ressemblait le doge.

Edward le préparait à recevoir son cadeau :

– Votre Grâce, nous vous apportons une chose extraordinaire, absolument magnifique et, si je peux me permettre, très utile sur un plan politique. Ce cadeau peut vous permettre de regagner le cœur de Venise. Pardonnez ma franchise, mais votre peuple ne vous aime pas. Vous le savez bien. Grâce à ce cadeau, les gens vous aimeront, car ils verront que cette cité n'est plus maudite. La malédiction disparaîtra. Et tout le monde votera pour vous, car vous aurez rompu le maléfice. Nul n'osera plus vous critiquer, car vous serez le bienfaiteur de Venise. Vous pourrez faire ce que vous voudrez.

– De quoi s'agit-il ? demanda le doge d'une voix frêle, mais avec une vive impatience. Apparemment, il en fallait beaucoup pour l'impressionner.

– Ainsi, saint Marc, symbolisé par un lion dans l'Apocalypse, revint dans la lagune, pour l'éternité, dit Edward,

On aurait dit une citation. Le doge semblait la reconnaître.

– Saint Marc ? dit-il. C'est quoi, ces balivernes ?

– Des balivernes très convaincantes, répondit Edward dont les yeux pétillaient. Charlie ! Claudio ! Entrez !

Les lions se regardèrent, en riant presque. Claudio et Charlie firent de même. Sans un mot, ils se mirent tous d'accord : Claudio et Charlie détachèrent les laisses et les lions, libres et magnifiques, bondirent dans la pièce où se trouvait le doge.

# CHAPITRE DIX

La petite voiture filait bon train.

– Avant, on allait vers le sud, alors, si on va vers le nord jusqu'à ce qu'on rencontre un panneau, on saura au moins qu'on roule dans la bonne direction, dit Aneba.

Ils se sentaient un peu fébriles tous les deux. Magdalen était heureuse de se retrouver à l'air libre, d'emplir ses poumons de cette bonne vieille pollution et non plus de cet air douceâtre, frais et empoisonné de la communauté, ou de la puanteur de la décharge. Aneba, lui, était soulagé d'avoir retrouvé sa femme avec le cerveau intact. Mais, au cours de ces dernières semaines, ils avaient ingurgité une grande quantité de drogues, de nourritures artificielles anormalement délicieuses et pleines de sucres étranges et de graisses bizarres ; et surtout, on leur avait fait gober un tas d'idées stupides. Leurs corps étaient désorientés et leurs esprits fatigués. Le combat avait été rude contre les agents de motivation commerciale, les médecins et tous les autres. Pour la première fois depuis des semaines, ils étaient obligés de penser par eux-mêmes et de prendre des décisions. Ils n'avaient pas oublié comment on faisait, simplement, ils avaient perdu l'habitude.

– Ah, si seulement on pouvait appeler Charlie, dit Magdalen.

Mais le téléphone d'Aneba reposait au fond de la mer et les cabines étaient rares dans le coin.

– Il nous faut de l'argent, déclara Aneba.

Lorsqu'ils arrivèrent dans une petite ville, ils se demandèrent s'il était dangereux d'utiliser un distributeur automatique, car ils couraient le risque de se faire repérer.

– Si l'un de nous deux seulement y va, ce sera plus discret, dit Magdalen.

Aneba se gara dans une rue tranquille, à l'écart des caméras de surveillance du centre-ville. Magdalen descendit de voiture, heureuse de pouvoir marcher dans une rue banale, tout simplement. Elle ignorait jusqu'alors combien elle aimait le monde ordinaire. Elle se surprit à sourire.

Comme elle s'y attendait, il y avait un distributeur automatique dans la grand-rue. Elle tendit la paume pour que la machine puisse lire ses empreintes et prit tous les dirhams qu'on voulut bien lui donner.

– On ne sait jamais, se dit-elle à voix basse.

Le guichet garderait la trace de son passage et, si des gens les recherchaient, ils consulteraient peut-être ces enregistrements... Conclusion : moins elle utiliserait les distributeurs, mieux ce serait.

Le gros paquet de billets dans sa poche la rassurait. Sans oser se l'avouer, elle avait craint que le distributeur refuse de lui en donner.

– Et maintenant, il nous faut de l'essence, dit Aneba.

Ça, c'était plus difficile. Il y avait des bornes de chargement pour les véhicules électriques un peu partout, même au milieu de nulle part, mais il était impossible d'acheter de l'essence sans permis, et surtout sans fournisseur. Il existait des vendeurs au marché noir, mais il fallait en connaître un, et c'était extrêmement risqué, pour les vendeurs comme pour les acheteurs.

– Ça ne vaut pas le coup, tu crois ? demanda Magdalen.

Ils décidèrent d'abandonner leur véhicule. Puis ils changèrent d'avis. Comment voyageraient-ils, sans voiture ? Ils seraient trop facilement repérables : un grand Noir costaud et une Blanche aux cheveux roux. Surtout si la Corporation envoyait quelqu'un à leur recherche, et elle ne s'en priverait pas. Elle n'avait pas hésité à les kidnapper une première fois. D'autant que désormais, Aneba et Magdalen étaient des criminels : ils avaient volé une voiture. La police pouvait les arrêter.

Ils changèrent d'avis encore une fois. Une voiture volée risquait de les faire repérer. Aneba écrivit un mot (« Désolés, nous n'avions pas le choix ») qu'il laissa sur le siège du conducteur, avec un peu d'argent.

– Pour prouver notre bonne foi, dit-il.

Ils décidèrent alors de prendre le train. Puis ils changèrent d'avis : pas assez discret. Ils décidèrent alors de continuer à pied. Puis ils changèrent d'avis : ça ne servirait à rien. Ils n'arriveraient jamais à destination, c'était beaucoup trop loin. Et ils seraient encore plus facilement repérables.

Voler une autre voiture ? Ou une fourgonnette solaire, un vélo ? Non ! Ils rejetèrent ces solutions.

En acheter une, peut-être...

Se déguiser...

Quelle était la direction de Paris, au fait ? Où étaient-ils ?

Ils commençaient à désespérer.

– Allons manger, déclara Aneba.

Ils retournèrent à la borne de chargement devant laquelle ils étaient passés en arrivant en ville. Dans les toilettes exiguës de la cafétéria, ils purent se laver tant bien que mal ; ils ôtèrent les feuilles de thé dans leurs cheveux, nettoyèrent les taches malodorantes et brossèrent leurs vêtements. Après cela, ils se sentirent un peu mieux et plus présentables, mais ils ne dégageaient pas une très bonne odeur.

Assis à une petite table recouverte de plastique, ils mangèrent des saucisses épicées avec du riz et de la salade. À la table voisine se trouvait une bande de camionneurs nord-africains qui s'étaient arrêtés pour dîner eux aussi. Ils se mirent à bavarder. Plusieurs d'entre eux se rendaient à Paris et ils seraient ravis d'emmener ce couple si poli. L'un d'eux disposait d'une couchette derrière le siège de sa cabine.

– Je dors toute la journée pour pouvoir rouler la nuit,

expliqua-t-il. J'aime conduire la nuit et je suis amoureux des étoiles. Vous n'avez qu'à monter à l'arrière, vous pourrez dormir quand vous voudrez.

Il y avait des petits rideaux pour séparer la couchette de la cabine, des bouteilles d'eau coincées près de l'oreiller bien propre et une main de Fatima pour protéger le camion. Il y avait également un téléphone portable.

– Vous pouvez vous en servir, leur dit le chauffeur routier.

Le cœur battant, Magdalen composa le numéro de Charlie, mais ça ne répondait pas. Évidemment. C'eût été un miracle. Elle sourit courageusement.

La couchette était confortable et propre. Magdalen se coucha et s'endormit presque aussitôt. Les restes de drogue dans son organisme lui firent faire des rêves bizarres et horribles. Aneba resta assis à côté du routier pendant environ une heure, à discuter de politique, tandis qu'ils traversaient la France à vive allure, vers Paris et des nouvelles de leur petit garçon.

Rafi suivait les traces de Charlie. L'Orient-Express était encore le moyen le plus rapide pour aller de Paris à Venise. Il passa presque tout le voyage dans le wagon-restaurant, où il offrit à boire à un des contrôleurs ravi de lui raconter des histoires sur ce pauvre vieux fou de roi Boris, en lui indiquant au passage où se trouvait son palais à Venise. Il ajouta que, personnellement, il était convaincu que ces fameux et mystérieux lions dont tout le monde parlait se trouvaient bel et bien à bord du train durant la grande tempête de neige, car l'employé chargé de nettoyer les salles de bain avait découvert d'étranges et épais poils jaunes dans une des baignoires du roi, et celui-ci avait mangé dix fois plus que d'habitude, principalement des steaks...

(C'est sur ce même contrôleur que le flair miraculeux de Troy reconnut l'odeur de Rafi la semaine suivante. Cette odeur avait conduit Troy jusqu'à la gare avant de l'abandonner là ; le contrôleur l'avait ensuite mené jusqu'au bon train, involontairement, et ce train l'avait finalement conduit à Venise. Troy suivait avec entêtement et dévouement son méchant maître.)

Rafi se réjouissait de toutes ces informations lorsqu'il reçut un coup de téléphone.

– Bonjour, Sadler. Ici le directeur de la communauté de la Corporation, dit la voix.

Rafi perdit son sourire.

– Les produits que vous nous avez livrés ont disparu, reprit la voix. De leur propre chef.

Rafi dut réfléchir à toute vitesse. Disparu ? Comment ça ?

– C'est affreux, dit-il. Je me suis donné tellement de mal pour vous les livrer en bon état, comme vous l'exigiez. Et vous les avez perdus, c'est terrible.

Il essayait de bien faire comprendre qu'il n'y était pour rien. Ce n'était pas sa faute ! S'ils avaient perdu Aneba et Magdalen après qu'il les leur eut livrés, il n'était pas responsable !

– Effectivement, reprit le directeur d'un ton doucereux.

Toutefois, si vous aviez livré la totalité de la marchandise, nous serions plus à même de récupérer les produits manquants. Je vous rappelle que nous attendons toujours le prochain lot...

Rafi n'avait pas oublié. Et il se doutait bien que les gens de la Corporation n'avaient pas oublié, eux non plus. Sans doute étaient-ils ravis de ne pas s'inquiéter au sujet de Charlie tant qu'ils détenaient ses parents, mais maintenant que ceux-ci avaient disparu (S'étaient-ils enfuis ? Ah, les petits malins !), le garçon pouvait servir de moyen de pression, évidemment.

– Vous allez nous le livrer sur-le-champ, n'est-ce pas ? disait le directeur.

Rafi ne pouvait pas avouer qu'il l'avait laissé filer. Ils ne l'engageraient plus jamais. Ils l'avaient grassement payé pour ce travail, et si jamais ils exigeaient d'être remboursés ? De plus, sa réputation serait ruinée. Tout le monde le prendrait pour un idiot, un gamin stupide, un incapable !

– Bien sûr, répondit-il.

Vite, il fallait trouver un moyen de gagner du temps...

– La marchandise est en lieu sûr. Il me faut un jour ou deux pour la récupérer, mais je vous la livrerai très prochainement. Merci de m'avoir informé de la situation, je vous en suis reconnaissant. Je vous appellerai très bientôt pour vous tenir au courant. Au revoir.

Voilà. Parfait. Efficace et autoritaire. Comme un adulte.

Il ne lui restait plus qu'à mettre la main sur ce sale gosse.

En l'arrachant aux lions.

Rafi frissonna. Depuis qu'il avait failli avoir le bras sectionné d'un coup de dents, il n'aimait pas trop ces sales bestioles.

La pièce était tendue de soie rouge et or ; le plafond s'ornait de rosaces or et turquoise. Si elle paraissait petite en comparaison des autres pièces qu'ils venaient de traverser, elle était quand même plus grande que toutes celles que Charlie avait vues avant de venir à Venise. Mais en y entrant, les lions et lui ne remarquèrent pas la taille des lieux ; ils remarquèrent à peine le doge lui-même, vieil homme ratatiné et flétri sur son trône. Ce qui les frappa avant tout, sur chaque mur de cette pièce, ce furent les immenses tableaux, dans des cadres dorés, qui représentaient tous un lion de manière saisissante.

*Le* lion.

Sur chaque tableau, il tenait un livre et ses ailes se déployaient avec élégance. Et sur chaque tableau, il avait la tête tournée vers la gauche, ce qui donnait l'impression qu'il faisait le tour de la pièce. Il portait une auréole, et alors que ses pattes avant reposaient sur la terre ferme, ses pattes arrière étaient dans la mer. On aurait dit qu'il prenait appui sur l'île de la Giudecca, en face de San Giorgio Maggiore… un endroit aujourd'hui englouti. Toutes les choses que Charlie avait vues jusqu'à présent dans ce palais semblaient destinées à glorifier les Vénitiens en faisant étalage de leur puissance et de leurs lointains voyages, mais ces tableaux les ramenaient brusquement à la triste réalité. Leur lion majestueux se tenait sur un morceau de terre qu'ils avaient rendu à la mer. Le buisson de roses représenté à côté de l'animal rendait la scène encore plus triste.

Entre ces lions peints et les véritables lions qui s'étaient regroupés aux pieds de Charlie, haletants et nerveux, trônait le doge, stupéfait.

Il les regardait tous d'un air hébété. D'abord les lions, l'un après l'autre, puis Charlie et Claudio. Il s'arrêta particulièrement sur Primo qui s'était couché au centre, entre les lionnes sur sa gauche et les autres sur sa droite. Ses ailes couleur crème étaient sagement repliées sur son dos massif.

Le doge ne disait rien. Edward attendait.

Le vieillard soupira.

Primo jeta un regard à Charlie, puis lentement, langoureusement, il se leva. Il se plaça de profil devant le doge et le regarda fixement. Lorsqu'il leva la patte, Charlie appuya sur le bouton de la petite télécommande qui se trouvait dans sa poche. Les magnifiques ailes se déployèrent et les plumes frémirent.

Primo était le cinquième des vieux lions peints sur les murs. Mais lui était vivant.

Le doge ferma les yeux et laissa échapper un nouveau soupir.

– Aaaah, fit-il. Seigneur, Seigneur...

Puis il se ressaisit et demanda :

– Pourquoi a-t-il la tête bandée ?

– Il est blessé à la mâchoire, expliqua Edward. Mais il sera bientôt guéri.

Le vieillard hocha la tête.

– Et que voulez-vous en échange ?

– Notre seul désir est que nous redevenions amis, répondit Edward. Je vous en prie, réconciliez-vous avec le roi Boris, avec la Bulgarie et avec les forces de sécurité bulgares.

Un sourire narquois apparut sur le visage parcheminé du doge.

– Je vois, dit-il.

– Ces deux jeunes hommes resteront avec les lions, précisa Edward. Ils savent s'en occuper.

Charlie était ravi qu'on le qualifie de « jeune homme », même si cela venait d'un sale traître manipulateur comme Edward.

– Je vois, répéta le doge. Foscarini, combien de temps faut-il pour organiser une grande fête ?

– Quelques jours, Sire, répondit un des conseillers.

– Occupez-vous des préparatifs. Nous allons présenter le lion de saint Marc au peuple de Venise. Ce sera un miracle ! Les gens me seront reconnaissants et ils cesseront de se plaindre. La tête de cet animal est-elle aussi belle que le reste ?

– Oui, Sire, répondit Charlie, qui faisait de rapides progrès en italien.

Edward lui jeta un regard mauvais.

– Pourra-t-on le voir entièrement… après-demain ? demanda le doge.

– Oh, oui, répondit Charlie.

Seuls les lions et lui connaissaient le secret de Primo.

On les installa dans une vaste pièce au premier étage, aussi richement décorée que toutes les autres. Les murs étaient recouverts de représentations de divinités offrant des tributs à Venise : de grands dieux marins chevelus, avec de longues barbes et armés de tridents ; de superbes déesses en chemise de nuit vaporeuse et coiffées de fines couronnes en or. Sur chacune de ces peintures, Venise avait les traits d'une magnifique femme aux cheveux dorés et au visage allongé comme la *signora* Battistuta, à demi dévêtue, avec un énorme lion au pelage doré et bouclé couché à ses pieds, ou assis sous sa main ; parfois même, elle était assise dessus.

Cette salle était parallèle à la galerie qui surplombait la *piazza* où se dressaient les deux colonnes. (Claudio avait recommandé à Charlie de ne pas passer entre les deux, car jadis, c'était là qu'on pendait les criminels.) En sortant dans la galerie, le garçon aperçut très nettement le lion aux yeux blancs au sommet de sa colonne ; on aurait dit qu'il leur souriait dans l'éclat de la lune. Ils se trouvaient presque à la même hauteur maintenant. Il appela les lions pour qu'ils viennent le voir et ceux-ci rendirent son sourire à leur frère de bronze.

Charlie se disait : *Sergueï sait que je suis ici. Il serait capable d'atteindre cette galerie sans trop de problèmes. Si je reste dehors, je pourrais peut-être voir Enzo et faire passer un message à Sergueï pour lui dire que je suis désolé, que je ne voulais pas le vexer...* Il contemplait la place Saint-Marc en envoyant des messages silencieux à Sergueï, le suppliant de revenir. De l'autre bout de la *piazza* lui parvenaient les échos d'une belle mélodie. Charlie la reconnut : c'était la chanson que chantait Claudio dans sa gondole, celle qui parlait d'Elena, jouée par le petit orchestre installé devant le plus grand café de la *piazza*. Une mélodie à la fois entraînante et sentimentale que Charlie sentait vibrer au plus profond de lui.

Charlie avait beaucoup réfléchi à ses responsabilités. Et à ce que lui avait dit Sergueï. Il en était arrivé à la conclusion que si ses parents allaient bien, et s'ils étaient libres, ils pourraient suivre sa trace jusqu'à Venise. Auquel cas ce n'était peut-être pas une bonne idée de partir pour le Maroc. Ou du moins, ce n'était peut-être pas le bon moment pour partir. Peut-être que... il devrait rester.

Mais les lions ? Comment feraient-ils pour partir sans lui ?

Pouvait-il le leur proposer ? Oserait-il les laisser tomber ?

Il en avait perdu le sommeil.

Quand ils retournèrent à l'intérieur, Claudio prit Charlie à part. Il paraissait troublé. Lui habituellement si détendu et plein d'assurance était nerveux. Il se rongeait les ongles.

– Explique-moi, dit-il finalement.

– Quoi donc ? répondit Charlie, inquiet.

Claudio le regarda avec insistance.

– Mon ami... comment fais-tu ? Je t'en prie, dis-le-moi... Si je dois rester ici avec ces créatures sauvages, en étant sûr qu'elles ne risquent pas de me dévorer... Comment fais-tu ?

Charlie réfléchit. Il lui semblait naturel que Claudio veuille savoir. Au moins avait-il la franchise de poser directement la question. Et il avait promis de les aider. Il les aidait déjà. Sans lui, ils resteraient coincés là à tout jamais. Et même si ce palais était splendide, surtout depuis qu'on leur avait apporté un en-cas composé de viande de bœuf pour les lions et de *gianduitto* (c'était comme du chocolat, mais encore meilleur, et ça nageait dans la crème chantilly), Charlie et ses amis n'avaient pas envie d'y rester éternellement.

– Tu leur parles ? demanda Claudio. Dis-moi juste oui ou non. Je t'ai vu... Je crois que tu leur parles. Réponds-moi. Je ne le répéterai à personne. Jamais. À personne. Jamais.

Charlie ne pouvait pas mentir.

– Oui, dit-il.

Les yeux clairs de Claudio doublèrent de volume. Et soudain, il se mit à faire le tour de l'immense pièce en dansant, tellement il était content. Il exécuta un saut périlleux arrière digne du *signor* Lucidi. Il serra Charlie dans ses bras et faillit (faillit seulement) en faire autant avec les lions.

Puis il s'agenouilla devant Elsina et lui dit, lentement :

– Bonjour, belle lionne, comment vas-tu ? Je t'aime beaucoup.

Charlie éclata de rire. Les lions remuèrent les oreilles et la lionne argentée toussa. Le Vieux Lion posa son nez sur ses pattes.

Elsina répondit langoureusement :

– Je vais très bien, merci, beau gondolier. Et toi, comment vas-tu ?

Charlie traduisit à l'attention de Claudio. Celui-ci semblait si heureux qu'on aurait pu croire qu'il était amoureux. D'ailleurs, c'était peut-être le cas.

Le Jeune Lion ricana. L'espace d'un instant, assis là au milieu des lions, Charlie eut l'impression d'être un lion lui aussi, et que Claudio était le seul humain.

La joie avait envahi la pièce.

Mais Primo ne la partageait pas.

Le Jeune Lion s'en aperçut et il donna un petit coup de coude à Charlie.

Claudio le remarqua lui aussi.

– Qu'y a-t-il, Primo ? demanda Charlie.

– Je suis fatigué, répondit Primo. C'est tout.

On avait apporté des lits pour les humains (d'énormes lits en bois sculpté avec des figures d'anges, d'épais matelas et des draps en lin rêches), et des tapis et des bottes de paille parfumée pour les lions. Claudio défit une des bottes et l'éparpilla sur le sol pour que Primo soit installé confortablement. Celui-ci s'y coucha en inclinant sa grosse tête avec grâce, et Claudio vint se placer au-dessus de lui pour l'observer.

– Quelle bête étrange et magnifique, murmura-t-il.

Il était l'heure de dormir pour les lions. Pour Charlie également, mais il devait d'abord discuter avec Claudio pour établir un plan.

Comme c'était étrange d'être assis sur ce balcon, dans le palais des Doges, dont ils étaient en train de préparer la chute. La lune les surveillait, mais Charlie avait le sentiment qu'elle-même était de leur côté ; elle ne les dénoncerait pas.

– Le doge est un sale individu, disait Claudio à voix basse. Nombreux sont les gens qui veulent se débarrasser de lui. Beaucoup espèrent cet instant, mais ils attendent un chef, et une occasion, quelqu'un qui leur dira : « C'est maintenant ! » L'occasion est là. Si nous autres, les gondoliers, nous disons aux gens que le lion est revenu et que le doge l'a enfermé, les Vénitiens suivront le lion et diront : « *Arrivederci,* doge ! » Nous pouvons prendre le doge à son propre piège. Nous pouvons nous emparer du porte-bonheur.

– C'est très risqué, murmura Charlie.

– Les Vénitiens sont de braves gens ! Nous nous connaissons tous. Nous répandrons la nouvelle et tout le monde sera d'accord. Et puis, il y a toi, Charlie... le *famoso* ange à la peau marron, le sauveur des enfants malades...

– Je ne veux pas être célèbre.

– Aide-nous, murmura Claudio. Et nous vous aiderons. Nous pouvons organiser votre fuite. Vous voulez aller en Afrique ? Nous pouvons vous fournir un bateau et des vivres... Et si vous voulez, je peux venir aussi !

– Et Primo ?

– Il ira avec vous ! Une fois qu'il aura béni Venise et que le doge et ses amis seront en prison, il pourra partir pour l'Afrique avec vous. Personne ne s'y opposera. Un miracle n'a pas besoin d'être permanent.

*Un bateau*, se dit Charlie. *Des vivres. Et un navigateur ! Voilà qui devient intéressant.*

# CHAPITRE ONZE

Avant l'aube, après la longue discussion avec Charlie, Claudio ressortit en douce sur le balcon, descendit le long d'une colonne jusque sur la *piazza*, puis se rendit dans un bar où se retrouvaient les gondoliers pour boire du café noir très fort dans de petites tasses, avant de commencer leur journée. Là, il s'adressa à ses amis.

Une heure plus tard, tous les gondoliers et la moitié des autres mariniers de Venise et des îles environnantes savaient que ce vieux doge imbécile, qui avait laissé leur ville dépérir et qui ne valait pas mieux que les fascistes, retenait prisonnier dans son palais, par miracle, le lion de saint Marc (ainsi que ses amis lions et le jeune garçon à la peau marron qui s'occupait de lui). Ils savaient aussi que le doge avait l'intention d'impressionner les habitants de Venise en exhibant le lion au cours d'une grande cérémonie, alors que le lion, lui, voulait uniquement revoir la cité et la bénir en revenant de... Claudio n'avait pas peaufiné cette partie de l'histoire. Mais les mariniers avaient retenu l'essentiel : le lion était venu rendre une visite sincère et miraculeuse à sa Venise bien-aimée après toutes ces années, avec ses frères et ses sœurs, pour lever la malédiction et bénir la cité en ces temps difficiles, mais le doge les avait tous enfermés !

– Il a fait quoi ? s'exclama Gabriele, le cousin de Claudio.

– L'infâme ! s'écria Vittorio, le frère de la fiancée de Gabriele.

– Ça ne se passera pas comme ça ! déclara Leon, l'oncle de Vittorio.

– De quel droit le doge s'attribue-t-il la gloire du lion ? éructa Franco, le frère de Leon.

– Le lion appartient à Venise, pas au doge ! déclara Carlotta, la nièce de Franco (oui, il existe des femmes gondoliers). Il faut libérer notre lion !

– Et pendant qu'on y est, dit Claudio, pourquoi ne pas libérer également Venise ? On n'arrête pas de critiquer ce doge et, malgré cela, on continue à le supporter.

– Ce *porco* de doge, grommela Alessandro, le frère de Carlotta. Trop, c'est trop !

Les autres étaient d'accord.

Claudio fredonna sa chanson pendant que la nouvelle se répandait. Puis il dit :

– Voici le plan. Écoutez-moi...

Alessandro, dont le métier consistait à changer les ampoules électriques des balises installées dans la lagune, avait oublié son téléphone chez lui. Sa mère, devinant qu'il serait triste de ne pas pouvoir appeler sa petite amie pendant qu'il fonçait à bord de son bateau à moteur, et qu'il s'arrêterait dans ce bar pour boire un café avant d'aller travailler, lui apporta son téléphone. En chemin, elle rencontra son amie, la mère de Gabriele, qui l'accompagna au café, car toutes les deux devaient se rendre au marché ensuite.

Les mères des gondoliers furent très intéressées par la conversation qu'elles entendirent, particulièrement quand Claudio parla du garçon à la peau marron et précisa que les lions avaient séjourné au *palazzo Bulgaria*.

– *L'angelo !* s'exclamèrent-elles. L'ange marron qui guérit les enfants asthmatiques est l'ami du lion de saint Marc !

Elles étaient stupéfaites et enchantées.

Les gondoliers ne s'étonnèrent pas d'apprendre que le compagnon des lions était en fait un ange. C'était logique. Le lion de saint Marc était revenu à Venise avec un ange qui accomplissait des miracles, afin de couvrir de bienfaits le peuple de cette cité qui souffrait depuis si longtemps et de le débarrasser de ce vieux doge égoïste, cupide, idiot, inutile et corrompu... Évidemment !

Claudio et Alessandro eurent le plus grand mal à empêcher les mères des gondoliers de se rendre directement au palais des Doges pour disposer des bougies, des fleurs et des chaises longues devant la porte.

– Pas maintenant, dirent-ils. Pas maintenant. Nous avons un plan.

– Vraiment ? répondirent les mères des gondoliers.

Une fois mises au courant de ce plan, elles s'exclamèrent :

– C'est pas trop tôt !

Sur ce, elles partirent à fond de train en direction du Rialto, du marché, de l'église et de la *piazza* située derrière le *palazzo Bulgaria* pour annoncer la bonne nouvelle à tout le monde.

À la fin de la journée, tous les habitants de Venise savaient que, lors de la grande fête organisée par le doge, ils auraient enfin la possibilité de lui dire ce qu'ils pensaient de lui. Toute la ville était au courant qu'un grand événement allait se produire.

Y compris un chat au derrière pelé, aux yeux vitreux et à l'oreille de travers, qui cherchait des têtes de poissons parmi les restes du marché.

*Ah bon ?* se dit-il tout en mâchant des arêtes. *Ah bon ?*

Y compris un beau jeune homme à l'air fatigué et avec un bras blessé, qui, récemment débarqué de l'Orient-Express, prenait son café du matin près de la gare. Une fille de l'Empire, qui devait partir dans l'après-midi pour rentrer dans sa patrie, et qui parlait à moitié anglais à moitié italien avec son petit ami vénitien, disait qu'elle n'avait pas envie de manquer ce qui se préparait, avec les lions et tout ça. Son petit ami essayait de la persuader de rester.

– On va faire partie de l'histoire ! Avec les lions et l'ange marron... Le destin est favorable à Venise, désormais ! On a une chance unique ! Reste ! Tu pourras aider Venise à vivre libre avec ses lions !

– *Questi leoni*, dit la serveuse. *E' l'angelo, credi sia possible, che è vero, e che abbiamo ancora il nostro Santo qui a Venezia ?*

Tous les clients du café se joignirent à la discussion sur les lions, l'ange marron, le palais des Doges, la grande fête...

Rafi saisit l'essentiel. Charlie et les lions étaient incroyablement célèbres, tout le monde les connaissait et les adorait. Et ils étaient enfermés dans le palais du souverain de la cité.

Il allait devoir trouver un plan astucieux s'il voulait s'emparer de ce garçon idolâtré au nez et à la barbe de tous ces Vénitiens. La force ne servirait à rien. La ruse et la fourberie étaient la seule méthode possible.

Au moins, ils quitteraient le palais pour assister à la grande fête.

Rafi finit son café et prit la direction du palais des Doges. En allant jeter un coup d'œil à cette luxueuse prison, il trouverait bien une solution...

Au moment de sortir, il chercha Troy du regard. Puis il se souvint que son chien l'avait abandonné et il ressentit un pincement de tristesse. Mais il se ressaisit et ricana : « Celui qui veut voyager vite voyage seul. »

Magdalen et Aneba atteignirent Paris peu après l'aube. Le routier les déposa près de la Bastille.

– Pas de problème, dit-il. Mon frère habite près d'ici, sur les quais. Je devais venir dans le coin pour lui apporter des bricoles de toute façon. Le Cirque est là-bas... (Il désignait un endroit au-delà du pont.) Vous voyez ce gros bateau rose ? C'est le Cirque du major Thibaudet. Bonne chance !

Magdalen et Aneba s'arrêtèrent sur le pont pour contempler le *Circé*, le stupéfiant bateau-cirque. Le grand chapiteau trônait au milieu ; ses bandes blanches et écarlates luisaient dans la brume matinale. On apercevait l'imposante et magnifique figure de proue avec ses longs cheveux blond-roux et son sourire insaisissable. Une lueur brillait dans son regard, c'est-à-dire dans la petite cabine à la forme étrange où les jumelles Lara et Tara venaient de se réveiller. Les cheminées se dressaient fièrement et on apercevait des mouvements dans le gréement. Charlie aurait pu expliquer à ses parents que c'étaient le *signor* Lucidi et sa famille qui répétaient leurs acrobaties comme chaque matin à l'aube. Bientôt, le bateau grouillerait d'activité, car maintenant tout le monde se réveillait, se lavait, prenait le petit déjeuner, saluait les collègues, avant de nettoyer les cabines des animaux ou de répéter les numéros.

Aneba était partisan de se rendre directement au Cirque et d'y faire un énorme scandale. Mais Magdalen le retint :

– Prenons une chambre d'hôtel, une douche, un petit déjeuner. Allons acheter des vêtements et attendons une heure décente pour rendre visite à ces gens, en ayant l'air présentables.

Aneba accepta, à contrecœur. Certes, débarquer à 5 heures du matin en sentant mauvais et avec l'estomac dans les talons, ce n'était certainement pas la meilleure approche, mais maintenant qu'ils avaient échappé aux griffes de la Corporation, il n'avait qu'une envie : récupérer son fils. Une envie irrésistible.

– Moi aussi, j'ai hâte de retrouver Charlie, dit Magdalen. C'est pour ça qu'il faut agir avec prudence. N'oublie pas qu'il s'est enfui avec leurs lions, ils ne doivent pas être très contents.

Trois heures plus tard, Aneba et Magdalen approchaient de la passerelle du *Circé*. Aneba portait une chemise blanche et un élégant costume noir ; ils avaient dû faire cinq boutiques pour en trouver un à sa taille. Il s'était rasé, la barbe et le crâne. Sa dent en or brillait. Il était beau et impressionnant ; on sentait qu'il ne fallait pas s'y frotter. Magdalen avait acheté un chemisier blanc, un jean et une magnifique paire de bottes. Ils montèrent sur le pont. Une chaîne bloquait l'entrée.

– Les guichets de location sont pas encore ouverts, dit en français une jolie femme avec une barbe noire frisée. Faut revenir cet après-midi pour les billets.

– On ne vient pas acheter des billets, répondit poliment Aneba. On vient voir le Major Thibaudet.

La femme à barbe le dévisagea. Puis elle dévisagea Magdalen.

– Vous êtes anglais ? demanda-t-elle.

– Oui, répondit Magdalen.

C'était plus facile que d'expliquer qu'Aneba était ghanéen mais qu'il vivait en Angleterre.

La femme à barbe paraissait hésiter.

– Venez, dit-elle, je vais vous conduire à lui.

Alors qu'elle les précédait sur le pont, un garçon frisé avec des taches de rousseur les rejoignit en courant.

– Bonjour, madame ! Euh...

Il regarda Aneba et Magdalen avec un vif intérêt, puis il jeta une sorte de regard interrogateur à la femme à barbe.

Ce qui incita Aneba et Magdalen à en faire autant. Que se passait-il ?

Soudain, la femme à barbe saisit Magdalen par le bras et l'attira prestement dans un étroit passage entre deux cabines. Aneba les suivit, poussé dans le dos par le garçon aux taches de rousseur.

La femme à barbe observa intensément Magdalen et Aneba, tour à tour.

– Êtes-vous qui je pense que vous êtes ? demanda-t-elle à voix basse.

Le garçon aux taches de rousseur les dévisageait, lui aussi.

– Et qui pensez-vous que nous sommes ? répondit Aneba, prudent.

– On pense que vous êtes la maman et le papa de Charlie ! dit le garçon. Ceux qui ont disparu et...

La femme à barbe le fit taire d'un regard.

– C'est vous ? murmura-t-elle.

Magdalen se tourna vers Aneba. Inutile de nier... Malgré tout, ils demeuraient méfiants, car ils n'aimaient pas qu'on les rudoie pour les pousser dans un passage sombre.

– Oui, répondit Aneba. En effet. Et vous, qui êtes-vous ?

– Je suis Madame Barbue. Et voici Julius. Nous sommes les amis de votre fils. Enfin, nous étions. Avant que...

Ils comprenaient ce qu'elle voulait dire : avant que Charlie s'enfuie avec les lions.

– Et maintenant ? interrogea Magdalen, vous n'êtes plus ses amis ?

Elle se demandait s'ils étaient en colère après Charlie parce qu'il était parti avec les lions ou parce qu'il ne les avait pas prévenus.

– Difficile à dire, répondit Madame Barbue. On n'a plus de ses nouvelles, on ne sait pas quoi penser..

– On peut pas avoir de ses nouvelles ! s'exclama Julius. (Manifestement, ils avaient souvent eu cette discussion.) Maccomo et le Major Tib sont furieux après lui, sa tête est mise à prix, la police le recherche, tout le monde le recherche ! Il ne peut donc pas prendre le risque de nous contacter ! C'est aussi pour cette raison qu'il ne pouvait pas nous parler de son plan !

– Il aurait pu nous prévenir, déclara Madame Barbue d'un air renfrogné. On aurait compati. On connaît les animaux...

– Il ne pouvait pas savoir, dit Julius. Il ne pouvait pas prendre ce risque. Il craignait peut-être qu'on le dénonce au Major Tib.

– Oui, mais il aurait dû nous faire confiance, dit Madame Barbue. (Elle se retourna brusquement vers les deux parents.) C'est un vieux sujet de dispute. Que venez-vous faire ici ? Vous cherchez votre fils ? Il n'est pas sur ce bateau, vous l'imaginez bien...

– On veut savoir où il est, dit Aneba. On pensait que le Major Tib pourrait...

– À votre place, j'irais pas voir le Major, dit Julius. Dès qu'on prononce le nom de Charlie, il devient tout rouge et il lance des bouteilles de brandy. Il est fou de rage, d'autant que Maccomo a disparu, lui aussi, et on a découvert qu'il droguait les lions. Le Major Tib est furieux contre lui, car c'est interdit, et le Major risque d'avoir des ennuis. C'est vraiment une sale histoire... Donc, vous ne savez pas où est Charlie ?

– Non, répondirent Magdalen et Aneba. Et vous ?

– Non, dit Madame Barbue.

– Non, dit Julius.

Ils échangèrent des regards sombres.

– Aucune idée ? demanda Aneba.

Il y eut un moment de silence.

– En fait..., dit Julius.

Les autres tournèrent la tête vers lui, remplis d'espoir.

– Je parie que les lions voulaient retourner chez eux.

– Mais oui, évidemment ! s'exclama Magdalen. D'où venaient-ils ?

– Je sais pas, avoua Julius tristement. Maccomo le saurait, lui, mais...

C'était inutile. Maccomo avait disparu, lui aussi.

– Mabel le sait peut-être, dit Madame Barbue.

– Mabel ? fit Aneba. Qui est-ce ?

Le jour de la grande fête, les lions, Charlie, Claudio et le doge contournèrent l'île à bord de la gondole du doge pour se rendre à l'*Arsenale*, le chantier naval où était amarré le *bucintoro*. Charlie avait entendu dire que c'était un bateau fabuleux, mais quand il le découvrit vraiment, dans la baie paisible des quais de l'*Arsenale*, il en resta ébahi.

C'était une immense barque recouverte d'or, comme un édifice. D'ailleurs, cette embarcation ressemblait aux plafonds des palais vénitiens avec ses sculptures et, sur les côtés, ses moulages représentant des rangées de femmes ailées, des plantes grimpantes et des sphinx. Deux lions dorés ornaient la poupe, et, sur la proue, une femme plus grande que nature, avec des écailles et un parapluie doré, symbolisait la Justice. Évidemment, il y avait un énorme trône, doré lui aussi, pour le doge, et sur le beaupré, à la pointe du bateau, se dressait un autre lion doré, éclatant et magnifique.

Le plancher était en bois ciré et les sièges étaient en velours rouge, comme les parois. Le navire mesurait 43 mètres de long sur 8,5 mètres de large ; il fallait quarante-quatre hommes pour le faire avancer, quatre par rame. Celles-ci, en bois brillant, étaient décorées de bandes rouges à leur extrémité. Des vases dorés, encastrés dans le décor, contenaient des lis dont le parfum embaumait l'air. Une large cape de brocart, accrochée au dais sculpté et doré de la proue, pendait derrière le bateau ; de gros bouchons de liège étaient cousus tout autour pour qu'elle flotte.

C'était à bord de cette somptueuse embarcation que le doge allait « épouser » la mer habituellement ; et c'était à bord de ce même bateau qu'il allait présenter Primo le smilodon comme étant le lion de saint Marc.

Les autres bateaux, les gondoles et les chalutiers, les taxis nautiques et tous ceux qui devaient prendre part à la cérémonie, attendaient le long du trajet pour se joindre au cortège ou bien se rassemblaient déjà dans le *Bacino* de Saint-Marc (c'est un mot qui veut dire « bassin », mais aussi « petit baiser »). Situé à l'extrémité du Grand Canal, près du palais des Doges, le *Bacino* était le Piccadilly Circus, le Times Square, la *piazza* Navona des bateaux vénitiens. Le cœur de la ville.

Le *bucintoro* avança lentement tout d'abord pour s'approcher du quai où le doge et les lions devaient embarquer. Un martèlement de tambours donnait le rythme aux rameurs, son « boum boum boum... » lent avait un effet hypnotique et l'eau s'écoulait des pales des rames qui restaient suspendues en l'air quelques secondes avant de replonger. Quand le bateau fut à quai, les lions sautèrent joyeusement à bord. Le doge les suivit, beaucoup plus difficilement, avec l'aide de plusieurs hommes vêtus de livrées médiévales, dont les ancêtres avaient toujours eu pour tâche d'aider les doges à bord du *bucintoro*. À pas hésitants, il marcha vers la proue et s'assit sur son trône doré en soufflant bruyamment.

Charlie, à qui on avait fait enfiler des collants en velours, avec une jambe rouge et l'autre dorée, et un pourpoint lacé, comme le jeune garçon sur le tableau, dut s'asseoir aux pieds du doge. Il s'agissait apparemment d'un grand honneur, mais il n'était pas content du tout ; il aurait voulu courir d'un bout à l'autre de ce fantastique bateau, grimper sur les lions dorés, se pencher pardessus bord pour apostropher les passants et jeter des trucs dans l'eau. Mais rien de tout cela n'était au programme. Il était obligé de rester assis aux pieds du doge, tel un ange sur ces tableaux qui montraient la puissance de Venise, et les lions devaient se coucher autour de lui, comme sur un tableau également, avec leurs colliers en velours écarlate et leurs chaînes en argent.

Seul Primo devait rester debout sur la petite plateforme installée au-dessus du parapluie de la Justice, pour que tout le monde puisse le voir, et tenir entre ses pattes un grand livre que le doge avait apporté.

– À quelle page sera-t-il ouvert ? demanda Claudio à voix basse. « Les droits de l'homme et du citoyen » ? ou bien « Donnez-moi tout votre argent et cessez de vous plaindre » ?

Charlie se souvenait que Napoléon avait changé les mots du livre pour changer la façon de penser des Vénitiens. Et lui, qu'écrirait-il si ses mots pouvaient changer la mentalité des gens ?

Primo avait toujours la tête bandée.

« Enlève-lui ses bandages, avait ordonné le doge.

– Plus tard », avait répondu Charlie.

Le doge semblait furieux, mais il avait seulement dit : « Avant qu'on atteigne le Grand Canal. »

Charlie avait souri poliment.

Les rameurs étaient tous à leur poste au fond du grand bateau. C'étaient des ouvriers de l'*Arsenale*. Claudio les connaissait presque tous et il descendit leur dire bonjour. Ils échangèrent des sourires et des tapes dans les mains. En se trémoussant aux pieds du doge, Charlie les apercevait. Il était jaloux. Puis Claudio remonta en sifflotant sa chanson et il s'assit à côté de lui. Le doge aurait préféré ne pas avoir ce vulgaire gondolier près de lui, mais Charlie insista, et le doge comprit très vite que, s'il voulait que les lions soient obéissants (et il y tenait beaucoup), il avait intérêt à être gentil avec Charlie. De plus, il avait remarqué que les laisses ne paraissaient pas très solides, et il n'était pas mécontent d'avoir un jeune homme costaud à ses côtés, au cas où. Évidemment, il y avait derrière lui une rangée de gardes joliment habillés et armés jusqu'aux dents, mais, franchement, ils donnaient l'impression de ne pas savoir quoi faire si jamais un lion se déchaînait. Le doge avait songé à les mettre en cage, mais le lion de saint Marc en cage, ça ne produisait pas le même effet que le lion de saint Marc dressé fièrement au sommet du *bucintoro*, sans contrainte, et n'essayant pas de dévorer le doge. Conclusion, il était obligé d'être gentil avec ce garçon à la peau marron et avec son ami blond.

Le *bucintoro* faisait maintenant le tour de l'île principale de Venise. La lagune, avec les îles de Murano et de Burano au large, s'étendait sur la droite. Charlie était heureux de voir aussi loin après être resté enfermé si longtemps. Les clapotis venaient lécher la coque du bateau, les rames s'élevaient et retombaient en rythme et la masse dorée du *bucintoro* glissait gracieusement sur les flots vert-de-gris. Charlie se surprit à fredonner la belle mélodie du gondolier : ce jour-là, elle lui semblait alerte et entraînante, sans plus aucune trace de tristesse.

Il était encore tôt quand Rafi atteignit la place Saint-Marc, mais les gens se rassemblaient déjà pour la grande cérémonie. Il se fraya prudemment un chemin au milieu de la foule, en direction du palais des Doges. Même s'il avait eu le temps d'essayer de s'y introduire, un simple regard l'en aurait dissuadé ; il suffisait de voir les portes massives et les rangées de gardes.

Il marcha vers la façade en longeant le *Bacino* et, ce faisant, il passa entre les deux colonnes, ce que Claudio avait déconseillé à Charlie de faire. Il contempla les ruines de San Giorgio Maggiore, puis il grimpa en haut du pont et se retourna pour regarder le pont des Soupirs, qui menait du palais à la prison, au-dessus d'un petit canal.

En baissant les yeux, il découvrit, amarré à quai, un magnifique hors-bord à moteur solaire, à bord duquel deux jeunes gars chargeaient des paquets en parlant à voix basse, d'un ton grave.

Rafi était d'un naturel curieux. Il descendit quelques marches et inclina la tête. « *Leoni* », entendit-il. Et aussi : « *Charlie* ». Il se figea. La plupart des Vénitiens qu'il croisait parlaient de « l'ange à la peau marron ». Qui étaient donc tous ces gens qui connaissaient Charlie par son nom ?

Adossé au parapet, il renversa la tête, comme s'il admirait la vue. Les paroles fusaient autour de lui, mais il ne comprenait rien à l'italien. Finalement, il se retourna et se pencha en avant, pour faire semblant d'admirer le pont des Soupirs cette fois. Derrière ses lunettes noires, il baissa les yeux vers le hors-bord.

Un des deux jeunes gars déposait un sac en cuir dans un placard. *« Sta più sicuro qui »*, disait-il.

Rafi se fichait pas mal de ce que cela signifiait. Il avait reconnu le sac : c'était celui que Charlie avait emporté en partant de chez lui, il y avait des semaines de cela.

Son esprit s'emballa.

Il voulait ce sac. Son contenu avait forcément de la valeur pour Charlie. Il voulait absolument ce sac.

Comment faire... ?

Il n'avait pas le temps d'élaborer un plan.

Mais, sans un instant d'hésitation, il tituba comme si on l'avait bousculé et laissa échapper un grand cri de stupeur, tout en poussant dans le canal la fillette qui se trouvait à côté de lui. Cela suffit à provoquer un petit chaos, en quelques secondes. La fillette braillait et se débattait dans l'eau, les gens qui l'accompagnaient poussaient des cris d'effroi et accouraient. Un des deux gars s'était précipité à l'avant du canot pour lui jeter une corde, tandis que son camarade sautait dans le canal, bruyamment, pour la sauver. Rafi n'eut aucun mal à donner l'impression d'aider lui aussi, et de trébucher à bord du canot, alors qu'en réalité il voulait se jeter sur le sac de Charlie. Il avait visé la poignée, afin de pouvoir le fourrer sous sa veste en cuir et filer avec, mais sa main glissa à l'intérieur du sac ouvert.

Ses doigts se refermèrent sur... quoi donc ? Une chose fraîche à la fois lisse et dure, et une chose comme du papier. Tout en continuant à faire semblant de se préoccuper du sort de la fillette, il glissa ces deux choses dans sa grande poche et il s'écria :

– Elle va bien ? Qui c'est qui m'a poussé, nom de nom ?

Puis, rapidement, avant que le calme revienne et que les gens se demandent ce qu'il fabriquait à bord du canot, il décampa.

En laissant son regard glisser sur la lagune, Charlie aperçut un empilement de gravats, entouré d'un tourbillon, qui s'élevait légèrement au-dessus de la surface. À côté était amarré un ponton sur lequel se dressait un gigantesque crucifix qui, seul au milieu de l'étendue plate de la lagune, se balançait doucement au gré du courant.

Claudio remarqua le regard de Charlie et fit un signe de croix.

– C'est quoi ? demanda Charlie.

– San Michele.

– ...

– Une superbe église, un magnifique *convento*...

*Ah*, se dit Charlie.

Claudio fit une grimace amère.

– C'était l'île de notre cimetière, ajouta-t-il.

Charlie contempla les remous qui agitaient la surface au-dessus des ruines englouties. L'eau était plus sombre à cet endroit, comme si le soleil éclatant du matin ne parvenait pas à la traverser.

– Oh, fit Charlie.

Il imagina les squelettes engloutis et il se souvint d'un poème que lui avait récité sa mère, au sujet d'un marin noyé : « Par cinq brasses sous les eaux ton père repose... De ses yeux naissent les perles... » Quelque chose comme ça. Se retrouver noyé après être mort et enterré...

Pauvre Venise. La mélodie dans sa tête redevint mélancolique.

À cet instant, un moineau vint se percher sur un bout de dorure, tout près de lui. Ses petites griffes agrippaient l'oreille d'une nymphe et il agitait sa tête brune.

*L'esprit ne meurt pas*, pensa Charlie, sans savoir d'où lui venait cette pensée. *Les corps meurent, les maisons s'écroulent, les empires s'effondrent, mais l'esprit survit.*

Le *bucintoro* avait été rejoint par quatre autres barques, plus petites, qui le suivirent tels des canetons nageant dans le sillage de leur mère. Deux d'entre elles transportaient des musiciens qui jouaient le plus fort possible en suivant le rythme des tambours du *bucintoro*. Les deux autres transportaient des souffleurs de verre qui fabriquaient de ravissants petits lions, qu'ils distribuaient ensuite aux enfants rassemblés au bord des canaux. De tous côtés, d'autres embarcations les rejoignaient ; de misérables barques dans l'ensemble, mais elles avaient été décorées dans les tons rouge et or et elles arboraient le drapeau de Venise : le lion doré sur fond rouge. Certaines traînaient derrière elle dans l'eau des capes écarlates pour imiter le *bucintoro* ; les gréements et les dames de nage étaient ornés de rubans et de guirlandes.

Lorsqu'ils pénétrèrent dans le canal Cannaregio, les embarcations qui se joignirent au cortège semblaient plus chic, et quand ils s'engagèrent dans le Grand Canal, le luxe monta encore d'un cran. En longeant les *palazzi* qu'il avait découverts le jour de son arrivée, Charlie constata que tout le monde semblait excité et heureux. Lorsqu'ils passèrent sous le Rialto, une pluie de pétales de roses les inonda. Des ballons s'envolaient des balcons ; les gens étaient massés sur les quais et penchés à leurs fenêtres ; ils applaudissaient, ils chantaient, et surtout ils demeuraient sans voix en découvrant Primo. En voyant qu'il était... vrai. Il était vrai !

Le lion était revenu à Venise. Leur cité était de nouveau bénie !

Tout le long du Grand Canal, Charlie apercevait d'autres personnes en livrée rouge et or. Elles tenaient des plateaux et distribuaient à manger et à boire. Les enfants grignotaient des... Le bateau ralentit et Charlie put voir de plus près. Oui, c'était bien ça ! Des petits lions en sucre, roses, verts, jaunes ou bleus. Le garçon éclata de rire. Il en voulait un.

# La marche du bucintoro

Lorsqu'ils atteignirent le palais des Doges, une série de vingt et un coups de canon retentit. Plusieurs morceaux de mosaïque se détachèrent de la façade de la basilique. Entre chaque détonation, on les entendait tomber par terre. (« Peu importe, murmura le doge. Ça vaut la peine. »)

La foule rassemblée sur la *piazza* et autour du palais des Doges était immense. Il y avait là des moines, des prêtres et des bonnes sœurs, les aristocrates et les citoyens de Venise, des touristes et des enfants, des pianistes et des pêcheurs, des footballeurs et des professeurs, des mendiants et des ivrognes, des journalistes et des bénévoles, des écrivains et des administrateurs, des chiens et des chats, des travailleurs et des fainéants, des serveurs et des danseurs, et un jeune Anglais avec une veste en cuir... Tous les gens de Venise qui ne se trouvaient pas sur un bateau étaient rassemblés là. (À l'exception de petits groupes discrets de gondoliers réunis au central téléphonique, à la gare, à l'*Arsenale*, au siège de la télévision et à la banque centrale, qui tous étaient fermés en raison de la cérémonie. Rapidement et prudemment, en sifflotant entre leurs dents et en échangeant des petits sourires, les gondoliers s'introduisirent par effraction dans ces locaux, changèrent les serrures et piratèrent les ordinateurs.)

Un chat observait tout cela de loin.

Au moment où apparut le *bucintoro,* la Marangona se mit à sonner et une clameur s'éleva. Des drapeaux claquaient fièrement dans le ciel bleu éclatant – rouge et or, bleu et or – et les musiciens à bord des embarcations furent bientôt rejoints par un orchestre installé sur le balcon du doge. Ils ne jouaient pas en rythme, mais cela n'avait pas d'importance, le son était grandiose, et encore plus avec l'entrée en lice des cloches de toutes les églises de Venise : le Redentore et la Salute, Santa Maria dei Frari et dei Gigli, des Gesuati et de la Pietà. Une vieille femme dans la foule dit que même les églises englouties de San Michele et de San Giorgio Maggiore participaient au chœur du fond de l'eau.

– Elles réapparaîtront ! crièrent les Vénitiens.

– Elles réapparaîtront ! crièrent les bateliers.

– Elles réapparaîtront ! crièrent les enfants et les touristes, les prêtres et les ivrognes.

Le doge sourit.

Les bateaux se rapprochèrent en cercle.

Des gens tombèrent dans le *Bacino* tant il y avait de monde sur les rives. D'autres s'empressèrent de les repêcher en ajoutant leurs cris au chaos.

Primo se tourna vers Charlie. « Maintenant », lui dit-il d'un geste.

Charlie bondit sur la plate-forme dorée où se tenait son ami, visible aux yeux de toute la ville de Venise, et très vite il dévoila l'énorme et terrifiante tête cachée par le bandage.

Primo leva la tête et secoua sa magnifique crinière.

Charlie appuya sur le bouton de la télécommande et les grandes ailes couleur crème se déployèrent comme si elles étaient vivantes. Primo retroussa ses grosses babines noires dans une grimace fière et ses deux longues dents aiguisées, incurvées par-dessus sa mâchoire au pelage doré, brillèrent dans la lumière du soleil.

Les gens le regardèrent.

Les gens retinrent leur souffle.

Venise, qui avait accueilli durant des siècles tout ce qui était synonyme de richesse et d'étrangeté, n'avait jamais rien vu de semblable.

Primo poussa un rugissement.

# CHAPITRE DOUZE

– Qui est Mabel ? venait de demander Aneba.

– Mabel Stark, répondit Julius. La petite amie de Maccomo. Elle est géniale.

– Pourquoi dis-tu « la petite amie de Maccomo ? », intervint Madame Barbue. C'est surtout la plus grande dompteuse de tigres au monde. C'est plus important que de savoir si c'est la petite amie de Machinchose...

– Désolé, dit Julius.

Magdalen était restée muette jusqu'à présent.

– Elle est à bord ? demanda-t-elle.

– Oui, répondit Julius. Ses tigres ont remplacé les lions dans le spectacle.

– Les tigres n'ont pas envie de retourner chez eux, comme les lions ? s'enquit Aneba.

– Non. Ils sont nés et ont été élevés à l'intérieur du cirque. En liberté, ils ne sauraient pas se débrouiller. Les lions de Maccomo, eux, ont été capturés.

Julius prit un air dégoûté.

– Alors, où est-elle ? insista Magdalen.

La nervosité était perceptible dans sa voix.

– Mabel ? Elle est... Je vais aller la chercher, dit Julius. En attendant, restez cachés.

– Je vais les conduire dans ma cabine, proposa Madame Barbue. Le Major Tib répète sur la piste ; il ne les verra pas. Ils seront à l'abri.

C'est ainsi qu'Aneba et Magdalen se retrouvèrent dans la petite cabine bien rangée de Madame Barbue, où ils firent connaissance de Pirouette la trapéziste et burent une infusion de tilleul, en attendant l'arrivée de la dresseuse de tigres.

Quand elle fit son entrée, farouche et belle dans sa tenue d'entraînement en cuir écarlate lacérée de coups de griffes et de traces de morsures, avec ses cheveux roux flamboyants nattés, tenant dans sa main pâle et musclée son fouet et ses gants, la célèbre dompteuse posa les yeux sur Magdalen et s'évanouit.

Lorsqu'elle revint à elle, elle faillit s'évanouir de nouveau.

– Toi ! s'exclama-t-elle. Toi !... Ce garçon... ce sale petit voleur... est ton fils ?

– Oui, très chère, répondit Magdalen.

Comme vous pouvez l'imaginer, les autres restèrent hébétés.

– Je refuse de t'aider, déclara Mabel. Je refuse d'aider ce gamin. Il a ruiné Maccomo. Il a... Même si je le pouvais, je ne l'aiderais pas. Je m'en fiche.

– Mabel ? fit Aneba.

Elle se tourna vers lui.

– Vous êtes Mabel ?

– Oui !

Julius, Madame Barbue et Pirouette étaient en émoi.

Aneba se tourna vers eux, mais Magdalen fut la première à parler :

– C'est ma sœur. Elle s'est enfuie de la maison pour rejoindre le cirque. On... on ne s'était pas revues depuis longtemps.

Quand Primo avait rugi à Paris, toute la ville avait tremblé. Quand il rugit de nouveau, Venise s'arrêta de respirer.

Ce son à la fois beau, triste et inquiétant glissa à la surface de l'eau, pénétrant dans les oreilles, les tripes et les cœurs de tous ceux qui l'entendirent... et tout le monde l'entendit.

Le doge, qui se trouvait aux premières loges, et qui donc voyait les crocs en gros plan, s'évanouit sur le pont du bateau. Les soldats de sa garde personnelle, qui l'encadraient, tentèrent de le retenir, mais ils étaient trop abasourdis par ce rugissement pour réagir à temps.

Les autres lions se dressèrent sur leurs pattes et entourèrent leur père, leur frère, leur cousin venu des temps anciens.

Les gens qui se trouvaient à bord des embarcations voisines avaient les yeux écarquillés et le souffle coupé. Certains s'accrochèrent aux garde-fous, d'autres basculèrent par-dessus bord.

Les gens qui étaient derrière s'écriaient :

– Que se passe-t-il ? Que se passe-t-il ?

Ceux qui étaient devant répondaient d'une toute petite voix :

– Le lion... C'est le lion...

Les gondoliers affichaient des sourires éclatants.

Edward, à bord de sa gondole dorée réservée aux invités d'honneur, devint blanc comme un linge et prit son téléphone.

Rafi, perplexe, murmura :

– Je ne me souviens pas de ce lion...

Claudio sauta à côté de Primo, s'empara d'un mégaphone et, tandis que le dernier rugissement s'éloignait à la surface de la lagune, il s'écria :

– Citoyens de Venise ! Le lion est revenu ! Le lion de saint Marc, notre noble, magnifique et saint patron, est revenu vers nous, en ces temps difficiles, pour lever la malédiction et rendre Venise à son peuple ! Regardez comme ce doge obscène tremble sur le pont de l'Histoire ! (En effet, le doge tremblait comme une feuille.) Regardez comme ses infâmes soldats tremblent devant la Vérité ! (Les hommes de la garde du doge regardèrent autour d'eux. Il parlait d'eux ?) Regardez comme ce noble lion montre les dents pour défendre la Liberté, et comme sa voix superbe s'élève pour prôner la Démocratie et la Justice ! Doge, présente-toi devant le lion de la cité de Venise ! Prosterne-toi devant la volonté du Peuple !

Le doge s'était levé, pâle comme un spectre. Ses soldats

l'entourèrent, arme au poing, mais un groupe de rameurs se dressa face à eux.

– Jamais ! lança le doge d'une voix tremblante. Jamais ! Le doge ne se prosterne pas devant de vulgaires chiens !

– Citoyens de Venise, s'écria Claudio, votre prétendu leader vous traite de chiens !

Un ou deux soldats paraissaient très nerveux ; leurs doigts s'agitaient sur la détente de leurs armes. C'est alors que le Jeune Lion s'avança. Il vint se planter devant le groupe de soldats et posa sur eux son regard pénétrant et menaçant. Très vite, les autres lions l'imitèrent. Et ils se mirent à grogner, à voix basse. Le Jeune Lion sortit ses griffes et gratta délicatement le pont. Les musiciens du doge avaient cessé de jouer depuis longtemps et le raclement des griffes sur le bois porta au loin.

Un des soldats du doge leva son arme et mit en joue le Jeune Lion. Un silence horrifié s'abattit sur la scène, et juste au moment où le Jeune Lion s'apprêtait à bondir, une voix d'enfant s'éleva :

– VOUS N'AVEZ PAS LE DROIT !

C'était Lavinia, qui venait de surgir au premier rang de la foule.

– Vous n'avez pas le droit de faire du mal à ce lion ! s'écria-t-elle d'une voix aiguë.

Derrière elle, un millier de voix se joignirent à la sienne ; celles de la *signora* Battistuta, de la mère d'Alessandro, de Donatella, des grands-mères, de l'équipe de télévision... tout le peuple de Venise.

Le soldat du doge s'empressa de baisser son arme. Il n'avait que dix-huit ans et il n'avait aucune envie de tuer le lion. De toute façon, il trouvait que le doge était un vieux type très grossier. Quelques minutes plus tard, les gondoliers et les autres bateliers avaient entouré la garde personnelle du doge et celle-ci se rendait.

Des applaudissements jaillirent dans la foule.

Charlie assistait à tout cela d'un air hébété.

Primo, toujours dressé fièrement sur son piédestal, baissa la tête et souffla :

– Charlie ! Je reste ici.

– Mais voyons, Primo...

Primo le toisa et déclara :

– J'ai décidé de rester ici, mon garçon.

Charlie avala sa salive. Qui était-il pour oser dire « non » à un lion préhistorique aux dents de sabre ?

– Mais, Primo... intervint le Jeune Lion.

En voyant l'expression du smilodon, il n'en dit pas plus.

La lionne argentée se tourna vers Primo d'un air triste.

– Es-tu malade à ce point ? demanda-t-elle.

Primo baissa les yeux vers elle et murmura :

– Oui, je suis malade. Et ces gens m'aiment. Comme moi, cette ville est hors du temps. Je vais rester avec eux et je sombrerai avec eux. Ils seront heureux.

Charlie s'aperçut qu'il avait de grosses larmes dans les yeux. Le Jeune Lion avait enroulé sa queue autour de sa jambe.

– Charlie, lui glissa Claudio, qu'est-ce qu'ils disent ?

– Primo veut rester ici.

– *Favoloso !* s'exclama Claudio.

La foule devenait de plus en plus bruyante et pressante.

Charlie regardait Claudio d'un air absent.

– Ton bateau t'attend, lui rappela celui-ci. À moins que tu ne veuilles rester, toi aussi ?

– Non, on...

Il s'apprêtait à dire « on s'en va », lorsqu'il prit conscience d'une terrible chose : il n'avait pas envie de partir. Il voulait rester ici, trouver ses parents et rentrer chez lui.

Mais comment annoncer cela aux lions ?

Certes, Claudio veillerait sur eux durant la traversée... mais ils avaient vécu tellement de choses ensemble. Il ne voulait pas les laisser tomber maintenant.

Elsina embrassait Primo. Le Vieux Lion lui parlait à voix basse. La foule jubilait :

– LEONE ! MARCIANO ! LEONE ! VENEZIA !

On se serait cru dans le plus grand stade de football du monde.

Claudio sauta de nouveau à côté de Primo, avec son mégaphone. Il fallut un rugissement du smilodon pour faire revenir le calme.

– Charlie, dit Primo, demande à ton ami de traduire.

Pendant que Primo parlait, Charlie traduisait dans sa langue pour Claudio, qui traduisait ensuite en vénitien.

– Moi, Primo, lion de saint Marc, je suis revenu à

Venise. J'ai décidé de rester ici avec vous. Vous autres, citoyens de Venise, êtes mes protecteurs. Mes frères et sœurs vont partir. Mon ami humain aussi va partir. Mais mes dents restent à votre service...

En prononçant ces mots, Primo dévoila ses crocs dans un large sourire et plusieurs autres personnes s'évanouirent.

Le rugissement qui monta alors de la foule surpassait celui de Primo, et il débordait d'amour. Le doge lui-même en prit conscience, alors que les rameurs l'enveloppaient délicatement dans sa cape de velours rouge pour l'entraîner au fond du bateau.

– Venez, monsieur, murmuraient-ils. Vous voyez bien qu'on ne veut plus de vous...

Charlie, lui, continuait à penser aux lions. *Je vais les emmener*, se disait-il. *Je ferai au moins une partie du chemin avec eux. Ensuite, je leur expliquerai pourquoi je dois repartir et ils comprendront. Je ne peux pas changer le plan maintenant, je...*

– Primo ! lança-t-il.

Le lion aux dents de sabre se tourna vers lui.

– Au revoir, dit Charlie.

Primo le regarda longuement.

– Merci, Lion Boy.

C'est ainsi que Charlie et les autres lions, après des adieux brefs, mais émouvants, quittèrent discrètement le *bucintoro* par l'arrière pour sauter sur le pont du gros hors-bord à moteur solaire fourni par Claudio et ses amis, chargé de vivres et avec assez d'argent pour assurer leur fuite. Si tout s'était déroulé conformément au plan, le sac de Charlie aurait dû également se trouver à bord.

– Viens, Claudio ! souffla Charlie.

Un petit rassemblement de bateaux (des gondoles, des *vaporetti*, des canots à moteur et même un « bateau laitier », qui livrait chaque jour le lait venant du continent, et une barque surchargée d'ornements qui appartenait au beau-frère de Claudio et transportait habituellement des glaces) les dissimulait de tous les côtés aux yeux des curieux en ballottant sur les vagues provoquées par toutes ces embarcations qui tournaient en rond. Malgré cette protection, ils devaient faire vite.

– Charlie... je ne viens pas avec vous, dit Claudio sur le pont du *bucintoro*. Je ne peux pas partir maintenant. Regarde ça ! Je suis obligé de rester. Je veillerai sur Primo. Il est superbe.

Charlie et les lions échangèrent un regard.

– Bien, dit le Vieux Lion.

– C'est normal, dit la lionne jaune.

– Mais... ! s'exclama Charlie.

Son désespoir se lisait sur son visage. Si Claudio restait, il était impossible à Charlie de laisser les lions livrés à eux-mêmes. Seuls, ils étaient en danger et seraient incapables de piloter le bateau ! Comment pourrait-il les abandonner pour retrouver ses parents ? Mais le temps qu'il dépose les lions au Maroc, ses parents pourraient se trouver n'importe où !

Les larmes jaillirent de nouveau dans ses yeux et il

détourna la tête pour les cacher. Il ne voulait pas inquiéter les lions. Il devait se montrer courageux. Il chassa ses larmes en battant des cils, se retourna vers Claudio et lui tendit la télécommande de Primo.

– Bonne chance ! lança-t-il d'une voix mal assurée.

La foule acclamait Primo. Claudio avait repris le mégaphone pour prononcer de belles paroles où il était question de liberté, de rédemption et de la gloire de Venise.

– Charlie ? fit une petite voix.

C'était le Jeune Lion.

– Il faut que tu restes, toi aussi ? demanda-t-il. Si tu dois rester, dis-le. Tu as déjà beaucoup fait pour nous.

Les autres l'avaient rejoint, déterminés et splendides ; leurs yeux de lions étaient remplis de compréhension.

Charlie éclata en sanglots. Comment aurait-il pu abandonner des animaux aussi gentils et généreux ?

– Non, je...

– On se débrouillera, tu sais, assura le Vieux Lion.

Une des lionnes lui offrit sa queue pour qu'il sèche ses larmes.

– Mais décide-toi vite, dit une autre en regardant par-dessus son épaule la flotte d'embarcations qui tanguait autour d'eux.

– Je...

– Tu vas partir, mon p'tit gars, dit une voix éraillée. Tes parents te trouveront bien, va. Ils sont allés au Cirque et quelqu'un leur dira que tu es parti au Maroc. Alors, en route ! Pars avec tes copains. Tu peux pas rester. J'te rappelle que ta tête est mise à prix.

– Sergueï ! s'exclama Charlie. Sergueï ! Oh, je suis désolé pour...

– Tais-toi donc. J'suis redescendu de mes grands chevaux. Laisse tomber. Dépêche-toi de filer !

– Tu viens avec nous ? demanda Charlie.

– Oui. En tout cas, jusqu'à ce que tu daignes me renvoyer dans cette foutue ville de Paris, avec une missive pour tes très estimés parents.

Charlie ne pouvait plus s'arrêter de sourire.

– Donne-moi une bonne raison de te dire où ils sont allés, dit Mabel.

– C'est mon fils et ton neveu, voilà une bonne raison, répondit Magdalen.

– C'est un voleur et un fauteur de troubles ! répliqua-t-elle. Donne-moi une bonne raison de ne pas partir seule pour aller récupérer les lions.

– Ils veulent être libres, répondit Aneba.

Mabel le dévisagea.

– Comme c'est émouvant, ironisa-t-elle avec son sourire éclatant. Voici ce qu'on va faire. On va tous partir à leur recherche. J'ai mérité de prendre de l'avance, je pense. Non ? Je vous tiendrai au courant...

Sur ce, elle s'en alla.

– Pourquoi elle vous hait à ce point ? demanda Julius.

– Oh, c'est une longue histoire, dit Magdalen.

Charlie ne savait pas piloter un hors-bord, mais ça n'avait guère d'importance.

Le temps qu'ils traversent la grande lagune vert-de-gris et qu'ils dépassent le Lido, la dernière île de Venise, pour déboucher sur la mer Adriatique, il avait pigé comment manier le volant. Peu de temps après, il découvrit l'ordinateur de bord avec son système de navigation et son écran portatif qu'il pouvait utiliser dans la cabine aussi bien que dans le cockpit. « Essaouira non stop », entra-t-il dans la machine et il sourit en voyant apparaître la réponse : « Cap au sud. Côtes de Barbarie. Essaouira non stop, conformément aux instructions. »

– Super !

Maintenant qu'il avait les mains libres, il pouvait ôter ces collants ridicules. Mais il aimait bien le pourpoint. Ouvert, avec son vieux pantalon en toile, ça faisait super cool. Mais on aurait dit que son pantalon était devenu trop petit.

– C'est pas grave, murmura-t-il en roulant le bas.

Il avait l'impression de ressembler à un pirate.

Couché à ses pieds, Sergueï râlait, comme toujours.

Derrière eux, alors qu'ils voguaient vers l'Afrique, Charlie et les lions entendaient encore résonner les cloches, et s'ils s'étaient retournés, plus tard dans la soirée, ils auraient vu le ciel au-dessus de Venise illuminé par des feux d'artifice. Mais ils ne regardèrent pas derrière eux. Ils étaient partis. Ils étaient libres.

# CHAPITRE TREIZE

Sur la chaussée de marbre qui s'étendait devant le palais des Doges, Rafi progressait difficilement au milieu de la foule en liesse, sur les bords du canal, pour se diriger vers la lagune. Avant, il s'était frayé un chemin jusqu'aux premiers rangs, et là, il avait vu cet étrange lion colossal avec ses deux énormes crocs. Il avait vu également Charlie, perché à côté du lion fabuleux et de ce gondolier qui s'adressait à la foule. Il avait vu les autres lions aussi. Et soudain, il ne les avait plus vus.

Les Vénitiens étaient trop occupés à détrôner le doge pour se soucier de cette disparition, mais Rafi, lui, ne s'intéressait qu'à une seule chose, et voilà que cette chose semblait avoir disparu de la surface de la terre. Évidemment, Rafi savait que c'était impossible. Même s'il est plus facile de disparaître au milieu de la foule que dans un endroit désert.

Ses proies étaient juste là, devant ses yeux, et un instant plus tard, elles n'y étaient plus. Alors que leur bateau était encerclé par d'autres bateaux.

Conclusion : elles étaient passées en douce sur un autre bateau. Logique.

Ha ha. Rafi se souvint de celui qu'il avait vu le matin, à bord duquel se trouvait le sac de Charlie. Ils avaient donc un plan : monter dans une embarcation et ficher le camp.

Mais pour aller où ?

Ils partiraient vers le large, ou bien vers un port quelconque sur la côte, à moins qu'ils ne retournent sur le continent au nord ou qu'ils aillent sur une des îles de la lagune, ou même vers les terres de Yougoslavie. Le fait qu'ils soient sur un bateau ne voulait rien dire : on peut difficilement quitter Venise sans bateau, à moins d'emprunter l'unique route ou l'unique voie ferrée. Mais les bateaux mènent dans beaucoup plus d'endroits.

Autour de lui, les gens, heureux et survoltés, faisaient des bonds, s'étreignaient, s'apostrophaient et chantaient ; ils étaient amoureux des lions et fous de joie d'être enfin débarrassés du doge. En cette magnifique journée ensoleillée, Rafi était la seule personne en colère à Venise : il n'était qu'une boule de colère noire ardente, pleine de ressentiment.

En fait, ce n'était pas tout à fait exact. Edward était en colère, lui aussi. Mais pas comme vous pourriez l'imaginer. Edward était en colère contre lui-même.

Face à ce tohu-bohu, Edward s'empressa, avec un certain succès, de donner l'impression d'être totalement du côté des lions.

– Longue vie au lion de saint Marc ! s'exclama-t-il.

Claudio le regarda bizarrement.

– C'est merveilleux, n'est-ce pas ? lança Edward d'un ton très convaincant.

– Quoi donc ? demanda Claudio.

– Les lions de Sa Majesté ! Quelle joie ils procurent aux habitants de Venise ! Sa Majesté sera enchantée ! Elle adore le peuple de Venise ! Formidable ! Formidable ! *Meraviglioso !* clama-t-il en italien pour faire bonne mesure, afin que les Vénitiens sachent bien qu'il était de leur côté, et non pas du côté de ce vieux doge épouvantable.

Claudio ne parvenait pas à masquer son dégoût et, juste avant d'être emporté vers la basilique par la foule extatique en compagnie de Primo, il glissa à Edward :

– Si Sa Majesté savait ce que vous avez fait à ses amis les lions et à son jeune ami Charlie, elle serait TRÈS TRÈS EN COLÈRE !

Ce fut le mot « ami » qui arrêta Edward et le fit réfléchir.

Il se hâta de regagner le *palazzo*, loin de cette foule déchaînée, en criant « *Viva il leone !* » (Vive les lions !) chaque fois qu'il se croyait observé.

Le roi serait en colère !

Pourtant, si Edward avait fait tout ça, c'était dans l'intérêt du roi ! Pour que le roi et le doge redeviennent amis ! Certes, les choses avaient plutôt mal tourné, car le doge avait perdu son trône au même moment, mais Edward ne pouvait pas le prévoir ! Tout ce qu'il voulait, c'était que le roi soit heureux. Edward lui était entièrement dévoué. Jamais il n'aurait fait quoi que ce soit pour le contrarier. S'il ne lui avait rien dit, c'était pour lui faire la surprise lorsque le doge serait redevenu son ami.

Pourquoi le roi serait-il en colère contre lui ?

Pour avoir enfermé ses amis, les avoir dupés et avoir essayé de s'en débarrasser comme s'il se fût agi de vulgaires objets et non pas d'êtres vivants doués de raison... les amis du roi Boris, par-dessus le marché.

Évidemment, vu sous cet angle... Ses amis...

Oh, mon Dieu.

Le roi Boris serait furieux, assurément.

Edward était une personne sensée. Il n'essaya pas de rejeter la faute sur quelqu'un d'autre. Aussitôt arrivé au *palazzo*, il téléphona au roi Boris.

– Ah, je suis content de vous entendre, dit le roi, qui avait reçu la lettre de Charlie seulement une demi-heure plus tôt et qui réfléchissait intensément à la situation. J'allais vous appeler, justement. Que se passe-t-il, au juste ?

– Le doge a été renversé ! annonça Edward.

– Tant mieux, dit le roi Boris. C'était un homme épouvantable. Je ne l'ai jamais aimé. Les Vénitiens vont-ils enfin avoir une république ? Je l'espère. Je pensais en instaurer une, ici aussi... à condition que j'en sois le président... Mais c'est un autre sujet. Donnez-moi plutôt des nouvelles de Charlie et de ces bêtes merveilleuses. Ont-ils quitté Venise ? Ont-ils trouvé un bateau ? Comment avez-vous fait pour la nourriture ? Le problème du stockage de la viande m'a beaucoup tracassé, car je suppose qu'ils n'ont pas envie d'accoster en permanence pour s'approvisionner... Quelle route ont-ils prise ? Je n'aimerais pas qu'il y ait le moindre retard.

Edward déglutit, rougit et remercia sa bonne étoile qui lui permettait de dire au roi, sans mentir, que les lions et Charlie voguaient vers leur destination.

– Parfait, s'exclama le roi. Bravo !

– Merci, Votre Majesté, dit Edward d'une voix tremblante.

– Je sais féliciter ceux qui le méritent... répondit le roi.

Il y eut un court moment de silence, qu'Edward rompit après s'être raclé la gorge :

– Euh... oui, Votre Majesté.

Même lui n'osait pas s'attribuer de manière éhontée le mérite de ce qu'il avait tenté d'empêcher par tous les moyens.

– Et punir les autres, ajouta le roi d'un ton où perçait une certaine sévérité.

– Euh... oui, Votre Majesté.

Le roi demeura silencieux, suffisamment longtemps pour qu'Edward comprenne que c'était à lui de dire quelque chose.

– Je suis désolé, Votre Majesté. Je... je pensais avoir un meilleur plan... Je croyais être plus malin...

– Ne croyez jamais ça, Edward. Tant que vous travaillerez pour moi.

– Oui, monsieur.

Vous aurez compris que le roi préférait résoudre le problème sans être obligé d'accuser Edward et de se mettre en colère contre lui. Voilà ce qu'on appelle la diplomatie. C'est une très bonne façon d'obtenir exactement ce qu'on veut.

– Très bien, conclut le roi Boris.

Les lions étaient heureux. Follement heureux de se retrouver au grand air, de rentrer chez eux, d'être libres. Le Vieux Lion, debout à la proue du bateau, ressemblait au lion doré à l'avant du *bucintoro* ; il regardait vers le sud en direction de l'Afrique, avec une expression poétique, alors que les embruns salés écumaient devant lui. Quant aux lionnes, au grand étonnement de Charlie, elles formèrent un cercle en coinçant dans leur gueule la queue de celle de devant, et elles exécutèrent une danse majestueuse en tournant en rond sur le pont. Le Jeune Lion, lui, s'étira, roula sur lui-même, fit des cabrioles, puis courut d'un bout à l'autre du bateau, encore et encore, sans s'arrêter. Elsina se mit en boule et s'amusa à rouler dans tous les sens pour faire trébucher les autres.

Sergueï préféra se poster à un endroit sûr à l'intérieur du cockpit. Il assistait à ce spectacle en secouant la tête. Pour lui, ces lions étaient tous complètement givrés.

Charlie souriait. Le soleil brillait et ils voguaient vers le sud, ses parents étaient libres, lui aussi, et piloter ce bateau, c'était super-génial. Il pouvait le conduire comme il voulait, accélérer ou ralentir, tandis que le système de navigation informatisé veillait à ce qu'il ne percute aucun obstacle. Il avait entré leur destination dans l'ordinateur et celui-ci les conduirait à Essaouira en évitant les embûches et en leur conseillant de bons restaurants sur la route. Hélas, Charlie ne pouvait pas demander à l'ordinateur d'éviter tout risque de rencontrer d'autres êtres humains.

Ainsi ils filaient sur la mer, gonflés à bloc, avec des vivres et de l'eau, aussi joyeux qu'on peut l'être.

– Je propose un toast ! lança le Vieux Lion du haut de son piédestal.

Il semblait d'humeur étonnamment enjouée pour une fois et sa longue crinière bouclée flottait au vent.

– À nous tous ! commença-t-il. Nous avons magnifiquement atteint le but que nous nous étions fixé. À notre courage et à notre patience, qu'ils nous accompagnent longtemps encore. À nos frères et à nos sœurs, et à Charlie notre véritable ami, sans qui nous n'aurions jamais pu faire tout ça !

Charlie se sentit rougir.

Sergueï ricana.

– Et à notre nouvel ami Sergueï, ajouta le Vieux Lion, auquel, crois-je savoir, nous devons également adresser quelques remerciements pour l'aide qu'il a apportée aux parents de Charlie.

– Très honoré, dit Sergueï.

Le Jeune Lion haussa un sourcil.

Charlie donna un petit coup de pied à Sergueï pour le taquiner.

Sergueï se leva.

– Tout le plaisir est pour moi, dit-il. Et... euh... très honoré.

Sur ce, il se rassit.

– Claudio me manque, avoua Elsina. Il était si poli. Primo, en revanche, je ne le regrette pas vraiment. Il était gentil, mais si... triste. Je suis bien contente qu'on se retrouve entre nous. Rien que notre bande.

La lionne jaune donna une petite gifle à Elsina avec sa patte.

– Moi, dit le Jeune Lion, je suis très très content qu'on ait repris la route. Très très très content.

Charlie lui adressa un grand sourire, car il ressentait exactement la même chose.

– Eh bien, Sergueï, reprit le Vieux Lion. Raconte-nous tout. Que s'est-il passé pendant que nous étions enfermés dans le Cirque et les palais ?

Sergueï le regarda en plissant les yeux et en se grattant le derrière.

– Pas grand-chose, dit-il. Le monde a été envahi par des félins génétiquement modifiés qui donnent de l'asthme aux enfants, pour que la Corporation puisse gagner un maximum de fric en fourguant des médicaments à leurs mamans et à leurs papas qui les aiment. Et les deux profs ont été kidnappés parce qu'ils ont osé trouver un traitement. On les a emmenés dans une des communautés de la Corporation pour leur faire un lavage de cerveau. Mais ils ont réussi à s'échapper, essentiellement grâce à Lion Boy ici présent, et aussi grâce à moi, évidemment. Maintenant, on va tous se retrouver chez vous là-bas et, euh... on vivra heureux. Enfin, vous, mais pas moi, car je suis une misérable anomalie génétiquement modifiée et dépressive. Voilà, c'est à peu près tout.

– Qu'est devenu Rafi ? demanda la lionne argentée avec un petit sourire.

Elle n'avait pas bu de sang frais depuis bien longtemps quand elle avait goûté celui de Rafi, et elle en gardait un souvenir ému.

– M. le Frimeur ? Il est sorti de l'hôpital où vous l'avez vous-même envoyé, madame, je crois. Et je parie que maintenant, il nous poursuit, aussi vite que le lui permettent ses petites jambes. Sauf qu'il ne sait certainement pas où on va. Mais la Corporation voudra récupérer tes parents, Charlie, et comme Rafi était censé te livrer à la Corporation, toi aussi, il va peut-être penser que tu es plus facile à attraper. Tu fais un excellent appât, si tu vois ce que je veux dire. Pour obliger tes parents à retourner là-bas.

– Cela signifie que Rafi devait m'emmener au même endroit que mes parents ? demanda Charlie. Et pendant tout ce temps, je leur ai couru après, alors que si j'étais resté sagement avec lui, je me serais retrouvé avec eux pour finir.

– Euh... oui, dit Sergueï.

– Mais alors, je...

– C'est juste, le coupa Sergueï, mais ils t'auraient drogué, ils t'auraient lavé le cerveau et tu aurais été un fardeau pour tes parents. Alors qu'en étant libre et en courant partout pour jouer les jeunes héros, tu représentais un défi et une motivation. Avec toi, ils auraient eu plus de mal à s'enfuir. Au contraire, en sachant que tu étais ailleurs, ils étaient obligés de s'enfuir.

Charlie comprenait la logique de ce raisonnement.

– Écoute-moi, ajouta Sergueï. Les chats de Paris savent que vous allez au Maroc. Ils se débrouilleront pour transmettre l'info à ta mère et à ton père. Tes parents finiront bien par te retrouver, ils suivront tes traces. N'oublie pas que ce sont de brillants savants. Ils te retrouveront !

– Et Rafi aussi, peut-être, dit Charlie.

– Ne t'inquiète pas pour ça, le rassura Sergueï. Regarde avec qui tu voyages.

– Sergueï a raison, ne t'en fais pas, intervint la lionne argentée. On s'occupera de lui.

On aurait dit qu'elle allait se lécher les babines.

Mais le Vieux Lion émit un grognement en guise d'avertissement. Charlie comprit ce qu'il signifiait : les lions n'étaient pas censés manger des êtres humains. Pas sur le territoire des humains, du moins.

Aneba suivait Magdalen, qui suivait Mabel à travers la gare, en direction d'un guichet.

– Fiche le camp ! lança Mabel par-dessus son épaule.

– Je fais ce que je veux, répliqua Magdalen.

– Chérie, intervint Aneba, crois-tu que ce soit la meilleure façon de...

– Oui, le coupa Magdalen. À moins que tu n'aies quelque chose de mieux à proposer.

– Euh... ta sœur...

– Je sais, dit Magdalen. C'est étrange, mais pour l'instant, on doit avant tout découvrir où est notre fils, ou bien l'endroit où il sera bientôt, et cette sale petite peste rousse va nous y conduire, qu'elle le veuille ou non.

– Fiche le camp, répéta Mabel.

– Non ! rétorqua Magdalen.

Une fois devant un guichet, Mabel fit exprès de parler à voix basse à l'employé pour que sa sœur ne l'entende pas. Magdalen se pencha par-dessus son épaule, sans vergogne, et dès que Mabel eut obtenu son billet, elle s'empressa de prendre sa place et elle dit :

– Deux autres billets identiques, s'il vous plaît. Avec des sièges voisins, ajouta-t-elle en adressant un magnifique sourire au guichetier.

Mabel essayait maintenant de les distancer sur le quai, mais Magdalen s'accrochait à ses basques, suivie de près par Aneba.

– Fiche le camp ! cria Mabel.

– Je ne suis plus ta petite sœur ! répliqua Magdalen. Tu ne peux plus me dire ce que je dois faire.

Mabel se retourna et la foudroya du regard.

– *Fiche le camp,* cracha-t-elle comme un serpent.

– C'est ta spécialité, hein ? rétorqua Magdalen. De ficher le camp. Tu as disparu du jour au lendemain sans dire à personne où tu allais, pendant dix-neuf ans !

L'espace d'un instant, Aneba crut que Mabel allait frapper sa sœur. Mais elle se retint. Elle inspira à fond et la toisa d'un air hautain.

– Je ne te ferai pas l'honneur de répondre.

– Oh, sois un peu adulte ! railla Magdalen.

– Allons, les filles ! s'exclama Aneba. (Il était sur le point de dire : « Jouez gentiment ; sinon, je vous envoie toutes les deux dans vos chambres ! ») Faites un effort. On va voyager ensemble.

– Vous, vous faites ce que vous voulez, répondit Mabel. Moi, je voyage seule.

Mabel nageait en pleine confusion, pour un certain nombre de raisons, confuses elles aussi. Jusqu'alors, elle menait une existence tranquille à Paris ; dompteuse de tigres renommée, elle voyageait dans le monde entier, elle était heureuse. Et soudain, voilà que son ancien fiancé réapparaissait, qu'il voulait dîner avec elle, et qu'il s'était comporté bizarrement : de manière affectueuse, mais comme si c'était *elle* qui l'avait invité. Puis il lui avait présenté son drôle de copain (les garçons de cet âge la rendaient nerveuse et celui-ci n'avait pas fait exception à la règle) et elle avait dû parler affaires avec lui au cours de leur dîner. Le soir même, les lions de Maccomo disparaissaient, tous les six, volatilisés, alors qu'il était toujours d'une extraordinaire prudence avec eux, comme elle avec ses tigres adorés. Puis Maccomo disparaissait à son tour, sans un mot pour elle, alors que pendant tout le dîner il lui avait répété combien il était heureux de la retrouver. Et ensuite... Magdalen faisait son apparition ! Sa petite sœur ! Devenue adulte, mariée, professeur, mère. Quand Mabel avait quitté le foyer familial, Magdalen n'avait que treize ans, c'était une petite boulotte avec des cheveux dans tous les sens. Regardez-la maintenant ! Et son fils n'était autre que le Lion Boy de Maccomo !

Mabel n'était pas retournée chez elle depuis l'âge de quinze ans. Elle n'avait pas revu sa mère ni ses amis ni personne. Elle s'était séparée de son enfance comme on coupe une branche d'arbre.

Et maintenant, sa sœur... sa petite sœur... Mabel sentait son estomac se nouer.

Maccomo lui avait dit que le garçon prénommé Charlie avait un bon contact avec les animaux, mais comment un enfant pouvait-il s'enfuir avec six lions ?

Par ailleurs, le Major Tib lui avait appris que Maccomo droguait ses lions. On avait retrouvé des traces de médicament. Il les droguait !

Si elle avait eu Maccomo sous la main, elle se serait jetée sur son fouet en peau de rhinocéros pour le corriger. On ne drogue pas des félins. Même des lions, qui ne sont pas aussi magnifiques que les tigres, évidemment. Ça ne se fait pas. Or Maccomo les droguait chaque jour, depuis on ne savait combien de temps.

L'enfant n'était pas obligatoirement au courant. Il s'était enfui avec un groupe de lions subitement privés de leur drogue ; chaque jour, ils devaient devenir plus forts, plus sauvages et plus indépendants, tout en étant déboussolés par le changement qui survenait en eux. Peut-être même étaient-ils affolés et en état de manque.

Pauvres bêtes...

Pauvre garçon aussi.

Que manigançait Maccomo ?

Mabel dormait mal ces derniers temps. Elle pensait beaucoup à Maccomo ; elle se demandait où il était. Finalement, au cours d'une de ces nuits d'insomnie, elle avait conclu qu'il ne pouvait pas être responsable de la disparition des lions. Donc, il voudrait les récupérer. Donc, il découvrirait où ils étaient et il se rendrait sur place.

Alors, où étaient allés les lions ?

Chez eux, évidemment.

Mais d'où venaient-ils ?

Couchée dans son lit, Mabel avait ri et pris son téléphone. Mme Chan à Hong Kong le saurait. Mme Chan savait d'où venaient tous les grands félins en captivité, pour la bonne raison que c'était elle qui les vendait. C'était la plus grande marchande de félins au monde. Mabel lui avait acheté tous ses tigres.

Mais Mme Chan ne savait pas.

Peu importe. Les marchands de grands félins n'étaient pas si nombreux. Maccomo s'était procuré ses lions par l'intermédiaire de Don Quiroga à Cochabamba en Bolivie, ou par l'intermédiaire de Sidi Khalil à Casablanca. Or ce n'étaient pas des lions latino-américains. Ils venaient d'Afrique. Mabel appela donc Sidi Khalil, qui lui confirma que Maccomo avait acheté ses lions à Majid, un chasseur de lions des forêts d'arganiers près d'Essaouira.

Mabel n'aimait pas laisser ses tigres. Elle n'aimait pas ça du tout. Si le Major Tib n'avait pas été là pour les garder, ainsi que sa propre assistante, Sophie, sur qui elle pouvait compter, sans doute ne serait-elle pas partie. Mais elle était furieuse contre Maccomo. Elle était encore un peu amoureuse de lui, et elle n'acceptait pas qu'un homme dont elle était encore un peu amoureuse parte sans lui dire au revoir, et encore moins qu'il drogue ses lions. Elle voulait une explication, et elle l'aurait, même si pour l'obtenir elle devait se rendre au Maroc.

Assise face à Mabel dans le train qui roulait vers le sud, Magdalen ne savait rien de tout cela. Elle ne voyait que sa grande sœur qu'elle avait adorée, devenue adulte, dompteuse de tigres, magnifique, merveilleuse, avec son sale caractère, son petit ami à l'air effrayant et son indifférence vis-à-vis de son ancienne famille et de son jeune neveu. Face à elle, Magdalen avait l'impression d'être une petite fille. Certes, elle était très furieuse contre Mabel, mais elle avait toujours très envie d'être aimée de sa sœur.

Magdalen se mordillait la lèvre en ayant le sentiment d'avoir six ans.

Mabel prit un air hautain et ferma les yeux.

Rafi se faufilait au milieu de la foule en essayant de s'en échapper. Il enfonça ses mains dans ses poches, remonta d'un geste brusque le col de sa veste en cuir et bouscula les gens autour de lui en leur donnant des coups de coude dans les côtes et en leur marchant sur les pieds délibérément. Il avait envie de leur botter les fesses. Il était dans de sales draps et il avait besoin d'un coup de chance. Ou d'un plan. Ou d'un allié.

Il s'engouffra dans une ruelle et se retrouva sur une place paisible, avec un banc. Il s'y assit, heureux de sentir le soleil sur son visage.

Bon. Voyons ce qu'il avait volé à Charlie.

Il sortit de sa poche le parchemin.

– Ah. C'est quoi, ce truc ? murmura-t-il.

Il le déroula à côté de lui sur le banc de pierre. Mais le parchemin avait été roulé très serré et il n'arrêtait pas de se refermer sur lui-même, ce qui l'obligea à coincer une extrémité sous son genou. Zut, le parchemin était à l'envers. Il le retourna. Il était toujours à l'envers.

Bizarre, cette encre marron.

Rafi fronça les sourcils.

Dans un sens comme dans l'autre, ça ressemblait à de la science.

Il réfléchit.

Il ne savait pas de quoi il s'agissait. Mais il n'avait pas besoin de le savoir. Si Charlie transportait ce machin partout dans un petit sac, avec très peu d'autres choses, ça voulait dire qu'il y tenait.

À quel point y tenait-il ? Suffisamment pour se laisser berner en essayant de le récupérer ? Suffisamment pour qu'il puisse le faire chanter ?

De la science, hein ?

Peut-être qu'Aneba et Magdalen tenaient beaucoup à ce parchemin, eux aussi. Et la Corporation également.

Rafi sourit.

– Salut, mon coup de chance, mon plan, mon allié, murmura-t-il.

Un gros chat gris avec des toiles d'araignée dans les moustaches lui jeta un regard méprisant.

Content de lui, Rafi sortit son téléphone. Mais pas pour appeler Charlie et le tourmenter en lui annonçant que le parchemin était entre ses mains. Pas maintenant.

Il sortit la seconde chose qu'il avait chipée : une petite boule bleue en pierre.

*C'est quoi, ce machin ?* se demanda-t-il. *A-t-il une telle importance pour que Charlie l'emporte partout avec lui ?*

Il l'observa. Le toucha. Le caressa. L'examina de très près. Le renifla. Le lécha, même.

Une bille de pierre bleue, avec des marbrures.

*Je sais pas à quoi ça sert.*

Charlie aurait pu lui dire que c'était juste un lapis-lazuli que sa mère avait rapporté d'un voyage quelque part, qu'elle l'aimait bien et qu'il l'avait emporté pour cette seule raison. Cette pierre lui rappelait sa mère.

Mais ça non plus, Rafi ne l'aurait pas compris.

Le téléphone sonna dans le bureau d'Edward au *palazzo Bulgaria*.

– Non, dit-il. Qui ?... Oh, c'est vous, monsieur Sadler... Non. Quoi ? Les lions ? Vous semblez obsédé par ces animaux ?... Qui ça ?... Charlie Ashanti ? Je n'ai jamais entendu parler de lui. Comment pourrais-je savoir où ils sont, alors que je ne sais même qui c'est ?

Il regardait ses ongles en écoutant attentivement tout ce que disait Rafi.

– Je crois que vous faites erreur, monsieur Sadler.

À l'autre bout du fil, le ton de Rafi semblait décontracté, mais on devinait une certaine tension dans sa voix.

– Sa Majesté ? répéta Edward. Certainement pas. Ces inepties ne nous intéressent pas... Un parchemin ? Non, merci, nous avons nos propres fournisseurs, ici même à Venise. Monsieur Sadler... non, taisez-vous un instant... Monsieur Sadler, c'est la seule information que je vous donnerai. Écoutez-moi attentivement.

Assis sur le banc, Rafi tendait l'oreille, impatient.

– Je ne donne jamais d'informations, dit Edward. Je les reçois. Au revoir.

Le téléphone de Maccomo sonna sur la petite table basse qui se trouvait devant lui. L'œil gauche de Ninu se tourna vers l'appareil. L'œil droit resta fixé sur Maccomo. Leurs directions se rejoignirent quand Maccomo approcha le récepteur de son oreille.

– Ah, fit-il en regardant le nom affiché sur l'écran. Mon jeune ami... Bonjour, Rafi. Que puis-je pour toi ?

– Je suis toujours dans la partie, dit Rafi. Je voulais juste vous informer. La marchandise dont on a parlé à Paris... Rien de changé de mon côté.

– Vraiment ? répondit Maccomo. Très intéressant. De mon côté, il y a eu quelques changements. Par exemple, le prix a augmenté.

– C'est pas un problème.

Rafi n'avait pas l'intention de payer quoi que ce soit, de toute façon. Maintenant qu'il avait le parchemin, il voulait obliger Charlie à le suivre « de son plein gré », en utilisant la menace ou le chantage. En fait, il essayait juste de découvrir si Maccomo savait où était Charlie, ou s'il connaissait sa destination.

– Mais tu comprends bien, reprit Maccomo, que ce n'est pas une marchandise facile à stocker.

– Oui, bien sûr, dit Rafi, poliment. Mais... est-ce que vous l'avez en votre possession actuellement ?

– La livraison est imminente, répondit Maccomo.

*Parfait !* se dit Rafi. *Maccomo attend Charlie !*

– Quand et où peut-on faire l'échange ? demanda-t-il d'un ton suave.

Maccomo sourit intérieurement. Une fureur dangereuse couvait en lui.

Il n'avait toujours pas décidé ce qu'il ferait de Charlie une fois qu'il aurait mis la main sur lui. Ce don qui lui permettait de parler avec les lions le rendait fou de jalousie. Choisirait-il de garder Charlie pour s'emparer de son savoir, pour lui arracher le secret du langage des félins ? Ou bien, afin de le punir, le vendrait-il à Rafi pour que celui-ci puisse mettre à exécution son infâme projet, quel qu'il soit ?

Maccomo se fichait que Rafi vienne chercher Charlie ou non. Mais il avait besoin d'argent. Maintenant qu'il ne vivait plus à bord du *Circé* et qu'il n'était plus payé par le Cirque, il allait bientôt se retrouver à sec. Rafi lui apporterait de l'argent.

Et même si Maccomo décidait finalement de ne pas vendre Charlie, il pourrait détrousser Rafi.

Il ricana. Excellente idée !

– Rejoins-moi ici, dit-il. Je suis à Essaouira sur la côte de Barbarie. Je t'attends.

Il coupa la communication.

– Et voilà ! s'exclama Rafi. Un jeu d'enfant ! C'est où ce truc, la côte de Barbarie ?

– Hmmm, fit Maccomo, songeur.

*Ce sera un jeu d'enfant,* pensa-t-il. *Je devrais peut-être m'installer dans un logement plus confortable.*

Ninu cligna des yeux, le gauche, puis le droit.

# CHAPITRE QUATORZE

Les jours heureux à bord du bateau solaire durèrent presque assez longtemps pour que Charlie finisse par s'en lasser, comme quand on reste longtemps en vacances, l'été : même si on passe la journée à la plage, à jouer et à s'amuser, il arrive toujours un moment où on pense à la rentrée des classes. Charlie était si à l'aise maintenant pour piloter le bateau qu'il l'arrêtait parfois pour que les lions et lui puissent plonger de la proue et patauger joyeusement dans l'eau avant de remonter à bord, essoufflés, en riant et en s'ébrouant, ce qui agaçait prodigieusement les lionnes, pour qui un félin se devait de rester sec. Il y avait du matériel de pêche sur le bateau et Charlie apprit à s'en servir ; il attrapait des thons et des espadons que les lions déchiquetaient avec bonheur, à l'exception d'Elsina qui plissait son petit nez rose d'un air dégoûté, car elle préférait la viande bien fraîche. Le Jeune Lion, convaincu que les griffes étaient plus efficaces que les hameçons pour pêcher, laissait pendre ses grosses pattes dans l'eau, par-dessus bord, pour tenter d'embrocher des poissons.

Charlie et lui se lancèrent un jour dans une sympathique compétition pour savoir lequel des deux en pêcherait le plus. Ce fut Charlie qui l'emporta. Même après que le Jeune Lion eut tenté d'accrocher un hameçon au bout de sa queue.

Pour les distraire, Charlie apprit aux lions à chanter des chansons de marins. Leur préférée était celle-ci :

Un matin, une belette
Arriva de France à force de nager,
Et elle apprit à toutes les belettes d'Angleterre
À jouer du violon et à danser.

Elsina avait une jolie voix aiguë, le Jeune Lion débordait d'enthousiasme, et, à eux deux, ils faisaient un boucan épouvantable. Sergueï, qui était mélomane, dut émigrer à l'autre bout du bateau et plaquer ses pattes sur ses oreilles en marmonnant des insultes où il était question de « ces crétins de béotiens qui n'avaient pas d'oreille ». Mais tout le monde s'en fichait. Après les longues journées et les longues nuits passées à bord du train bloqués par la neige, puis à l'intérieur du *palazzo* vénitien humide, ils étaient heureux de se retrouver en plein soleil, et de s'endormir en absorbant la chaleur. Leur fourrure chatoyait dans la lumière du soleil et les tresses de Charlie se raidissaient à cause des embruns salés et des baignades dans la mer.

Un jour, la peau encore couverte de minuscules cristaux de sel après avoir nagé avec Elsina, Charlie se rendit

## A French Weasel
### (Chanson de la belette française)

L. Young
adaptation : R. Lockhart

au tonneau d'eau potable pour rafraîchir sa bouche toute sèche, et il constata que le niveau était bien bas. Pas dangereusement bas, mais bas quand même. Ils avaient franchi le talon de la botte de l'Italie et ils voguaient vers l'ouest pour accomplir la seconde moitié de leur voyage. C'était déjà bien que leur réserve ait duré si longtemps, mais maintenant, ils allaient devoir trouver de l'eau.

Ce soir-là, après un dîner composé de pâtes à l'huile d'olive et aux piments (les lions ne mangeaient pas ce jour-là), Charlie alla interroger l'ordinateur du bateau pour savoir s'ils pouvaient accoster. La réponse apparut sur l'écran : ils pouvaient faire escale dans n'importe quel village de pêcheurs ou port de la côte.

Charlie fronça les sourcils. Certes, ils étaient loin de Venise désormais ; malgré tout, il hésitait à débarquer sur le continent. Il y avait peut-être des avis de recherche partout, des policiers aux aguets, de grosses récompenses promises pour leur capture et des chasseurs de primes cupides désireux de mettre la main sur les fuyards. De plus, il savait que cette région sans loi était contrôlée par des familles haineuses qui passaient leur temps à se battre entre elles, d'anciens fermiers ruinés à cause des produits chimiques et des organismes génétiquement modifiés ; des gens qui n'avaient presque plus rien et qui se volaient les uns les autres. Charlie ne voulait pas être obligé de débarquer dans cet endroit, seul, pour réclamer de l'eau. Les habitants s'empareraient du bateau.

D'ailleurs, il ne pourrait pas le leur reprocher. Sans doute qu'il en aurait fait autant à leur place.

Seule alternative : les îles. Ça restait risqué, mais ils seraient obligés de prendre des risques d'une manière ou d'une autre, et Charlie avait le sentiment que les îles étaient plus sûres, ne serait-ce que parce que leurs habitants étaient moins affamés.

Les îles qui entourent la pointe de la botte de l'Italie sont d'une exceptionnelle beauté, à tel point que les bâtisseurs de communautés s'en étaient emparés depuis longtemps. Un tas de gens riches voulaient vivre sur ces îles chaudes, tranquilles et propres. Ça n'avait même pas coûté très cher pour inciter les bergers et les pêcheurs qui habitaient là à aller vivre à Naples ou à Brindisi, afin de laisser la place aux riches étrangers.

Charlie entra les noms des îles dans l'ordinateur. L'un après l'autre, ils s'affichèrent sur l'écran, et, effectivement, toutes ces îles étaient de nouvelles communautés. L'une d'elles attira particulièrement son attention : Pantelleria, située à mi-chemin entre la Sicile et la Tunisie, entre l'Europe et l'Afrique, une petite île isolée.

Elle était sur leur route, assez grande pour qu'on y trouve des provisions, et suffisamment éloignée de tout pour qu'il n'y ait pas de postes de police ni de journaux. L'ordinateur indiquait que cet endroit était très apprécié des pop stars et il citait quelques noms. Charlie en avait entendu parler ; c'était le genre de personnes qui faisaient du yoga et ne mangeaient pas de viande. Charlie se disait que ces gens-là ne pouvaient pas refuser de l'eau à un enfant.

C'est là que nous irons, décida-t-il.

Plus tard ce soir-là, les vagues qui entouraient la proue se mirent à scintiller dans le noir : de petits fragments de phosphorescence verte, éparpillés comme de minuscules émeraudes sur la dentelle pâle de l'écume, apparaissaient puis disparaissaient en se dissolvant dans la nuit.

Les lionnes les observaient avec un mélange d'admiration et de crainte. Elsina essaya de les attraper avec sa patte, mais le Vieux Lion la tira en arrière, par la queue.

Sergueï lui-même restait muet devant la splendeur étrange, irréelle, de ce spectacle.

– C'est quoi ? demanda Charlie dans un murmure.

Nul ne le savait. C'était là, voilà tout. Chacun ressentait dans son cœur la beauté extraordinaire et vaine du monde.

Mais soudain, jaillissant en silence de l'obscurité magique, brisant cette quiétude émerveillée, un bateau apparut. Très gros, mais pas gigantesque. Sans aucune lumière. Il avait surgi dans la nuit, totalement invisible ; ils ne pouvaient pas le voir arriver. Et il était presque sur eux.

Charlie poussa un grand cri et se précipita pour déclencher la sirène. Le Jeune Lion s'apprêtait à rugir, mais les lionnes le firent taire, au moment où la sirène se mettait à hurler. Le gros navire changea de cap, brutalement, et leur bateau solaire tangua, impuissant, dans les remous.

– Hé ! Qu'est-ce que vous faites ? brailla Charlie dans l'obscurité. Vous avez failli nous tuer, marins d'eau douce !

Du navire, encore très proche, s'échappaient des gémissements. Des gémissements humains.

Il se balançait sur les flots, ombre chinoise dans l'éclat de la lune et les scintillements phosphorescents.

– Où sont vos lumières ? cria Charlie.

Évidemment, personne ne l'entendait.

– Charlie..., dit Sergueï d'un ton inquiet.

– Quoi ?

Il était vraiment en colère. Comment ce bateau stupide osait-il foncer droit sur eux en pleine nuit sans aucune lumière et sans faire de bruit ? Lui, il avait bien allumé ses lumières, non ? À bâbord et à tribord, à la proue et à la poupe, comme le lui avait appris Julius à bord du *Circé*...

– Chut, Charlie, dit Sergueï.

Quelque chose dans sa voix incita le garçon à obéir.

Pendant quelques instants, on n'entendit que le mugissement de la mer qui venait cogner contre les coques des deux embarcations. Et les gémissements.

Soudain, une silhouette apparut sur le pont de l'étrange navire.

Elle cria quelque chose, dans une langue que Charlie n'avait jamais entendue, et pourtant, il en avait entendu beaucoup. Cette voix semblait remplie d'une tristesse infinie.

– Qu'est-ce qui se passe ? murmura Charlie.

Sergueï regardait fixement le navire, les moustaches raidies ; sa tête ronde aux oreilles déchiquetées était immobile.

– Mets les gaz, Charlie, dit-il. Faut filer d'ici.

– Pourquoi ?

Charlie était toujours prêt à discuter et à protester, mais Sergueï se tourna vers lui et cracha d'un ton sec :

– Partons d'ici ! Tout de suite !

Ébranlé par la colère et la fougue soudaines de Sergueï, Charlie s'empressa d'exécuter son ordre.

Alors que le bateau solaire s'éloignait du navire

obscur, les gémissements semblèrent s'amplifier au lieu de décroître ; c'était un chœur de protestations tristes, une longue plainte solitaire. En regardant par-dessus son épaule, Charlie aperçut d'autres silhouettes sur le pont. Elles tendaient les bras et poussaient leurs lamentations pathétiques.

– Qui sont ces gens, Sergueï ? demanda-t-il à voix basse. Qu'est-ce qu'ils ont ? Est-ce qu'on ne devrait pas les aider ?

Sergueï ne répondit pas immédiatement.

– C'est un bateau de fous, dit-il finalement. Ces gens sont des « pauvres fous », comme on les appelle.

Charlie ne comprenait pas.

– Mais c'est qui ? Ils viennent d'où ?

– Ce sont des êtres humains qui viennent de nulle part, répondit Sergueï.

– Personne ne vient de nulle part, répliqua Charlie, perplexe. Ils...

Sergueï lui coupa la parole :

– Ils n'ont aucun endroit pour vivre, car ils sont partis de l'endroit où ils vivaient pour trouver mieux ailleurs.

Charlie avait entendu parler de ces gens. C'étaient des réfugiés. Un tas de gens avaient été des réfugiés à un moment ou à un autre : on les avait déracinés, expulsés, et ils avaient dû recommencer une nouvelle vie ailleurs. Souvent, il remerciait sa bonne étoile de vivre à Londres, un endroit où venaient les réfugiés et non pas un endroit dont les habitants devaient devenir des réfugiés.

– Pourquoi ne vivent-ils pas là où ils voulaient aller ? demanda-t-il. Ou même dans un camp ?

– On ne veut d'eux nulle part, expliqua Sergueï.

Ça aussi, Charlie le comprenait. Il n'y avait plus de place.

– Mais alors, pourquoi ils ne retournent pas là où ils vivaient avant ? C'est trop dangereux ?

Sergueï sourit, un petit sourire amer.

– Pour la plupart, oui. Ils seraient assassinés ou jetés en prison. Mais pour les fous, c'est différent.

– Comment ça ?

– Les endroits où ils vivaient avant n'existent plus.

– Hein ? Je ne comprends pas.

– Ils n'existent plus, répéta Sergueï. Ils ont été supprimés par la justice ou détruits par la guerre, ou empoisonnés, bombardés, ils ont disparu dans la mer. Ces gens-là, sur le bateau, parlaient l'ukrainien. L'Ukraine n'existe plus depuis cinquante ans.

Charlie n'en revenait pas.

– On ne peut pas les aider ? demanda-t-il d'une toute petite voix.

– Les félins n'aident pas les gens, répondit Sergueï sèchement.

– Pourtant, tu m'as aidé, objecta Charlie.

Sergueï resta muet. Puis il dit :

– Les humains auraient dû les aider, il y a cinquante ans.

Charlie se retourna vers la masse sombre du bateau

des fous qui disparaissait dans l'obscurité derrière eux. Ce n'était pas juste. Ce n'était pas bien.

Ce soir-là, Charlie fut très triste.

Rafi, lui, était très content. Au grand électroparc situé près de la gare de Venise, il avait volé une fantastique électromoto : une Triumph gris foncé et argent avec des suspensions sismiques et une puissance de 12 000 volts. Cette moto était capable de rouler plus vite que n'importe quel autre engin, et Rafi ne s'en priva pas. Le col de sa veste remonté, avec ses lunettes noires et le corps plaqué sur la machine, il quitta Vérone dans un rugissement infernal et roula en direction du soleil couchant. Il avait l'intention de traverser le nord de l'Italie, puis le sud de la France, à l'ouest des Alpes, pour arriver en Espagne dans moins de trente-six heures, et atteindre le Maroc un ou deux jours plus tard.

Derrière lui, là-bas à l'électroparc, un grand chien gris leva la tête et hurla. Une fois de plus, son instinct était frustré. Une fois de plus, l'odeur qu'il connaissait et qu'il recherchait avidement lui avait échappé. Après avoir sillonné en tous sens, pendant des jours, cette ville pleine de senteurs, déconcentré par chaque bouffée, il avait enfin retrouvé l'odeur de Rafi. Mais elle avait disparu de nouveau, elle s'était fondue dans les effluves métalliques des électrochargeurs. Cependant, quelques volutes flottaient encore dans l'air... Troy ne put s'en empêcher. Son flair était plus fort que son cerveau, que ses pattes et que tous ses autres sens s'il en possédait. Il baissa la tête et s'élança à la poursuite de l'odeur de la moto.

Rafi n'avait pas l'intention de se reposer, ni de manger. Comme il était investi d'une mission, café noir et colère pure suffiraient à l'alimenter. Toutefois, même un homme investi d'une mission et carburant uniquement au café et à la colère a besoin de faire pipi de temps à autre. Quand il s'arrêta sur une aire de repos à la sortie de Milan pour cette raison, le corps secoué de vibrations et les jambes presque paralysées à force d'avoir serré entre ses cuisses la moto lancée à toute allure, il constata que son téléphone bipait dans sa poche. Il avait un message.

C'était le grand patron. Rafi décida tout d'abord de ne pas l'écouter. Il savait déjà ce que disait ce message. Finalement, il l'écouta quand même, car c'était peut-être autre chose.

En fait, c'était ce à quoi il s'attendait : des choses qu'il n'avait pas envie d'entendre, dans le genre : « Où êtes-vous ? », « Où est le garçon ? », « Qu'est-ce qui se passe ? » et « Dépêchez-vous ! ». Sans oublier : « Nous aimerions pouvoir continuer à compter sur vous, Rafi », dit d'un ton particulièrement offensant et condescendant.

Rafi donna un coup de pied dans un arbre. Il détestait la condescendance. Ça lui rappelait les grands à l'école, quand il était petit... Mais il n'était plus un gamin.

Et il avait mal au bras.

Rageusement, il composa le numéro de Charlie.

Celui-ci était assis sur le pont du bateau solaire à côté d'Elsina qui lui chatouillait les pieds avec ses moustaches. Il prit son téléphone.

– Salut, Charlieboy, dit Rafi. Comment ça va ? Tu es tout joyeux, je parie. Je suis sûr que tu te débrouilles très bien avec tes chers petits amis à poils...

En reconnaissant cette voix, Charlie se figea. Mais il se ressaisit rapidement.

– Ferme-la, Rafi. Tu es fatigant, à force. J'en ai marre de toi et de tes appels stupides... Qu'est-ce qui t'arrive, cette fois ? Tu t'es encore fait passer un savon parce que tu es trop bête ? Et tu cherches un plus petit que toi pour te venger ? Ça ne va pas être facile à trouver...

– Je suis plus grand que toi, Charlie ! Et plus intelligent.

– Oui, oui, bien sûr. Évidemment, Rafi. C'est pour ça que j'ai réussi à t'échapper, que j'ai toujours de l'avance sur toi et que je sais ce que tu mijotes. Allez, Rafi. Montre-moi que tu es un grand garçon. Commence par me retrouver et on verra qui...

– Hé, petit malin, gazouilla Rafi d'une petite voix exaspérante. Figure-toi que je suis assez grand pour me trimbaler avec un truc à toi... Regarde donc dans ton sac s'il ne te manque pas quelque chose par hasard. Vas-y voir ! Je ne te retiens pas. Je te rappellerai plus tard et on en parlera.

Rafi coupa la communication. Il se sentait beaucoup mieux maintenant qu'il avait humilié Charlie.

Celui-ci se leva d'un bond, en repoussant brutalement Elsina, et il se précipita vers son sac.

Le parchemin – la formule secrète de ses parents, écrite avec le sang de sa mère – avait disparu.

Pour la deuxième fois de son existence, Charlie jura.

# CHAPITRE QUINZE

Magdalen lisait un journal dans le train. Parmi les nouvelles de l'étranger, un article était consacré aux événements miraculeux survenus dernièrement à Venise, où le doge avait été renversé par l'apparition du lion de saint Marc. Les gondoliers avaient mené une révolution pacifique, soutenus par une armée de lions et un petit saint à la peau marron, qui avait fourni un médicament merveilleux aux enfants asthmatiques de la ville...

Magdalen se posait des questions.

Aneba somnolait sur son épaule. Elle lui caressa le genou. Quand il se réveillerait, elle lui montrerait l'article.

Mabel dormait, elle aussi. Magdalen observa sa sœur assise en face d'elle. Plus que tout, ou presque, elle aurait voulu redevenir son amie. Mais elle était tellement en colère contre elle.

– Et voici Pantelleria ! s'exclama Charlie.

Il avait entré le nom de l'île dans le système de

navigation informatisé du bateau solaire et ils approchaient maintenant du port principal. C'était une île plate et rocailleuse, ensoleillée et pittoresque. Charlie avait hâte de descendre du bateau pour pouvoir courir un peu. Et il rêvait de prendre une douche, car la couche de sel sur son corps devenait un peu trop épaisse.

Alors qu'ils arrivaient à proximité de cette île magnifique, une chose épouvantable se produisit.

Une barrière surgit de la mer, droit devant eux. Comme les portes de l'écluse à Paris, elle se dressait hors de l'eau. Mais ce n'était pas un obstacle utile : c'était une haute clôture métallique avec des barreaux munis de pointes. Des pointes acérées. Elle semblait faite de piques reliées les unes aux autres par du fil barbelé. Ce n'était pas du tout accueillant.

L'eau venait buter contre le métal luisant et scintillant qui leur bloquait le passage.

– Oh..., fit Charlie.

Les lions grognèrent. L'expression de Sergueï indiquait qu'il n'était pas totalement surpris.

Soudain, une voix jaillit de nulle part, au-dessus de l'eau. Une douce voix féminine.

– Qui êtes-vous ? demanda-t-elle successivement en anglais, en français, en italien, en arabe, en grec et en espagnol.

Charlie réfléchit rapidement ; ou plutôt, il essaya de réfléchir. Devait-il mentir ?

Il n'en pouvait plus d'être obligé de mentir en permanence. Il détestait ça.

– Charlie Ashanti ! cria-t-il en se demandant comment cette femme pouvait l'entendre.

– Est-ce qu'on vous connaît ? rétorqua la voix après quelques secondes de silence.

– Non, dit Charlie, mais...

– Alors, allez-vous-en, dit la voix douce.

– Mais...

– Allez-vous-en.

– On veut juste de l'eau...

– Allez-vous-en.

La clôture s'éleva d'un mètre supplémentaire. Les piques semblèrent se resserrer. C'était peut-être son imagination qui lui jouait des tours, mais Charlie crut les voir s'incliner légèrement vers lui.

– C'est totalement inutile, protesta-t-il. On veut juste de l'eau...

La clôture s'étendait de chaque côté, tout autour de l'île, aussi loin que portait le regard.

– C'est totalement...

Les lions, accroupis et aux aguets, grognèrent doucement.

– S'il vous plaît, on veut juste de l'eau ! cria Charlie.

La clôture fit un bond vers eux. On aurait dit une armée de piques sur le point de se mettre en marche.

Charlie tira d'un coup sec sur le gouvernail et mit les gaz pour s'éloigner au plus vite de cette île, le cœur battant à tout rompre.

– Et maintenant ? demanda-t-il en s'adressant à Sergueï.

– Regarde derrière toi, dit le chat.

La clôture était redescendue dans l'eau.

Pendant un instant, Charlie retrouva espoir.

– N'y pense même pas, ajouta Sergueï.

– Il a raison, intervint le Jeune Lion. N'y retourne pas.

– Mais que va-t-on faire ? demanda Charlie. On n'a presque plus d'eau potable et...

– On continue, déclara le Vieux Lion.

Charlie aspira l'intérieur de ses joues et se mordilla la bouche pour faire venir de la salive. Il savait que les lions et Sergueï avaient raison.

– Tanger n'est plus qu'à quelques centaines de kilomètres, dit-il gaiement. Là-bas, on trouvera de l'eau. On pourra aussi continuer par voie de terre.

Les lèvres sèches, il mit le cap sur le détroit de Gibraltar, à toute allure. Son cœur aussi était sec et dur : pourquoi les humains étaient-ils aussi cruels ?

Charlie se réveilla tôt, alors qu'ils approchaient du détroit de Gibraltar. Il leur restait tout juste assez d'eau pour le petit déjeuner, mais il était heureux. Ils avaient vogué à vive allure et ils étaient arrivés bien avant l'aube. Ils ne voulaient pas accoster en plein jour, de peur que quelqu'un voie les lions. Avant le lever du soleil, ils disposaient d'une heure environ pour débarquer discrètement et trouver de l'eau.

– Bon, fit Charlie en levant les yeux de l'écran de l'ordinateur, sur lequel il avait étudié leur itinéraire, pour observer le vaste et complexe système de navigation du détroit de Gibraltar, semblable à un plat de spaghettis avec ses innombrables chenaux qui s'entrecroisaient. À cette heure déjà, de nombreux bateaux de toutes les tailles allaient et venaient sur cette étroite bande de mer pour essayer de s'engager dans la bonne voie, au bon niveau de l'aqueduc, pour aller d'Espagne ou du Portugal au Maroc, ou déboucher dans l'Atlantique et s'engager dans le golfe de Cadix au nord, ou retourner vers la Méditerranée en mettant le cap à l'est. Les voies fluviales supérieures étaient encombrées et le territoire de Gibraltar complètement embouteillé. À toute heure du jour et de la nuit, ce système était un cauchemar.

Charlie pianota sur le clavier, la langue coincée entre les dents, car il était très concentré. Tout était en ordre, se disait-il. L'ordinateur avait analysé les cartes et il leur avait trouvé un endroit pour accoster, sur la côte nord du Maroc, près de Tétouan. Et il les conduirait directement à destination, dès que Charlie le lui aurait ordonné.

Il bâilla car il n'avait pas beaucoup dormi. Il appuya sur plusieurs touches pour transmettre ses instructions au système de navigation. Couchés autour de lui, les lions dormaient encore.

Le bateau solaire changea légèrement de cap, puis il prit de la vitesse.

Dix minutes s'écoulèrent avant que Charlie s'aperçoive qu'il y avait un problème. Ils ne se dirigeaient pas vers le point de débarquement prévu. Ils ne se dirigeaient même pas vers le rivage. Au lieu de cela, ils avançaient irrésistiblement vers une des voies navigables du haut, et ils avançaient vite, trop vite.

L'espace d'un instant, Charlie faillit céder à la panique, mais il se ressaisit. Furieux, il se tourna vers l'écran de l'ordinateur. Que s'était-il passé ? Tout en s'efforçant de garder son calme (ce n'était pas facile car ils fonçaient dans la nuit noire), il demanda à l'ordinateur où allait le bateau.

Ses doigts coururent sur le clavier.

La réponse apparut presque immédiatement : « Cap au sud. Côte de Barbarie. Essaouira sans escale. Conformément aux instructions. » L'ordinateur était revenu aux premières instructions que lui avait données Charlie, quand ils étaient encore dans la baie de Venise.

Il essaya de réfléchir calmement en jetant des regards autour de lui. Ils se trouvaient sur un chenal à sens unique, en hauteur, entourés d'autres embarcations, et ils étaient emportés par le courant.

Devait-il prendre la peine de demander à l'ordinateur de les ramener vers Tétouan ou Tanger ? Il contemplait l'enchevêtrement de chenaux et de voies navigables qui s'étendait autour d'eux, et toutes ces embarcations qui allaient et venaient, gouvernées pour la plupart par leur propre système de navigation. Ils étaient au cœur d'une gigantesque toile d'araignée sans cesse en mouvement.

Tétouan était déjà derrière eux. Tanger s'étendait à bâbord. On apercevait nettement le flot des bateaux qui s'y dirigeaient, bien plus bas que le leur. Dieu seul savait comment faire pour rejoindre cette colonne Et jusqu'où ils devraient avancer comme ça, droit devant, avant de pouvoir faire demi-tour.

Charlie prit une décision : ils continueraient dans cette direction. Et il éclata de rire, car c'était ridicule d'imaginer qu'il s'agissait d'une décision de sa part. Ils n'avaient pas le choix. Ils se dirigeaient vers le redoutable océan Atlantique à bord d'un bateau conçu pour la lagune de Venise et la paisible mer Adriatique. Destination : Essaouira sans escale.

– Qu'est-ce qui se passe ? demanda Sergueï, dont la voix s'élevait dans l'obscurité de la cabine. (Il sauta sur le pont et s'étira.) C'est quoi, le problème ?

– Rien, répondit Charlie.

Il ne se sentait pas d'humeur à donner des explications et, à vrai dire, il ne savait pas s'il avait commis une erreur épouvantable ou s'il s'agissait d'un mauvais fonctionnement de l'ordinateur. D'ailleurs, il avait peu de chances de le savoir, car le bateau avançait si vite qu'il avait du mal à conserver son équilibre ; ce n'était pas le moment de chercher à comprendre.

Sergueï le regarda. Il était conscient de la situation. Il se roula en boule dans un coin et se lécha les pattes. Tout cela ne le regardait pas.

Le chenal bifurquait. La majeure partie du trafic semblait aller vers le nord et remonter le golfe de Cadix en direction des côtes portugaises. Le petit bateau solaire, lui, s'engouffra dans la voie de bâbord, vers le sud. Il fit une embardée pour entrer dans sa file, juste avant la bifurcation. Charlie regardait fixement l'écran de l'ordinateur. Il n'avait pas le choix, il devait faire confiance au bateau en se disant qu'il savait ce qu'il faisait.

Ils redescendaient maintenant. La voie navigable supérieure commença à rejoindre le niveau de la mer. Charlie leva les yeux de l'écran. L'océan était là, à tribord, argenté dans les premières lueurs de l'aube, profond, s'étendant jusqu'aux territoires de l'Empire. L'Atlantique. Il n'avait pas l'air de très bonne humeur.

Peut-être qu'un vent se levait en même temps que le soleil. Peut-être était-ce la marée. Ou un courant qui déferlait. Ou un mélange des trois. En tout cas, les vagues étaient énormes. Aucun doute là-dessus. Le vent était déroutant : il soufflait dans un sens, puis dans l'autre. Le petit bateau qui poursuivait avec obstination sa course vers le sud – Essaouira sans escale ! – était malmené. Il était emporté de plus en plus vite, dans la bonne direction au moins, mais beaucoup trop vite. Les vagues le chahutaient. La mer devenait de plus en plus brutale.

Charlie vérifia que son gilet de sauvetage était bien attaché. Il ne comprenait pas comment les lions réussissaient à dormir. Mais il s'en réjouissait ; il ne voulait pas être obligé de leur dire : « On est dans de sales draps. » Ce qui ne l'empêchait pas d'en être conscient.

Il avait envie de réclamer un bulletin météo à l'ordinateur. Il avait envie de lui demander ce qu'il faisait, et de s'arrêter dès que possible, dans un endroit sûr. Il avait surtout envie de lui donner un coup de pied. Penché au-dessus du clavier, il se remit à pianoter.

Aucune réaction. L'ordinateur était bloqué.

Une énorme vague passa par-dessus la proue et éclata sur le pont. À bâbord, le soleil commençait à se lever au-dessus de l'Afrique.

Un gigantesque canyon d'eau s'ouvrait devant eux.

Charlie ne pouvait rien faire.

Quand il descendit l'escalier menant aux cabines, Sergueï lui emboîta le pas. Juste en même temps, une autre vague colossale souleva le bateau et Charlie tituba. Il verrouilla le panneau d'écoutille derrière lui en se disant qu'il ne retournerait sans doute pas sur le pont avant un moment. Il s'assit au bord d'une couchette en trouvant une petite place entre deux lionnes. Les flots se jetaient à l'assaut des hublots et le bateau se cabrait dans sa lutte pour maintenir le cap au sud sur cette mer déchaînée. Il continuait d'avancer à toute vitesse en se soulevant à chaque vague énorme, avant de retomber. Il montait, montait, montait... s'immobilisait un instant, puis plongeait de l'autre côté. Charlie sentait avec effroi la présence de l'eau profonde noire et glacée à travers la coque, sous ses pieds.

Pendant ce temps, Sergueï se léchait la patte et s'en servait pour se nettoyer le nez.

– Mieux vaut laisser le bateau faire son travail, dit-il. Soit on arrivera entiers, soit on n'arrivera pas.

Même si ça ne lui plaisait pas, Charlie était obligé de se rendre à cette évidence. À bord d'un voilier, peut-être auraient-ils pu faire quelque chose, mais là, ils étaient impuissants.

Ils voguèrent ainsi, de manière terrifiante, pendant des heures. Le bateau était devenu fou, la mer aussi. Charlie resta assis au bord de la couchette, sanglé dans son gilet de sauvetage, avec son sac dans les bras ; il se demandait comment faire pour mettre des gilets de sauvetage aux lions... À un moment donné, il remonta déverrouiller l'écoutille. Puis il la bloqua de nouveau. Puis il l'ouvrit de nouveau. Qu'est-ce qui était préférable ? Finalement, il la laissa fermée, mais sans la verrouiller. Il avait réussi à dormir un peu, d'un sommeil agité, tendu, vidé. Il ne vit pas les lions se réveiller ; peut-être étaient-ils réveillés depuis longtemps déjà. Une des lionnes, victime du mal de mer, avait vomi, et de temps à autre, Elsina laissait échapper un petit rugissement.

– Charlie... (la voix du Jeune Lion s'éleva au milieu du grondement de la tempête) c'est pas ta faute.

À part cela, tout le monde demeura muet. Ils restèrent cloîtrés dans la cabine pendant des heures, à prier et à s'accrocher, crispés à en avoir mal aux muscles, pour éviter d'être ballottés et assommés.

Les rugissements d'Elsina se transformèrent en miaulements. Charlie les entendait malgré le vacarme de la mer.

# CHAPITRE SEIZE

Par la suite, Charlie fut incapable de décrire comment ça s'était passé. Ni même ce qui s'était réellement passé.

Tout s'enchaîna. Les lumières s'éteignirent, le bateau chavira et l'eau envahit la cabine. Les lions n'étaient plus que des présences massives autour de lui ; tout le monde se débattait et essayait de respirer au milieu des bulles d'air, des corps lourds et des membres qui s'agitaient lentement. Charlie avait ouvert le panneau d'écoutille, il s'en souvenait. Il y avait encore plus d'eau de l'autre côté. Il se souvenait également qu'il avait toussé et craché, et que la lumière qui pénétrait dans l'eau lui rappelait la lumière givrée à travers les vitres de l'Orient-Express, puis il s'était retrouvé en pleine mer, écrasé par des vagues gigantesques qui l'assommaient et tentaient de le noyer. Il se souvenait d'avoir pensé : *Le soleil ne peut pas être encore en train de se lever* et, pendant un instant, il l'avait regardé flotter au-dessus de l'horizon, jaune, comme carbonisé. Puis il avait compris qu'en fait, le soleil se couchait, et que donc, la terre se trouvait *derrière* lui. Il se souvenait d'avoir cherché les lions et de n'avoir vu que de l'eau autour de lui. Il se souvenait d'avoir nagé, nagé, nagé, furieusement, en luttant de toutes ses forces, dans la direction où, espérait-il, se trouvait la terre. Pendant des heures. Des heures, vraiment ? Il n'aurait su le dire. Il se souvenait des gorgées de sel qu'il avait avalées, et finalement, par miracle, il avait senti le contact du sable rugueux sur sa joue, chaud par rapport à la mer glacée qui continuait à le tirer par les jambes. Il se souvenait d'avoir pensé alors : *Nous sommes arrivés jusque-là, et maintenant que les lions sont presque chez eux, je les ai noyés.* Il se souvenait que ses larmes étaient plus douces que la mer.

Sergueï fut le premier à reprendre ses esprits. Il regarda autour de lui et il n'aima pas ce qu'il découvrit. Un long croissant de plage, large et lisse, parsemé de débris de bois et de vieux morceaux de plastique, le soleil qui se couchait et les vagues qui s'écrasaient sur le sable : tout ça était très bien. Ce qui était beaucoup moins bien, c'étaient les quatre tas de fourrure trempée et la silhouette d'une jeune personne, plus loin sur la plage, qui tenait quelque chose à la main et qui avançait vers eux.

Sergueï renifla, grimaça et frissonna. Le soleil encore chaud l'enveloppait. Il s'étira douloureusement, puis se redressa d'un bond et courut vers les tas de poils détrempés, l'un après l'autre.

Deux lionnes, le Vieux Lion et le Jeune Lion. Ils

respiraient tous. Où était Charlie ? Où était la lionne argentée ? Et Elsina ?

Sergueï se réchauffa rapidement grâce aux derniers rayons du soleil. On avait besoin de son aide.

Il fonça sur la plage en direction de la silhouette qui approchait.

Il y avait un autre tas sur le sol, entre lui et cette personne.

Sergueï l'atteignit rapidement. Oui !

Il vérifia que Charlie respirait toujours. Oui ! Il lui lécha le visage.

*Réveille-toi, mon gars !*

Il fallait employer les grands moyens : il donna un petit coup de griffe à Charlie. La surprise et la douleur provoquèrent l'effet souhaité.

– Réveille-toi, lui souffla Sergueï. C'est pas le moment de piquer un roupillon ! Y a quatre lions couchés là-bas. Faut les cacher ! Y a quelqu'un qui rapplique !

Encore sonné, Charlie n'arrivait même pas à se lever. Il tremblait de froid. Il serrait son sac contre lui et il entendait à peine ce que lui disait Sergueï.

– Oh, nom d'un chien..., pesta celui-ci.

Il cracha furieusement en direction de Charlie et pivota sur lui-même. Il fallait qu'il trouve des chats du coin et que ce satané soleil se couche maintenant pour que l'obscurité les cache.

Il parcourut la plage en courant. Il y avait une ville tout au bout ; il apercevait le faîte de quelques vieilles tours. L'intrus continuait d'avancer, à pas lents. Il (c'était un jeune homme) semblait tenir un seau. Sans doute ramassait-il des coquillages ou quelque chose comme ça, se dit Sergueï.

Bon...

Il se précipita vers lui, griffa sa jambe nue et s'enfuit. Le jeune homme poussa un cri d'étonnement et de douleur et se laissa tomber lourdement sur le sable.

– Désolé, murmura Sergueï en courant. Je n'ai rien contre toi, mon gars.

Au moins, il s'était arrêté.

Soudain, Sergueï capta une forte odeur. Du poisson !

Il sourit à travers ses moustaches. Là où ça puait le poisson, il y avait des chats.

Ceux-ci se trouvaient à environ deux cents mètres de là, au pied d'un énorme mur qui séparait la ville de la mer, en train de fouiller dans un tas de viscères de poissons provenant, semblait-il, d'un marché qui venait de se terminer.

Sergueï bondit au milieu du cercle.

Tous les chats levèrent la tête. Il y avait une grande quantité de nourriture, mais il y avait aussi un grand nombre de chats. Ce matou efflanqué voulait-il faire main basse sur leur dîner ? (Ils ne savaient pas que c'était un allergène, car ici, dans le Monde Pauvre, si rares étaient les personnes qui pouvaient acheter des médicaments que nul n'avait pris la peine d'y envoyer des allergènes.)

– Il y a quatre lions à moitié noyés et un garçon qui parle le félin étendus sur la plage, déclara Sergueï. Deux autres lions ont disparu. Ils ont froid, ils ont faim et soif, et ils se sont enfuis d'un cirque. Ils sont en danger.

Les chats le regardèrent. Puis ils se regardèrent. Ils regardaient surtout un gros chat roux aux yeux verts très pâles.

– Où sont-ils ? demanda celui-ci.

– Suivez-moi, dit Sergueï.

Quinze chats sillonnèrent la plage en courant pour retrouver la lionne argentée et Elsina. Quarante-cinq autres suivirent Sergueï en passant devant le jeune homme qui s'occupait de sa jambe griffée (en voyant cette meute de chats, il repartit vers la ville ventre à terre, affolé), pour rejoindre Charlie et les autres lions. Ils leur soufflèrent dessus, les caressèrent, leur donnèrent de petits coups de patte et les réchauffèrent. Ils les réveillèrent, leur parlèrent, leur dirent qu'ils étaient sains et saufs mais qu'ils ne pouvaient pas rester là. Alors que les ultimes rayons de soleil filtraient dans le ciel d'un bleu profond, les lions et Charlie se levèrent péniblement, aidés et encouragés par les chats qui les conduisirent vers la ville en longeant la mer, jusqu'à une sorte d'éboulis situé à l'extrémité du grand mur de pierre.

Il y avait une ouverture à cet endroit, une ancienne porte encombrée de gravats, qui donnait sur une salle humide dont les murs blanchis à la chaux s'écaillaient. Plus loin, une autre pièce semblait taillée dans la pierre, avec un plafond voûté, des bancs en pierre encastrés dans les murs tout autour et au milieu ce qui ressemblait à une fontaine brisée.

– Ça ancien hammam, expliqua le chat roux qui s'appelait Omar. Bains de vapeur. À l'intérieur des remparts qui protègent la ville de la mer. Très solide, très tranquille. Humains ne viennent plus ici.

Charlie entendait les vagues cogner contre le mur au-dehors. Il ne voulait plus voir la mer. Il voulait s'asseoir devant un grand feu, boire de l'eau douce et manger un énorme kebab. Mais il était heureux d'être là, dans cet endroit humide, solide et calme. Il s'assit sur un banc et frissonna en sentant le froid de la pierre se répandre dans tout son corps. Les lions se regroupèrent autour de lui, les yeux écarquillés par la stupeur. Il noua ses bras autour du cou du Jeune Lion et enfouit son visage dans sa fourrure. Ce n'était plus pareil. Elle était salée, froide, humide. Comment avait-il pu infliger cela à ses amis ?

Il y avait du sang sur la tête du Jeune Lion, il avait sans doute dû se cogner quelque part.

Les chats étaient ressortis, sans doute pour monter la garde. Seul Omar était resté.

– Désolé, pas possible faire du feu, dit-il. Mais eau, oui. (Il désigna la fontaine.) Vous déplacez la pierre et eau douce venir.

Charlie déplaça la pierre qui bloquait la sortie de la canalisation. Une eau claire en jaillit. Les lions et lui penchèrent la tête pour boire, en frémissant de bonheur par avance.

– Beurk ! fit Charlie en crachant et en toussant.

Les lions frottèrent leurs gueules avec leurs grosses pattes, les babines retroussées, en faisant des grimaces de dégoût.

L'eau était salée !

Omar était confus.

– Je ne sais pas comment eau de mer est entrée ! s'exclama-t-il. Excuses, excuses, mes amis. Je sais pas... Il faut vous trouver eau douce.

Sans cesser de cracher, Charlie ouvrit son sac et donna une goutte de Lotion Qui Arrange Tout à chacun de ses amis. Elle fit disparaître le goût du sel dans leur bouche et, de toute façon, ils avaient besoin d'un remontant. Il se servit ensuite de l'eau salée de la fontaine pour nettoyer la blessure du Jeune Lion.

– C'est bon d'être à l'abri et caché, dit-il. *Choukran.* Merci.

Omar sourit.

– Un humain qui parle le félin ! Je suis honoré. Bienvenue à Essaouira.

Essaouira ! Le cœur de Charlie fit un bond dans sa poitrine et, l'espace d'un instant, il en oublia sa soif.

– On est à Essaouira, les amis ! s'exclama-t-il.

Le Vieux Lion regarda autour de lui et soupira.

– Ce n'est pas vraiment de cette façon qu'on pensait y arriver, murmura-t-il. Mais bon, nous y sommes. La plupart d'entre nous, du moins...

Charlie était terriblement heureux de l'entendre parler. Il se précipita vers lui et ne put s'empêcher de se jeter à son cou. Il frictionna sa crinière humide et le serra contre lui en disant :

– Oh, je suis désolé. Je suis désolé. Vous avez failli mourir gelés dans le train à cause de moi, et là, j'ai failli vous noyer.

Le Vieux Lion le regarda d'un air étonné.

– Au contraire, rectifia-t-il. Tu nous as empêchés de mourir gelés à bord du train et tu as nous conduits jusqu'ici, sur notre terre natale, sans qu'on se noie. Pourquoi diable es-tu désolé ? D'ailleurs, on n'a pas le temps d'être désolés ; on doit retrouver nos amis, et on doit trouver de l'eau...

– Pas possible, monsieur, dit Omar. Désolé. Dangereux. Les chats eux trouveront.

Le Vieux Lion sembla sur le point de protester, de manière grandiose, tel un roi blessé.

Sergueï intervint :

– Il a pas tort, murmura-t-il. Vaut mieux que vous restiez ici, vous tous. Pour le moment.

– Les chats d'Essaouira savent où les tempêtes jettent les choses. Les chats les retrouveront.

– Et moi, j'irai chercher de l'eau, déclara Charlie. Dans un instant.

Le Vieux Lion savait qu'ils avaient raison.

Omar sourit de nouveau.

Charlie tremblait toujours.

Omar le regarda pendant qu'il ôtait une partie de ses vêtements mouillés, avant de les remettre, pour voir ce qui était le plus chaud.

– Suis-moi, dit-il à Charlie, qui obéit. Et vous aussi ! lança-t-il aux autres.

Tous le suivirent dans un escalier en colimaçon qui montait sur le côté. Ils avançaient lentement, glacés jusqu'aux os.

Une porte voûtée s'ouvrait sur un toit plat. Le bruit du ressac résonnait plus que jamais, car la mer était toute proche. Un muret entourait le toit et, en se penchant par-dessus, Charlie découvrit la ville fortifiée qui s'étendait devant lui, la plage, les minarets et les dômes des mosquées.

– Pierres encore chaudes grâce soleil de la journée, expliqua Omar. Pierres rester chaudes toute la nuit. Couchez-vous, pareil que sur sol chauffé. Vous beaucoup mieux après.

Les lions se couchèrent, avec raideur. Charlie les imita. Sergueï vint se blottir près de lui de manière étonnamment affectueuse. Le soleil avait frappé ces pierres toute la journée et la chaleur emmagasinée semblait les attendre. Allongés de tout leur long, ils roulaient sur eux-mêmes pour chauffer la moindre partie de leurs corps trempés, glacés et endoloris. Au-dessus de leurs têtes, le ciel était immense et la lune ressemblait à un berceau. Charlie avait envie d'y grimper et de s'y coucher pour dormir pendant une semaine. Mais il pensait à Elsina, à la lionne argentée et à sa soif. Il se redressa.

– Dans quelle direction sont partis les chats pour retrouver les autres ? demanda-t-il à Omar en étirant son cou ankylosé, heureux d'avoir pu profiter de ce bref instant de confort relatif. Peux-tu m'y emmener ? Il faut que je leur donne un médicament. Et aussi que j'apporte à manger et à boire.

– Bien sûr, répondit le chat.

– Je viens avec vous, déclara Sergueï.

En entendant cela, le Jeune Lion dressa la tête. Charlie voyait bien qu'il brûlait d'envie de les accompagner.

– Reste ici, lui conseilla-t-il. Tu te ferais repérer. Et tu es blessé.

– Je sais, dit le Jeune Lion. Mais tu fais tout pour nous, Charlie. Et nous, qu'est-ce qu'on fait pour toi ?

– Vous vous êtes occupés des soldats du doge, non ? Et aussi de Rafi, à un moment très important.

N'empêche, le Jeune Lion l'avait mauvaise. Non pas qu'il soit jaloux de Sergueï, simplement... Mais il avait vraiment très mal à la tête.

Charlie et Sergueï contemplèrent la ville quelques instants avant de se mettre en route. Omar leur montra le marché (fermé à cette heure-ci), la médina (le vieux quartier) avec sa rue principale où se trouvaient les cafés, et enfin les rochers sur la plage, là où les chats étaient partis à la recherche d'Elsina et de la lionne argentée.

– En avant, dit Sergueï. *Per ardua ad astra. Illegitimi nil carborundum*[1]. Viens, mon gars.

Ils redescendirent l'escalier en colimaçon et franchirent la porte encombrée de gravats pour déboucher dans la nuit chaude et les rues d'Essaouira.

---

1. « C'est à travers les épreuves qu'on s'élève jusqu'aux étoiles. Il ne faut jamais se laisser abattre. » (N.D.T.)

Maccomo était assis à la terrasse d'un des cafés que Charlie avait aperçus du toit du hammam. Il venait d'entendre le cordonnier dire au serveur que le jeune Khaled avait perdu la boule : il racontait à qui voulait l'entendre qu'il avait été attaqué par une armée de chats en folie, sur la plage, et que ces chats essayaient de cacher des lions naufragés... Pauvre Khaled. Complètement givré.

Maccomo sourit, appela le serveur et commanda deux grandes bouteilles d'eau. Quand on les lui apporta, il les déboucha, puis, discrètement, il sortit de sa poche une petite flasque et versa quelques gouttes de son contenu dans chacune des bouteilles d'eau.

De l'autre côté de la rue, un enfant tenait avec son oncle un petit stand de boissons. Maccomo l'appela en faisant claquer sa langue.

– Un jeune garçon va venir, lui dit-il. L'air fatigué et sale, ce n'est pas un Marocain. Je te le montrerai. Si tu lui vends cette eau, je te donnerai cinq dirhams.

L'enfant haussa les épaules, prit les bouteilles et s'assit pour attendre le signal de Maccomo.

Les chats ramenaient déjà la lionne argentée et Elsina sur la plage quand Charlie et Sergueï les rejoignirent.

Les deux lionnes faisaient peine à voir ; elles étaient frigorifiées, affaiblies et tremblantes, mais elles étaient vivantes. Charlie se surprit à sourire. Il s'en apercevait seulement maintenant, mais, en réalité, il s'était terriblement inquiété pour elles. C'est amusant, la manière dont ça se passe : quand la peur est là, on refuse de la voir, puis quand le danger est écarté, on dit : « On était en danger, mais, Dieu soit loué, tout va bien. »

Charlie leur donna immédiatement, à toutes les deux, un peu de Lotion Qui Arrange Tout, et il prit Elsina dans ses bras pour la porter. Elle était lourde et molle ; ses grosses pattes se balançaient. Charlie l'embrassa et lui parla :

– Tiens bon. Tu vas y arriver. Tout va bien maintenant. C'est fini.

Il lui semblait qu'elle avait envie de répondre, sans en avoir la force. La lionne argentée était un peu plus robuste, mais elle aussi avait le regard vague, et ses yeux vitreux trahissaient son épuisement.

Ils regagnèrent discrètement le hammam. Ce ne fut pas facile de porter Elsina dans l'escalier en colimaçon, mais il y parvint. Il la coucha sur les pierres chaudes du toit. Les autres lions, qui avaient pu se réchauffer, se blottirent autour d'eux pour leur offrir un peu de leur chaleur. Le Jeune Lion se coucha près d'Elsina et lui parla à voix basse. Omar, toujours là, les observait.

Ils étaient sains et saufs. C'était un miracle.

*De l'eau*, se disait Charlie.

Alors qu'il approchait du premier café situé dans la grand-rue, un enfant l'aborda pour essayer de lui vendre de l'eau. Charlie prit avec plaisir les deux grosses bouteilles qu'il lui tendait. Il en déboucha une immédiatement pour boire, mais pas trop. Il fallait qu'il pense aux lions. L'eau était fraîche et douce ; tout son corps frémit de gratitude. Cela faisait plusieurs jours qu'il ne buvait pas assez. Il chercha Sergueï du regard pour lui en donner un peu, mais le chat efflanqué était déjà parti faire un tour derrière le café, histoire de fouiller dans les poubelles pour manger et boire toutes sortes de choses qu'il valait mieux ne pas identifier.

À l'intérieur du café, la radio diffusait une jolie mélodie qui mit immédiatement Charlie en joie. Avec un large sourire, il commanda vingt-cinq gros kebabs, dont vingt-quatre crus, et pendant qu'on faisait cuire le sien, il s'assit pour manger un bol de soupe avec du pain chaud et un grand verre de jus d'orange. Bénis soient les dirhams de sa mère qui avaient survécu au naufrage, trempés au fond de sa poche. Béni soit ce repas. Un immense soulagement l'envahit.

Trois portes plus loin, Maccomo, assis dans l'ombre, observait la scène. Quand Charlie, après avoir récupéré ses kebabs, repartit en direction des remparts, il se leva discrètement pour le suivre. Invisible, il se faufila à travers les rues, et il s'arrêta dans un coin sombre devant le hammam pour attendre que le médicament fasse effet.

Un peu plus loin dans la médina, une femme descendit d'un taxi. Derrière elle, un couple descendit d'un autre taxi.

– Tu as perdu cinquante dirhams à cause de ton entêtement ! lança Magdalen. Tu es vraiment une tête de mule ! On aurait pu partager le taxi au moins.

Appartement de Maccomo
Remparts
Ancien hammam
Place du Pri
Moulay El H
Essaouira
PORT
Échelle
de là à là
= Assez proche

Riad el Amira
Vers les dunes
VERS
LA FORÊT
Bastion Nord
Café de Ninu
VERS LA PLAGE
ET LA DÉCHARGE

Mabel l'ignora et franchit d'un pas décidé une voûte en pierre au style indéfinissable, en traînant derrière elle son sac d'un geste rageur.

En entrant, elle ne put retenir un petit hoquet de surprise. L'entrée voûtée donnait sur une magnifique cour intérieure. À moins qu'il ne s'agisse d'une vaste pièce à ciel ouvert ? Le sol était en vieilles pierres usées, mais recouvert de splendides tapis. Les murs très hauts étaient bordés de balcons soutenus par des rangées d'arches dont les colonnes étaient entourées de rosiers grimpants et de jasmin. Au centre jaillissait une fontaine dont le bassin était parsemé de pétales écarlates et blancs. Des canapés bas et de confortables fauteuils étaient disposés autour de petites tables rondes. Au plafond, les étoiles scintillaient dans le bleu profond de la nuit.

Mabel, Aneba et Magdalen se dirigèrent vers le bureau de la réception. Mabel avait réservé une chambre et elle sourit lorsqu'un groom vint prendre son sac pour la conduire à l'étage. Aneba se chargea de louer une chambre pour son épouse et lui (juste à côté de celle de Mabel, si possible), pendant que Magdalen s'accrochait aux basques de sa sœur. Elle ne voulait pas la perdre de vue.

C'était une bonne idée.

Maccomo était toujours caché dans l'ombre en face du hammam quand le groom de l'hôtel vint le voir. Dans les villes marocaines, les jeunes garçons savent toujours où sont les gens, même (et surtout) quand ceux-ci essayent de se cacher.

– La dame du Riad el Amira demande vous venir, s'il vous plaît, dit-il poliment.

Maccomo leva la tête, mais son regard demeura dans l'ombre. Il ne voulait pas demander à ce gamin comment il l'avait localisé, car cela indiquerait qu'il ne le savait pas et il aimait laisser croire aux gens qu'il savait tout.

– Je ne connais pas de dame, répondit-il sèchement.

– Une dame étrangère. Très belle. Avec des cheveux comme le feu.

Les yeux de Maccomo s'illuminèrent. Tiens donc ! Et que faisait-elle ici ? Comment avait-elle découvert où le trouver ?

La brillante Mabel, la superbe Mabel, revenait vers lui. Ça ne pouvait signifier qu'une chose : elle voulait se donner à lui. Cette fois, il l'épouserait, elle l'aiderait et ils resteraient ensemble pour toujours.

Il fallait qu'il la voie... Immédiatement !

Mais avait-il le temps ?

Le médicament n'allait pas tarder à assommer Charlie et les lions, et ils dormiraient un petit moment... Maccomo serait de retour avant qu'ils se réveillent... avec Mabel ! Et ensuite, tous les deux, ils pourraient accomplir sa vengeance.

Maccomo regagna d'abord son logement pour se laver et se changer. Il fallait qu'il soit présentable pour demander cette femme en mariage. Alors qu'il faisait le chemin inverse, il ne remarqua pas le chat efflanqué aux oreilles arrachées qui l'avait suivi depuis le hammam pour voir où il logeait, et qui maintenant lui emboîtait le pas, alors qu'il entrait au Riad el Amira.

# CHAPITRE DIX-SEPT

Lavée et changée après son long voyage, Mabel s'allongea sur un canapé bas dans une pièce ouverte sur la cour intérieure. Cette pièce était cloisonnée par des claustras sculptés de manière exquise dans un bois sombre et aromatique, si bien que chaque ensemble de canapés et de fauteuils, recouverts de tissus aux motifs chargés, semblait former un petit salon particulier. L'air de la nuit fraîchissait et, dans la grande cheminée de pierre située sur le mur du fond, un feu rougeoyait et crépitait. L'odeur était délicieuse. Celle du thé à la menthe sucré aussi, avec ses feuilles couleur émeraude à l'intérieur du verre rouge et or posé sur la table basse en bois ciré devant elle. Dans un coin sombre, de grandes fleurs blanches dégageaient un doux parfum.

Mabel s'étira. Quelle volupté. S'il n'y avait eu cette boule d'angoisse dans sa poitrine, sa colère qui couvait à cause de Maccomo, ses pensées confuses vis-à-vis de sa sœur, de son neveu et du sort des lions, sans oublier cette douleur sourde et permanente dans son ventre, là où un tigre baptisé Rajah l'avait déchirée à coups de dents pour lui arracher une partie d'elle, des années auparavant... S'il n'y avait pas eu tout cela, Mabel se serait sentie merveilleusement bien.

Elle leva la tête. Maccomo était là, planté entre deux claustras.

– Mabel... Mon amour, tu es là, tu es venue jusqu'à moi...

Avant qu'elle ait eu le temps de répondre, Maccomo bondit à ses côtés pour lui prendre la main.

– Mon amour, dit-il. Je sais que je devrais m'adresser à ton père, mais, comme tu n'en as pas, pas plus que de frère ou d'oncle, je m'adresse directement à toi. Je veux t'épouser, je veux que tu me fasses l'honneur de m'aimer. Je suis tel que tu me connais : un voyageur qui n'a pas grand-chose à offrir, à part son talent et son cœur. Mais, avant que tu me rejettes parce que je suis pauvre, écoute-moi. Je suis sur un gros coup. Tu connais déjà une partie de l'histoire, mais laisse-moi t'expliquer.

Mabel était sous le choc. Épouser Maccomo ! Elle avait déjà été mariée quatre fois... Elle n'avait pas l'intention de recommencer. En revanche, elle voulait bien une explication.

– On m'a volé mes lions, dit-il. Tu en as sans doute entendu parler. Je ne suis pas inquiet, je sais que je les récupérerai. Et pour les punir d'avoir eu l'audace de s'enfuir, je les vendrai à un zoo minable ; ils vivront dans de petites cages, ils mangeront de la viande avariée, ils boiront de l'eau croupie et des gamins les embêteront toute la journée. Mais la question n'est pas là. Tu te souviens de Charlie, mon Lion Boy ?

Mabel s'en souvenait, oui.

– Mon amour... (Le regard brûlant de Maccomo croisa celui de Mabel et il la prit par le coude.) Mon amour... as-tu entendu parler de ces gens qui parlent félin ?

Évidemment qu'elle en avait entendu parler. C'était une vieille légende qui circulait dans le monde du cirque et des zoos. Des balivernes.

– Charlie en fait partie, déclara Maccomo.

Mabel le dévisagea et, à cet instant, elle sut que ce n'étaient pas des balivernes.

Maccomo lui serrait le coude, au point de lui faire mal.

– Je t'assure ! C'est le seul... En tout cas, le premier depuis très longtemps. Imagine un peu sa valeur !

Mabel tressaillit.

Elle pensait : *Charlie pourrait parler avec mes tigres, il pourrait me dire ce qu'ils pensent. Il pourrait... Où était-il donc ? Qu'on me conduise jusqu'à lui IMMÉDIATEMENT !* Elle n'avait jamais rien entendu d'aussi merveilleux. Son propre neveu ! Plus rien d'autre ne comptait tout à coup.

Maccomo poursuivait son explication :

– Mon ami... Rafi Sadler, tu l'as rencontré, il fait le commerce de... plein de choses. Y compris ce qu'on pourrait appeler les « talents ». Les gens qui ont des talents. Ceux qui voudraient les employer paient Rafi, et lui, il les amène là où... leurs talents sont le plus recherchés. Il a proposé de livrer ce Lion Boy. Il connaît un client très intéressé, des gens immensément riches et puissants. Ils veulent savoir comment fonctionne le langage des félins, pourquoi ce garçon sait le parler, et tout ça. Ils sont prêts à payer très cher pour l'avoir. Peut-être que tu connais ce client : la Corporation. Des gens très puissants...

Derrière un des claustras en bois sombre, dans le petit salon voisin, Aneba se leva d'un bond, le visage déformé par la colère et le poing brandi. Magdalen se leva prestement à son tour et prit la tête de son mari entre ses mains.

– Chuuuuuuuut, murmura-t-elle, défigurée elle aussi par la douleur et l'effort qu'elle devait faire pour ne pas crier. Chuuuuuuuut...

Aneba inspira profondément, longuement, et sans un bruit, il relâcha sa respiration. Il desserra le poing et laissa pendre ses mains le long de son corps pour essayer de se calmer.

*Je suis furieux, mais je contrôle ma colère*, se dit-il. Il se le répéta plusieurs fois de suite.

La lumière du feu dansait sur les grands murs de pierre pâle.

Mabel regarda fixement Maccomo et se força à lui sourire, mais, derrière son sourire, son esprit était sens dessus dessous.

Maccomo avait l'intention de vendre son neveu ? Il voulait vendre un jeune garçon ?

C'était de l'esclavage !

À la Corporation par-dessus le marché ?

Mabel connaissait la Corporation, oh que oui ! Elle la détestait, comme elle détestait cette mentalité « Vous devez vous conformer au modèle pour survivre », et les nouvelles communautés avec leurs règles et leurs restrictions. C'était principalement pour cette raison qu'elle s'était enfuie de chez elle et qu'elle avait rejoint le monde du cirque : pour être libre.

Alors qu'elle regardait Maccomo, en conservant son sourire figé sur ses lèvres, Mabel réfléchissait à toute vitesse. Elle se disait : *Je ne connais pas vraiment cet homme.* Elle se disait : *Je ne pourrai jamais aimer un être aussi fourbe.* Elle se disait : *Mais je dois faire semblant et utiliser la confiance qu'il a en moi.*

Son sourire s'élargit et elle s'exclama :

– C'est merveilleux, mon chéri !

Elle se pelotonna contre lui et Maccomo sentit son cœur enfler de bonheur.

Pendant ce temps, Mabel préparait sa duperie. Elle avertirait Magdalen. Elles se réconcilieraient. Ensemble, elles sauveraient Charlie !

Mais, cachée derrière son claustra, Magdalen n'entendait que les paroles prononcées par sa sœur, pas le plan qui prenait naissance dans son cœur. Et elle était horrifiée. Cette fois, ce fut Aneba qui dut la retenir.

Charlie se sentait affreusement mal. Sa tête pesait des tonnes ; elle n'arrêtait pas de basculer sur le côté. Ses paupières avaient doublé de volume, elles étaient devenues trop grosses pour ses yeux. Sa bouche était sèche et sa peau avait rétréci. Il avait envie de vomir. Il ferait mieux de s'allonger. Oh, regardez ! Tous les lions étaient déjà allongés. *Je vais en faire autant.*

Il trébucha sur la grosse patte du Vieux Lion et s'écroula sur la lionne jaune. Elle ne bougea même pas. Le Vieux Lion non plus. Leur respiration était lente et étrange, mais Charlie ne le remarqua pas. Ses oreilles bourdonnaient. Ses mains pendaient mollement au bout de ses bras comme de la cire qui fond. En beaucoup plus lourd. *Il faut que je me tourne*, se disait-il. *Je suis malade.*

Charlie était sur le point de s'évanouir quand Sergueï, tout excité, bondit sur le rebord de la fenêtre. Il revenait à toute allure pour annoncer qu'il avait suivi Maccomo jusqu'au Riad el Machinchose et que, pendant quelques secondes, entre le moment où il était entré en douce et celui où on l'avait flanqué dehors, il avait entrevu les parents de Charlie... Mais, en découvrant cet amas de lions comateux et le garçon groggy au milieu, il poussa un cri.

Sergueï comprit très vite ce qui se passait. Il avait vu suffisamment d'ivrognes dans les rues de Londres et de Liverpool, suffisamment d'humains assommés par les poisons chimiques dans leur sang. Mais comment les lions pouvaient-ils se trouver dans cet état ? Il dressa mentalement la liste de ce qu'ils avaient consommé. Ça venait des kebabs du café ou bien de l'eau.

Il se souvint de l'enfant avec ses bouteilles d'eau. Lui seul n'y avait pas touché, il avait préféré laper une flaque derrière le café. Et maintenant, lui seul était d'aplomb.

Il avait remarqué que Maccomo logeait tout près de l'endroit où l'enfant les avait accostés avec ses bouteilles. Il avait entendu parler de ce médicament que l'on donnait aux lions du Cirque, ce même médicament que Charlie avait fait avaler à Maccomo pour le droguer.

Charlie roula sur le côté en gémissant. En une fraction de seconde, Sergueï fut près de lui pour lui crier dans l'oreille, l'admonester, le cajoler :

– Réveille-toi. Réveille-toi. RÉVEILLE-TOI ! Arrête de dormir ! Allez, mon gars, tu peux y arriver ! RÉVEILLE-TOI ! ! !

Maccomo avait versé une grosse quantité de médicament dans l'eau. Charlie en avait pris moins que les lions, et il avait bu également du jus d'orange et de la soupe, ce qui avait atténué les effets de la drogue, mais quand même.

Sergueï cessa de sauter autour de Charlie et de brailler. Ça ne servait à rien.

Que faire ?

Il réfléchit. Pourquoi Charlie paraissait-il moins endormi que les lions, bien qu'il soit moins gros qu'eux et donc plus vulnérable ?

La soupe. Le jus d'orange.

Crachant de la salive et des jurons, Sergueï ressortit par la fenêtre et retourna vers la place du marché en se faufilant dans les ruelles.

Comme il s'en doutait, dans le coin où étaient entassés les détritus de la journée, en attendant qu'on les emporte à la décharge, il y avait plein d'oranges à peine pourries. Des enfants fouillaient parmi les restes à la recherche de quelque chose à manger ou à vendre. Ils ne chassèrent pas ce chat famélique qui essayait de faire rouler des oranges sur le sol. À vrai dire, ils le trouvaient amusant et une fillette en robe rose voulut l'aider. Sergueï joua avec eux en poussant les oranges avec ses pattes et en faisant mine de parler aux enfants.

Bientôt, un groupe de six gamins maigres transportèrent des brassées d'oranges jusqu'à l'ancien hammam et ils les jetèrent par la fenêtre, car ça amusait beaucoup le chat famélique. Ils furent tristes quand il sauta à l'intérieur, en suivant le trajet des oranges, pour ne plus réapparaître. Mais le père d'un des enfants arriva pour leur demander, en braillant, ce qu'ils faisaient là à cette heure-ci et ils s'empressèrent de retourner vers la place du marché.

À l'intérieur du hammam, Sergueï épluchait les oranges avec ses griffes et les fourrait dans la gueule des lions en essayant de presser leurs grosses mâchoires pour faire couler le jus. Il n'aimait pas trop l'idée d'enfoncer ses pattes dans ces grandes cavernes roses pleines de dents, car il craignait qu'un lion se réveille en sursaut et lui croque la patte par erreur, mais il aimait encore moins l'idée de les savoir là, inconscients, jusqu'à ce que Maccomo vienne les chercher.

– Allez, allez, réveillez-vous, disait-il sur tous les tons, tour à tour furieux ou cajoleur.

Il revenait régulièrement auprès de Charlie pour lui lécher le visage et presser des oranges dans sa bouche.

– Allez !

*Deux fois dans la même journée !* se disait-il. Ces fichues créatures n'étaient donc pas capables de rester éveillées pendant plus d'une demi-heure ?

Il était inquiet.

Que faire ? Devait-il continuer à essayer de réveiller Charlie, ou bien alors... peut-être... retourner au Riad el Machinchose pour tenter d'attirer l'attention de ses parents ?

Mais Maccomo était là-bas.

Sergueï observa Charlie. Ses oreilles miteuses s'agitèrent et ses moustaches retombèrent.

Soudain, il sauta sur le ventre du garçon et se mit à le labourer ; ses griffes se plantèrent dans le tissu de la chemise et il tira avec ses pattes.

– Réveille-toi ! Réveille-toi ! miaula-t-il.

Et Charlie se réveilla.

S'il fut surpris de trouver plein de morceaux d'orange dans sa bouche, il ne fit aucune remarque. Il s'ébroua, cracha et mit la tête sous l'eau de la fontaine.

– Je me sens mal, dit-il.

En voyant les lions, il se souvint de ce qui s'était passé.

– C'était l'eau, dit Sergueï.

Charlie prit une des bouteilles et la renifla. Il plissa le nez.

– On devait être sacrément assoiffés pour ne pas

remarquer cette odeur, dit-il. C'est le médicament pour les lions.

– Je m'en doutais ! s'exclama Sergueï.

– Ce qui signifie..., commença Charlie, dont le teint verdit de nouveau.

– Exactement ! Ce sale type ! Je l'ai vu. Il était dehors, il attendait que vous soyez tous dans les vapes. Et il est parti avec un jeune gars d'ici, alors je l'ai suivi. Il va revenir vous chercher. Toi et les lions.

– Est-ce qu'il est là ? demanda Charlie. Regarde par la fenêtre, Sergueï.

Le chat risqua un œil au-dehors.

– Aucun signe.

– Il faut réveiller les lions et décamper le plus vite possible, déclara Charlie. Avant que Maccomo revienne. Mais où est-il allé ? Pourquoi a-t-il pris le risque de nous perdre, après tout le mal qu'il s'est donné ?

– C'est pas aussi simple, répondit Sergueï. Écoute, Charlie...

– Quoi ?

– J'ai vu...

– Quoi donc ?

– Euh... tes très estimés parents.

Charlie le regarda d'un air hébété.

– Ici ? demanda-t-il.

– Oui, dit Sergueï. Ici même... et libres.

– Maman et papa...

Charlie sentit son visage s'enflammer ; il n'osait pas trop y croire. Ils étaient *ici* ? À cet instant ? libres ?

– Oui, Charlie, ta mère et ton père, le professeur et madame, le docteur et monsieur, Aneba et Magdalen... Tous les deux. Tes parents. Je les connais, je te signale. On a partagé quelques délicieux instants sur un tas d'ordures.

Charlie avait du mal à respirer.

– Conduis-moi jusqu'à eux, dit-il.

Sergueï le regarda avec une immense compassion dans ses yeux vitreux. Mais il ne bougea pas.

– Oh..., fit Charlie au bout d'un moment. Évidemment, ajouta-t-il après avoir réfléchi un peu plus.

Charlie devait protéger les lions avant de rejoindre ses parents. Un grand danger imminent les menaçait.

Mais quand même, ses parents !

Pendant quelques secondes, il s'autorisa à imaginer leurs retrouvailles...

Mais serait-il vraiment heureux en songeant qu'il avait abandonné les lions ? L'aube allait bientôt se lever. S'ils ne partaient pas immédiatement, Maccomo aurait encore toute la journée du lendemain pour agir.

Sergueï continuait à observer Charlie.

– Tu as ramené les lions chez eux, lui dit-il. Tu as fait ce que tu avais promis. Tu peux les laisser maintenant, si tu en as envie. Tu es libre de faire ce que tu veux.

– Merci, dit Charlie avec un petit sourire crispé. Merci, mais... tu sais bien que je ne peux pas.

Sergueï haussa les épaules.

– Alors, en route, conclut-il.

Charlie regarda autour de lui les lions toujours endormis.

– Il faut commencer par les réveiller, dit-il.

C'est alors qu'une idée lui vint.

– Sergueï, est-ce qu'on est loin de l'endroit où loge Maccomo ?

Heureusement pour eux, Maccomo était toujours en train de faire des mamours à Mabel quand Charlie et Sergueï grimpèrent sur le balcon de sa chambre. Pendant qu'ils entraient par la fenêtre, Maccomo accompagnait Mabel dans sa chambre, suivi à distance respectueuse par Aneba et Magdalen, les nerfs à vif et les muscles endoloris à force d'essayer de demeurer invisibles. Pendant que Charlie empochait le dernier flacon de médicament pour les lions, Maccomo racontait à Mabel, en chuchotant, que le garçon et les lions se trouvaient tout près d'ici et qu'ils seraient bientôt inconscients grâce à la drogue qu'il leur avait fait boire ; et Magdalen et Aneba écoutaient à la porte pour tenter désespérément d'entendre ce qui se murmurait à l'intérieur. Pendant que Charlie et Sergueï redescendaient du balcon, Maccomo continuait à déclarer sa flamme et les parents de Charlie étaient assis par terre dans le couloir, abattus, adossés au mur.

Magdalen avait les larmes aux yeux.

– Ma sœur... Ma sœur..., répétait-elle sans cesse.

Aneba était partisan de faire irruption dans la chambre pour obliger Maccomo à les conduire jusqu'à Charlie.

– Mais comment réagira Mabel ? répondit Magdalen. Suis-je obligée de voir mon mari tuer ma sœur à cause de mon fils ? Ou ma sœur et son fiancé tuer mon mari ? Non, on va attendre et le suivre.

Aneba baissa la tête et réfléchit rapidement.

– Il nous faut des déguisements, dit-il. Je vais essayer d'en trouver. Reste ici.

– Je n'irai nulle part, répondit Magdalen, le visage ravagé par la tristesse.

Un quart d'heure plus tard, Aneba était de retour avec des burnous, des manteaux avec des capuches qu'il avait trouvés à la blanchisserie de l'hôtel. Ils les enfilèrent et se préparèrent à attendre.

Dix minutes plus tard, Maccomo quitta la chambre de Mabel par une autre porte, qui conduisait à une sortie donnant dans une autre rue.

– Ils ont intérêt à être réveillés maintenant, dit Sergueï d'une voix haletante, alors que Charlie et lui rejoignaient ventre à terre les lions au hammam.

Non. Toujours pas. En revanche, ils réagissaient beaucoup plus aux oranges, aux jets d'eau froide et aux coups de patte. Le temps que Maccomo réapparaisse devant le hammam, ils étaient debout, revigorés et furieux, et ils l'attendaient de patte ferme.

– Ne le tuez pas, leur dit Charlie.

Les lions le regardèrent avec l'air de dire : « Pourquoi ? »

– C'est dans notre nature, Charlie, répondit le Vieux Lion. Nous sommes comme ça.

Manifestement, plus ils approchaient de chez eux, plus ils redevenaient sauvages.

Seul le Jeune Lion semblait comprendre.

– Ce n'est pas dans la nature de Charlie, dit-il. Il ne peut pas nous laisser faire ça, car c'est un être humain... de ceux qui sont bons et généreux. De tels êtres n'aiment pas tuer... pas même leurs ennemis.

Les lionnes regardèrent le Vieux Lion qui réfléchissait en agitant ses moustaches.

– Tu es notre ami, déclara-t-il finalement. Tu aurais pu nous abandonner à Venise, tu pourrais nous abandonner maintenant pour aller retrouver tes parents, mais tu restes loyal envers nous jusqu'au bout. Pour cette raison, nous respecterons ta nature, même si pour cela nous devons renier la nôtre... Ce qui est peut-être une erreur. Nous verrons bien. Ce sont des problèmes qui se posent quand des peuples différents travaillent ensemble. Nous te respecterons.

Les lionnes transformèrent leur déception en colère et, lorsque Maccomo entra furtivement dans le hammam avec des cordes sur le dos et un couteau entre les dents, elles étaient prêtes à l'accueillir. Il n'y eut même pas de combat : un homme qui croyait que ses proies étaient endormies et qu'il suffisait de les ligoter ne pouvait pas faire grand-chose contre six lions enragés, un jeune garçon tout aussi furieux et un chat de gouttière au sale caractère.

Les lions se jetèrent sur Maccomo et, sans cette promesse faite à Charlie, ils l'auraient dévoré sur-le-champ. Ils le renversèrent et le chahutèrent à coups de patte, comme un chat joue avec une souris. Maccomo était couvert de bleus et terrorisé. Finalement, pendant que le Vieux Lion le plaquait au sol d'une seule patte majestueuse, Charlie le ligota avec sa propre corde. Maccomo était abasourdi ; il n'en croyait pas ses yeux. Charlie, lui, était choqué par la violence des lions, mais il était fier également. Ils ne faisaient pas de sentiments ; ils agissaient instinctivement.

– Attendez ! intervint Sergueï. Filez-lui un peu de ce truc pour qu'il se tienne tranquille.

Charlie prit le flacon de médicament et ordonna à Maccomo :

– Ouvrez la bouche.

Maccomo ne voulait pas. Il avait cessé de prendre ce médicament et, même si cette drogue ne créait pas une forte dépendance, il avait quand même eu du mal à résister à l'envie de sombrer dans sa douce léthargie. Maintenant qu'on lui mettait le flacon sous le nez, on aurait dit qu'il avait plutôt envie de vomir. Mais le Jeune Lion sortit ses griffes et les agita devant lui, longues et menaçantes dans la pénombre. Le dompteur comprit qu'il n'avait pas le choix. Il avala le médicament.

Charlie l'attacha sur le dos de la lionne argentée, à plat ventre, terrassé par le choc, la peur et la drogue. Après quoi, le garçon grimpa à califourchon sur le Jeune

Lion, heureux de retrouver l'odeur chaude de sa fourrure et de sentir onduler ses muscles puissants.

– Tu viens ? lança-t-il à Sergueï.

– Sans façon ! répondit le chat. Jamais de la vie, mon pote. Les lions qu'on connaît, c'est une chose. Les lions qu'on connaît pas, c'est une autre paire de manches. À plus tard !

– Sergueï, dit le Vieux Lion, je te remercie.

Sergueï renifla.

– Ouais, c'est ça, dit-il en se grattant le postérieur.

Ainsi, dans l'obscurité qui précède le lever du jour, Charlie et les lions sortirent du hammam, quittèrent la ville et coururent dans les dunes de sable sous le croissant de lune et l'étoile du matin, en faisant la course contre l'aube naissante. Au passage, ils frôlaient des branches de genêts qui diffusaient leur doux parfum dans l'air. Devant eux s'étendaient les forêts d'arganiers, basses et sombres, et la terre natale des lions.

# CHAPITRE DIX-HUIT

– Ils ne parlent plus, murmura Aneba.

– Je sais, répondit Magdalen en secouant la tête.

Elle leva les yeux vers lui.

– Tu as raison, dit-elle. Allons-y !

Ils enfoncèrent la porte et firent irruption dans la chambre. Mabel se tenait au centre de la pièce, seule.

Aneba avisa l'autre porte ; il l'ouvrit à la volée et poussa un juron.

Magdalen s'en prit violemment à sa sœur.

Celle-ci garda son calme. Puis, quand Magdalen fut à bout de souffle, elle dit :

– Je lui ai menti. Maccomo sait où est Charlie. Il va me conduire jusqu'à lui demain. J'ai peut-être été une mauvaise sœur et une femme irresponsable, mais crois-tu vraiment que je vais le laisser vendre un enfant sans réagir ! Un enfant qui parle le félin par-dessus le marché ! Mon neveu !

Magdalen avait envie de hurler que Mabel ne s'était jamais intéressée à son neveu jusqu'à maintenant, et qu'elle ne s'y intéresserait pas davantage à présent s'il ne savait pas parler aux félins, mais elle se retint. Elle regarda sa sœur pendant quelques secondes, puis elle éclata en sanglots et se jeta dans ses bras en disant :

– C'est vrai ? C'est vrai ? Tu vas nous aider ?

Et Mabel répondit :

– Évidemment, Mags.

C'était ainsi qu'elle l'appelait quand elles étaient petites, et les sanglots de Magdalen redoublèrent.

Aneba les observait en souriant. *Dieu soit loué*, se disait-il. Il savait aussi bien que les deux sœurs que tout n'était pas réglé entre elles, loin de là, mais au moins, maintenant, elles pouvaient se concentrer sur Charlie.

– Où est allé Maccomo ? demanda Magdalen en séchant ses larmes.

– Je sais où il loge, répondit Mabel. Il va revenir. Il ne faut rien faire qui puisse éveiller ses soupçons et lui laisser croire que je ne suis pas de son côté. Il reviendra demain matin.

– Pas question d'attendre, déclara Aneba. On a attendu assez longtemps.

– Maccomo ignore que vous êtes ici, dit Mabel. S'il vous voit, il va paniquer. Il ne sait pas que Charlie fait partie de ma famille... Il se croit à l'abri.

– Franchement, je m'en fiche, dit Aneba. Où a-t-il caché notre fils ?

– Je ne sais pas, répondit Mabel. Il me le dira demain matin quand il reviendra.

Aneba secoua la tête d'un air incrédule.

– Faites de beaux rêves, dit-il.

Il lança un des burnous à Magdalen et tous les deux disparurent dans la nuit. Pas question de rester les bras croisés tant qu'ils n'auraient pas retrouvé leur fils.

Rafi ne dormait pas, lui non plus. Après avoir traversé la mer depuis l'Espagne, il avait des problèmes avec le sable qui cinglait sur les routes marocaines, avec les chameaux qui faisaient des grimaces et lui crachaient dessus quand il les croisait et avec les troupeaux de moutons qui paniquaient quand il essayait de passer au milieu à toute vitesse. Cinq fois déjà il était tombé de sa moto, au milieu d'un amas laineux. Il n'était pas blessé, mais il était pressé. Les gens de la Corporation ne cessaient de l'appeler, mais il ne répondait plus car il n'avait rien de nouveau à leur annoncer. Il fallait qu'il rejoigne Maccomo et qu'il mette la main sur ce satané gamin.

Il avait roulé toute la nuit et il était presque arrivé à Essaouira ; il y serait à l'aube. Il faisait affreusement froid la nuit sur la moto, mais au moins, il n'y avait pas de moutons ni de chameaux, même si les ombres projetées par la lune étaient étranges et s'il était parfois difficile de distinguer la route. Là, par exemple... c'était quoi ça ? Un groupe de six ou sept ombres, des animaux peut-être, ou autre chose, qui traversaient la route à toute vitesse en jaillissant d'un bosquet pour s'engouffrer dans un autre et disparaître au milieu des arbustes aux formes bizarres.

Rafi frissonna et poursuivit sa route dans un grondement.

Quand les lions arrivèrent chez eux, l'aube se levait et le soleil commençait déjà à chasser la froideur de la nuit. Les rayons obliques balayaient les paysages dorés, et les arbres couverts d'épines projetaient de grandes ombres sur les herbes sèches et les chemins poussiéreux. La matinée promettait d'être radieuse. Des oiseaux chantaient et de petits insectes invisibles émettaient des crépitements.

Charlie ne voyait pas la famille des lions. Il ne voyait pas non plus leur maison.

Mais les lions, eux, les voyaient, et plus ils s'en approchaient, plus ils couraient vite. Assis sur le Jeune Lion, Charlie le sentait bondir comme... comme un lion qui flaire l'odeur de sa terre natale.

Et c'était réciproque. Car soudain, des herbes hautes entre les arbres émergèrent des têtes dorées aux yeux dorés qui les regardaient. Puis des corps dorés, des pattes dorées qui s'étiraient et se dressaient, des moustaches noires qui frémissaient, des oreilles qui remuaient.

Un mâle immense, hirsute et magnifique, s'avança.

Les lions de Charlie s'arrêtèrent.

Le Vieux Lion s'avança et remua une oreille.

L'autre lion balança la tête.

Le Vieux Lion cligna lentement des yeux.

L'autre lion agita ses moustaches.

– C'est ici ? murmura Charlie.

– Je ne sais pas, répondit le Jeune Lion.

– Comment ça ? s'étonna Charlie. Enfin quoi, c'est chez toi... c'est ton peuple.

– Oui, dit le Jeune Lion, mais...

– Mais quoi ?

– Je ne suis jamais venu ici, avoua le Jeune Lion. Je suis né en captivité.

Charlie resta bouche bée. Il n'avait pas pensé à ça. Mais évidemment, ni le Jeune Lion ni Elsina n'avaient jamais connu la vie sauvage.

– Mince !

– Eh oui, dit le Jeune Lion. Je ne sais pas à quoi ça ressemble. Je suis très très excité !

Charlie lui massa affectueusement les oreilles. Il savait que tout se passerait bien. Ce serait un défi intéressant, difficile sans doute, mais tout irait bien. Toutefois, il ne saurait jamais exactement comment car c'était une chose qui concernait le monde sauvage. Un humain ne pourrait jamais comprendre.

Cette constatation lui fit un pincement au cœur.

C'est seulement à cet instant qu'il s'aperçut que tous les autres lions le regardaient.

Charlie se tourna rapidement vers le Vieux Lion. Qui devait expliquer ? Il était en territoire lion désormais ; il devait se conformer aux mœurs et coutumes des lions.

Le Vieux Lion se redressa et secoua sa crinière.

– Mes frères et mes sœurs, commença-t-il avec un petit grognement de bonheur, nous sommes de retour. Beaucoup d'entre vous ne se souviennent certainement pas de nous. Peut-être nous a-t-on totalement oubliés. Nous sommes de votre famille. On nous a enlevés. Mais nous sommes revenus...

Alors qu'il prononçait ces paroles, un murmure s'éleva parmi les autres lionnes. Un murmure qui ne paraissait pas très amical. Mais soudain, un animal se dressa à l'arrière du groupe. C'était une très très vieille lionne au pelage clairsemé et aux membres maigres et fragiles. Elle s'avança en prononçant un nom qui ne peut pas s'écrire.

– C'est toi ? demanda-t-elle. Mon fils ? Mon fils ?

Le Vieux Lion ne paraissait plus si vieux finalement, lorsqu'il se pencha pour poser sa tête sur le sol devant la lionne. Charlie déglutit plusieurs fois.

– Grand-mère ! s'exclama Elsina. Tu es ma grand-mère ?

Elle bondit vers la vieille dame pour se frotter contre elle et l'embrasser timidement, en remuant la queue, le visage fendu par un large sourire de bébé lion.

Debout sur ses maigres pattes, la vieille dame souriait elle aussi.

Après cet épisode, tout rentra dans l'ordre. Les trois lionnes s'approchèrent lentement du groupe de lions qui les dévisageaient ; leurs nez se frôlèrent, leurs pattes se touchèrent. Elsina, elle, courait en rond, sans s'arrêter, et elle ne tarda pas à trouver d'autres jeunes. Quelques secondes plus tard, ils batifolaient. Le Vieux Lion et le Jeune Lion, ensemble et tour à tour, racontèrent à la meute ce qui s'était passé.

Et Maccomo dans tout ça ?

Charlie le détacha du dos de la lionne et l'allongea par terre, toujours inconscient, pour verser encore un peu de médicament pour les lions dans sa bouche qui bavait. Les autres lions observaient cet homme avec curiosité... Était-il mort ? Il ne sentait pas la mort, pourtant. Devaient-ils le tuer, alors ?

Le Vieux Lion dit :

– C'est lui qui m'a enlevé, moi et les mères. C'est notre prisonnier.

– Les lions ne font pas de prisonniers, dit un jeune lion. Tu as vécu trop longtemps parmi les humains.

Le Vieux Lion répondit d'un ton tranchant :

– C'est notre prisonnier ! rugit-il. On ne le tuera pas et on ne le mangera pas. On lui fera avaler ça... (il désigna le flacon de médicament que tenait Charlie)... et on le gardera prisonnier. C'est tout.

Charlie baissa les yeux sur Maccomo, ligoté sur le sol poussiéreux, à demi évanoui, avec les yeux révulsés et un sourire idiot sur le visage.

*Au revoir, Maccomo*, se dit-il. *Bon débarras.*

Il se tourna ensuite vers le Jeune Lion. Malgré son envie de rester parmi eux, il avait une famille à retrouver lui aussi et des choses à faire, et il était impatient.

L'adieu aux lionnes fut douloureux. Dire au revoir au Vieux Lion fut encore plus dur. Dire au revoir à Elsina fut presque impossible.

Le Jeune Lion posa sa patte sur le bras de Charlie.

– Viens, dit-il. On y va.

Le trajet du retour, vers la ville, lui parut plus rapide, parce qu'il faisait jour et que Charlie savait où ils allaient. Mais, curieusement, il n'avait pas envie que ça s'arrête. Il fonçait vers ses parents, certes, mais c'était probablement la dernière fois qu'il chevauchait ainsi sur le dos du Jeune Lion, qu'il sentait la chaleur de sa fourrure dorée et qu'il partageait avec lui cette aventure. Cette pensée lui faisait venir les larmes aux yeux. Il se disait que c'était à cause du vent, mais il savait bien que ce n'était pas vrai.

Quand ils arrivèrent à la lisière de la forêt sèche et clairsemée, le Jeune Lion s'arrêta.

– À toi de te débrouiller maintenant, dit-il. Je ne peux pas aller plus loin, on risque de me voir.

Côte à côte, le garçon et le lion contemplèrent les immenses dunes, mi-désert mi-plage, qui s'étendaient jusqu'à la côte, et la ville d'Essaouira qui semblait flotter entre terre et mer.

– Oui, dit Charlie.

– Mmm, fit le Jeune Lion.

Charlie pensait qu'il pourrait dire simplement : « Alors, salut » et partir en courant dans les dunes.

Le Jeune Lion pensait qu'il devrait faire demi-tour sans rien dire et retraverser la forêt d'un pas nonchalant.

Ils se tournèrent l'un vers l'autre et s'exclamèrent en même temps :

– Je ne t'oublierai jamais, je reviendrai te voir ! Tu as été formidable, tu es le meilleur et je ne t'oublierai jamais ! dit Charlie.

– Je ne t'oublierai jamais, Lion Boy ! Si un jour tu as besoin de moi, viens me chercher. Tu es le meilleur ami humain qu'un lion puisse avoir... Non, tu es le meilleur ami tout simplement...

Ils se regardèrent un long moment, horrifiés par la réalité de ce qui allait se passer, et ils se jurèrent une amitié éternelle en silence, avec les yeux.

– Tu pourrais m'attendre, dit Charlie, et quand mes parents...

Le Jeune Lion lui sourit.

– À quoi bon ? dit-il. Ça ne ferait que retarder la fin.

Charlie savait qu'il avait raison.

– Embrasse Elsina de ma part.

– Promis, dit le lion.

Charlie lui tourna le dos et s'éloigna en courant à travers les dunes ; le lion se retourna et repartit dans la forêt, lentement, la tête basse. Aucun des deux ne se retourna. Ils n'en avaient pas le courage.

Charlie avait le souffle coupé, le visage ruisselant de sueur et la gorge sèche quand il atteignit les portes de la ville. Sergueï l'attendait. Il venait d'avoir une prise de bec avec un homme qui vendait des pantoufles en cuir sur un étal et qui lui avait jeté un seau d'eau, voilà pourquoi il crachait furieusement. Ce type ne voyait donc pas qu'il avait affaire à un chat repenti, intègre et déterminé, et non pas à un vulgaire matou que l'on pouvait asperger d'eau ?

Charlie avait envie de s'asseoir un instant pour

reprendre son souffle, trouver de l'eau et élaborer un plan. Sergueï, lui, voulait repartir tout de suite.

– Laisse-moi reprendre mon souffle ! supplia Charlie dans sa langue, comme s'il s'adressait à lui-même plus qu'à Sergueï.

– Je ne t'en empêche pas, dit le marchand de pantoufles avec un drôle de regard.

– Non, pas vous, fit Charlie avec un sourire. Pardon. Avez-vous de l'eau ?

– J'ai gaspillé toute mon eau à cause d'un sale chat qui essayait de manger mes pantoufles, répondit l'homme. Tu veux des pantoufles ?

– Non, merci, dit Charlie.

Pourtant, elles étaient très jolies avec toutes ces couleurs qui ressemblaient à des parfums de sorbets : cerise, mandarine, citron, pistache, cassis, mûre et melon.

Sergueï le regardait d'un sale œil en braillant :

– Allez, mon gars ! Faut qu'on les retrouve avant que l'autre s'aperçoive que Maccomo a disparu et fasse du raffut ! Allez ! En route ! Le temps presse !

C'est seulement en voyant le marchand de pantoufles chercher autour de lui quelque chose à lancer sur Sergueï que Charlie se leva pour franchir la porte voûtée et ombragée de la ville.

*Je vais revoir mes parents*, pensait-il, et cette perspective lui donnait des forces. Peu importe qu'il meure de faim et de soif, et qu'il n'ait pas dormi depuis il ne savait combien de temps. Le but était proche.

– Alors, où as-tu vu mes parents, Sergueï ?

– Au Riad… le Riad el Machinchose.

– El quoi ?

– El je m'en souviens plus ! De toute façon, c'est pas loin.

– C'est où ?

– Euh…

Charlie le regarda.

– Tu sais ce que veut dire *riad*, Sergueï ?

– Euh… non, avoua le chat.

– C'est une sorte… d'hôtel.

– Oh… Désolé.

Il leur suffisait de se renseigner. Suivi de Sergueï qui faisait comme si c'était lui qui le guidait, Charlie marcha aussi calmement que possible vers la place du Prince-Moulay-El-Hassan, là où se trouvaient tous les cafés, pour acheter du jus d'orange et glaner des renseignements sans trop attirer l'attention.

Il entra d'abord dans une pâtisserie où il choisit un chausson aux pommes, un croissant et un petit gâteau de riz enveloppé dans un papier. La fille qui travaillait là n'avait pas vu de femme rousse ni de grand Africain anglais.

– El Omali ? proposa Sergueï.

– Un *omali* est une sorte de pudding, répondit Charlie. Ça m'étonnerait qu'ils logent à l'hôtel Pudding, hein ?

– Euh… non, dit Sergueï, honteux.

Charlie acheta ensuite un grand verre de jus d'orange à un marchand ambulant, qui lui avait vu une femme rousse et un grand Africain avec un air d'Européen, mais il ne savait pas où ils logeaient.

– El Arbaj ? suggéra Sergueï. C'est près d'ici, en tout cas.

Charlie le regarda.

– Hôtel Le Four ? dit-il.

Ils retournèrent au café où ils étaient allés la veille au soir.

– *Salam alecum,* l'affamé ! s'exclama le serveur. Ils étaient bons tes kebabs ?

– *We alecum el salam,* répondit Charlie par automatisme. Un grand café au lait, s'il vous plaît, et de l'eau.

Il s'installa à la terrasse, sous une plante grimpante chargée de fleurs violettes, et commença à manger et à boire. Pendant qu'il s'empiffrait, il pensait : *Ils sont ici, ils sont tout près de l'endroit où je suis en ce moment. Ils pourraient passer devant moi...* Il fallait rester calme.

La radio diffusait la même jolie mélodie que la veille.

Le serveur lui apporta son café au lait.

– J'aimerais savoir, dit Charlie d'une voix suffisamment forte pour que les autres clients l'entendent, si quelqu'un a vu une femme rousse et un grand Noir costaud ?

Le visage du serveur semblait répondre « non » et plusieurs hommes qui se trouvaient au café tournèrent la tête pour voir qui posait cette question, bien qu'ils n'aient rien à dire. Mais Charlie entendit une voix, pardessus son épaule, qui disait :

– Oh, oui ! Les dames aux cheveux roux et à la peau

pâle et l'homme noir grand comme une montagne ! Ils sont descendus au Riad el Amira.

– Amira ! s'exclama Sergueï. Je l'avais sur le bout de la langue.

Charlie se retourna vivement. Un caméléon aux yeux pivotants le regardait fixement, perché sur une branche de la plante grimpante. Il était d'un vert éclatant, comme les feuilles au milieu desquelles il se cachait. Personne d'autre ne l'avait entendu : qui écouterait un vulgaire reptile alors qu'il y avait tellement de ragots à échanger ? De toute façon, les clients du café ne le comprenaient pas et ils pensaient que les caméléons ne parlaient pas.

Quant à Charlie, il était si heureux qu'il ne remarqua même pas qu'un reptile lui avait parlé en langage félin. Ni que le caméléon avait dit « les dames ».

– Le Riad el Amira ? répéta Charlie.

Le caméléon lança un œil vers la droite.

– Par là, dit-il.

– Merci.

Charlie avait le souffle coupé de nouveau. Il était trop excité. Trop heureux. Mais il avait peur aussi que ça se passe mal encore une fois, même maintenant.

Il sortit son inhalateur de son sac, inspira quelques bouffées de médicament, et fit ses exercices de respiration.

Puis il se leva d'un bond, jeta de l'argent sur la table et, après un dernier clin d'œil au caméléon, il partit à grandes enjambées.

Le serveur le regarda s'éloigner.

– Curieux garçon, commenta-t-il.

Le caméléon cligna des yeux et se déplaça sur une autre branche ; sa patte gauche et la moitié de sa queue virèrent lentement au violet, car elles étaient posées sur une des fleurs.

Charlie n'eut besoin de demander où était le Riad el Amira que trois fois. Les deux premières personnes qu'il interrogea le renseignèrent. La troisième, un homme qui se tenait dans l'ombre d'une porte, lui dit :

– C'est ici, tu es juste devant.

Puis il ajouta :

– Je savais que tu finirais par te montrer pour retrouver ta maman et ton papa comme un petit bébé. Tu croyais peut-être que je t'avais oublié ? Tu m'as oublié, toi ? Tu croyais que j'allais abandonner ? Eh bien, non, sale petit fugueur voleur de lions !

Charlie était aussi abasourdi que vous. Il s'attendait à des retrouvailles joyeuses, il ne pensait pas tomber sur son ennemi. Comment Rafi osait-il réapparaître à cet instant pour gâcher cette fin heureuse ?

– Oh, la ferme ! s'écria Charlie, et il fit une chose qui le surprendrait toujours quand il y repenserait plus tard.

Ivre de fureur et ignorant sa force, il envoya son poing dans la figure de Rafi.

Ce dernier ne s'y attendait pas non plus. Il se jeta sur Charlie et essaya de le ceinturer, mais Charlie n'était pas disposé à se laisser faire. Il avait grandi depuis la dernière fois qu'il avait vu Rafi ; il avait grandi, mûri et changé. Ce n'était plus le petit garçon dont les parents avaient été enlevés. C'était l'ami des lions, il avait survécu à un naufrage, il s'était enfui d'un *palazzo* vénitien et il avait participé à une révolution ; il avait sauvé les lions d'une tempête de neige ; il avait navigué en mer et pris des décisions difficiles ; pas question que Rafi vienne gâcher son moment de gloire. Peu importe que celui-ci soit plus âgé et plus costaud, Charlie était plus intelligent et il avait raison.

Il enfonça brutalement son coude dans le ventre de Rafi, se dégagea et lui décocha un grand coup de poing dans l'épaule. Son épaule blessée. Rafi grimaça et hurla de douleur. Perdant tout sang-froid, il se précipita vers Charlie, qui lui tournait le dos.

(Quelques chats qui observaient la scène lancèrent des miaulements de mise en garde. Un seul, un chat aux yeux dorés, resta muet.)

Charlie laissa venir son adversaire et, au dernier moment, il se retourna, se baissa et lui fit un croche-pied.

Puis il sauta sur Rafi qui se débattait à terre en gémissant.

– Tu ne peux pas continuer à faire ce que tu veux, mon vieux, lui glissa Charlie, tout en tirant sur la veste en cuir de Rafi pour fouiller ses poches. Tu ne peux pas continuer à te servir comme si le monde entier était ton magasin de jouets. Il y a des choses qui NE SONT PAS À TOI !

Alors qu'il prononçait ces mots, il trouva ce qu'il cherchait. Froissée et en piteux état, mais toujours lisible : la formule de sa mère.

Avec un grand sourire, Charlie fourra le parchemin dans sa poche.

Rafi en profita pour se relever et, l'espace d'un instant, Charlie se demanda ce qu'il devait faire. Puis il comprit qu'il n'avait rien à faire. Rafi tenait son bras blessé, le teint verdâtre à cause de la douleur.

– Espèce de petit...

Il n'acheva pas sa phrase et s'enfuit en titubant.

*Dois-je le suivre ?* se demanda Charlie. *Je devrais finir ce que j'ai commencé.*

Il n'eut pas le temps de réfléchir au sens de cette expression, car Sergueï miaulait à ses pieds.

– Quoi ? demanda Charlie, encore hébété et essoufflé.

Il s'était battu contre Rafi ! Et il avait gagné !

– Joli boulot, mon gars, dit Sergueï. Mais... euh...

Il montra l'entrée de l'hôtel.

À l'intérieur, la magnifique cour était pleine de gens qui prenaient leur petit déjeuner.

Parmi eux, une femme rousse, dont les vêtements froissés indiquaient qu'elle ne s'était pas couchée, sanglotait au-dessus d'une tasse de café qu'elle ne buvait pas. En face d'elle, un homme aux épaules larges et voûtées lui tenait la main en secouant la tête. On voyait qu'il lui murmurait des paroles de réconfort, des paroles auxquelles il s'efforçait de croire, lui aussi, mais on voyait bien que la femme n'était pas réconfortée.

Charlie sentit ses poumons se vider, ses genoux se mirent à trembler.

– Vas-y, lui dit une voix.

Il s'avança dans la cour ; ses jambes menaçaient de se dérober sous lui.

Il s'approcha de la table.

Il inspira profondément.

– Bonjour, maman. Bonjour, papa.

# EPILOGUE

Charlie resta éveillé juste le temps de prendre un autre petit déjeuner, le plus heureux de toute son existence. Après cela, il dormit deux jours d'affilée dans le lit de ses parents, veillés par ceux-ci, qui restèrent penchés au-dessus de lui, à le dorloter et à lui demander tout doucement à l'oreille s'il voulait manger quelque chose, et quand ils ne s'occupaient pas de lui, ils s'étreignaient comme des fous.

En se réveillant, Charlie constata qu'il avait grandi de cinq centimètres. Peu de temps après, il fit la connaissance de sa tante et le choc fut tel qu'il faillit s'évanouir.

Il raconta à son père et à sa mère tout ce qui s'était passé.

Aneba et Magdalen lui racontèrent ce qui leur était arrivé.

Le premier bateau à destination de Londres ne partait que quinze jours plus tard. Ils ne savaient pas quoi faire. Mabel pensait qu'ils devraient rester là pour se reposer et prendre des vacances. Magdalen avait hâte de rentrer :

ne pourraient-ils pas aller jusqu'à Casablanca par voie de terre et passer par l'Espagne ? De retour en Angleterre, ils se rendraient à la police pour faire arrêter Rafi. Mais Aneba ressentait l'appel de l'Afrique. Rentrer à Londres risquait de s'avérer dangereux, fit-il remarquer, alors que le Ghana se trouvait tout près, de l'autre côté du Sahara. Ils pourraient louer une camionnette, ou des chameaux...

Charlie souriait.

Il souriait parce qu'il ne savait pas ce qui allait se passer. Il ne savait pas que ce serait pire que tout ce qu'il avait connu jusqu'à présent.

Fin de la deuxième partie

ou

début de la troisième partie

GRAND CANAL

# Palazzo Bulgaria

**www.wiz.fr**

Logo Wiz : Cédric Gatillon

Composition Nord Compo
Impression Bussière en janvier 2005
Éditions Albin Michel
22, rue Huyghens, 75014 Paris

ISBN : 2-226-15312-8
N° d'édition : 13064. – N° d'impression : 050287/4.
Dépôt légal : février 2005.
Loi n° 49-956 du 16 juillet 1949
sur les publications destinées à la jeunesse.
Imprimé en France.